Lara Greystone

Ein Engel für Vinz

Lara Greystone

Ein Engel für Vinz

Eisermann Verlag

Ein Engel für Vinz

Taschenbuchausgabe 1. Auflage 03/2018

Printed in Poland 2018
Umschlaggestaltung: Legendary Fangirl Design
Satz: André Piotrowski
Lektorat: André Piotrowski
Korrektur: André Piotrowski

http://www.Eisermann-Verlag.de
ISBN: 978-3-946172-67-3

Kapitel 1

Dezember 1989

Endlich wieder ein Auftrag!, dachte Arabella.

Ein wahrhaft himmlisches Gefühl!

Sie strich noch einmal mit ihren schlanken Fingern über ihre perlweißen Flügel. Weich, seidig, einfach herrlich!

Sie freute sich so sehr darauf, nach ihrer langen Zwangspause wieder zu beweisen, dass sie wirklich gut war.

Ich werde alles geben!

Hoffentlich klappt es.

Gleich ist es Zeit aufzubrechen.

Ihre Hände glitten über das lange, blütenweiße Gewand, das sie seit ihrem letzten Auftrag nicht getragen hatte. Es war überirdisch schön, bestand aus unzähligen Lagen hauchzarten Gewebes und harmonierte hervorragend mit ihren üppigen, weißblonden Locken, die ihr bis auf die Hälfte des Rückens fielen. Alles war nahezu perfekt für diesen neuen Auftrag ...

Sie schritt hinaus auf die verschwenderisch große Dachterrasse. Es gefiel ihr, dass der Wind mit ihren Haaren und ihrem Kleid spielte, als wollte er sie liebkosen.

Liebkosen ... Tief in sich hungerte sie nach so einer Berührung, doch sie musste realistisch bleiben und dieses Bedürfnis verdrängen – vielleicht für immer. Sie ging vor bis zu dem Geländer aus Glas, das oben mit einem blank polierten Stahlrohr abschloss, und legte ihre Hände darauf. Von hier oben waren die Autos und Menschen so klein, und das Treiben dort schien so unbedeutend zu sein. Für einen Moment gab sie der Versuchung nach und ließ ihren Blick schweifen, genoss das nächtliche Lichtermeer der Stadt, die ihr förmlich zu Füßen lag. Die Welt da unten präsentierte sich funkelnd, faszinierend und glanzvoll.

Doch sie wusste es besser. Vieles in dieser Welt war nur ein Schein, wenn auch ein schöner Schein, der die Härte und Unbarmherzigkeit dieser Gesellschaft nur verdeckte. Für viele war das Leben ein immerwährendes, mühseliges Hamsterrad. Für andere, die nach Höherem strebten, gab es eiskalte Spielregeln.

Vinzenz ließ noch einmal prüfend seinen Blick über die einzelnen Teile seines Scharfschützengewehrs schweifen, das er gerade fertig gereinigt und geölt hatte. Dieses PSG 1 von Heckler & Koch war sein Lieblingsgewehr, dessen tödliche Präzision nichts übertraf, wenn man es – wie er – durch jahrelange Übung beherrschte wie kein Zweiter.

Er saß in der Waffenkammer; die sein Aufgabenbereich im Hauptquartier der Wächtervampire war, zu denen er gehörte. Auch für Vampire gab es eiserne Regeln, um das Leben der Menschen zu schützen und das Geheimnis ihrer Art zu wahren. Als Wächter waren sie die Gesetzeshüter der Vampire. Für ihn genau der richtige Platz, um all die blutrünstigen Mörder seinen Zorn spüren zu lassen, die unschuldiges Leben brutal zerstörten. So wie die mordlüsternen Bestien, die seine Eltern und seine kleine Schwester regelrecht zerfleischt hatten. Er selbst wurde damals gefesselt und fast ausgeblutet zum Verbrennen im Licht der aufgehenden Sonne zurückgelassen. Seitdem kannte er nur einen Lebensinhalt: all diese Mörder vom Erdboden zu tilgen. Der schwarze Dolch, den der Blutfürst damals in seinem Brustkorb hatte stecken lassen, um ihn zusätzlich zu quälen, trug er seit diesem Tag ständig bei sich. Die Klinge war inzwischen so oft im Blut seiner Feinde getränkt worden, dass er das anfängliche Zählen längst aufgegeben hatte.

Seit einigen Jahren stand Ramón – ein Blutfürst, dessen Titel schon verkündete, dass er unzählige Gesetzlose unter sich scharte – ganz oben auf seiner Abschussliste.

Eben trat John, der Taktiker und Sicherheitsbeauftragte unter den Wächtern, zu ihm in die Waffenkammer.

»Wie ich sehe, pflegst du wieder dein Lieblingsspielzeug.«

»Das ist kein Spielzeug, John! Mein HK PSG 1 wurde für Spezialeinheiten entwickelt und ist eines der präzisesten halbautomatischen

Scharfschützengewehre der Welt. Es hat eine Abweichung von weniger als einer Bogenminute, damit schieße ich dir noch auf 500 Meter in dein Herz, bei Windstille sogar in dein Auge.«

John hob schmunzelnd eine Augenbraue.

»Du hast wirklich kein anderes Hobby, oder?«

Vinz presste seine Kiefer aufeinander.

»Das ist kein Hobby, John! Das solltest gerade du wissen, schließlich bist du schon länger bei den Wächtern als ich. Jetzt schieß los und sag, was du willst, ich muss gleich los.«

»Immer noch auf der Suche nach Ramón?«

»Was sonst? Ich will diesem skrupellosen Mörder das Hirn rauspusten! Und heute habe ich von einem meiner Informanten endlich einen Hinweis erhalten.«

Er schob John die Tageszeitung auf dem Tisch entgegen und zeigte auf eine Annonce. Während John las, baute er mit geübten Griffen, die er auch blind beherrschte, seine Heckler & Koch wieder zusammen.

»Bikinimodels gesucht. Anfänger willkommen. Zahlen Höchstgage«, las John vor. »Du denkst, Ramón ist wieder in der Stadt, um hier Geschäfte als Menschenhändler zu betreiben?«

»Ganz genau.«

»Hast du das überprüft?«

»War schwierig. Es handelte sich um eine Chiffreanzeige. Hab nur den Zeitpunkt herausgefunden: heute Abend, 20 Uhr, irgendwo in der Stadt. Also werd ich rumfahren und nach hübschen jungen Frauen Ausschau halten, die meinen, sie könnten über Nacht Karriere machen.«

»Da steckt weder Plan noch Taktik dahinter, Vinz. Und Agnus hat angeordnet, dass wir keine Alleingänge unternehmen sollen, solange er weg ist.«

Vinzenz verengte seine dunkelblauen Augen zu Schlitzen und gab sich keine Mühe, ein Knurren zu unterdrücken.

»Ich werde aber nicht hier herumsitzen, während Ramón in unserer Stadt auf Menschenjagd geht!«

Er lud seine Handfeuerwaffe – eine Smith & Wesson – durch, steckte sie in sein Schulterholster und stand auf.

»Jetzt sag, warum du hergekommen bist, John. Ich will mich auf den Weg machen.«

»Ich brauche Munition für meine Glock.«

»9 mm × 19?«

»Ja.«

»Dritte Schublade von links, ganz oben. Aber bedien dich zuerst aus der angebrochenen Schachtel, falls du keine ganze nimmst, und verschließ sie ja wieder ordentlich.«

»Verstanden. Muss ja alles seine Ordnung haben bei dir.«

»Ordnung, Perfektion und Präzision, das gehört alles zusammen«, erklärte Vinz, schnappte sich sein Scharfschützengewehr und war auf dem Weg zur Tür, als John noch ergänzte:

»Ach ja, und Benedikt hat mir aufgetragen, dich in die Kapelle zu schicken. Er will mit dir reden.«

»Ich mag keine Kirchen, und falls ich je die Beichte ablege, würde das die ganze Nacht dauern. Also nein danke.«

Vinz war schon im Türrahmen, da spürte er Johns vehementen Griff an seiner Schulter.

»Benedikt hat gesagt, ich soll dich *begleiten*, falls du den Weg nicht allein findest. Wie willst du's haben?«

Johns Griff wurde stärker und Vinz' Knurren ließ den Boden vibrieren.

»Schön, dann gehe ich eben durch die Kapelle nach draußen. Mehr nicht.«

Endlich ließ John von ihm ab und er konnte sich auf den Weg machen.

Durch einen der unterirdischen Tunnel gelangte er zu einem versteckten Nebeneingang der Kapelle, die außerhalb des Hauptquartiers lag. Es entsprach sowieso seiner Natur als Vampir, sich nahezu lautlos zu bewegen, doch jetzt gab er sich extra Mühe, insbesondere mit der Tür. Vielleicht würde Benedikt ihn so gar nicht bemerken.

Der geheimnisumwitterte Mönch, dessen Alter niemand so genau kannte, kniete mit dem Rücken zu ihm auf den Steinplatten im Mittelgang. Die Kapuze hatte er tief über den Kopf gezogen und war mit gefalteten Händen augenscheinlich im Gebet versunken. Perfekt.

Vinz schlich zum reich verzierten Holzportal, der Ausgang zur Straße war schon verführerisch nahe.

»Ich mache mir Sorgen um dich, Vinzenz.«

Mist!

Benedikt hatte seine Anwesenheit wahrgenommen, ohne überhaupt den Kopf zu heben, geschweige denn, sich umzudrehen. Und die Stimme des sagenumwobenen Mönchs schlang sich wie ein Lasso um seinen Körper, ließ ihn förmlich im Laufen erstarren. In unwillkürlicher Rebellion ballten sich seine Hände zu Fäusten.

»Sich um mich zu sorgen, ist reine Verschwendung. Ich habe meinen Weg schon vor Jahrhunderten gewählt. Ich werde das Böse so lange unerbittlich bekämpfen, bis es mich vernichtet – oder die Sonne mich verbrennt, die Gott mir auf ewig verwehrt hat.«

Genauso wie dieser Gott ihm eine Familie verwehrt hatte; indem er zuließ, dass der Kreis seiner Liebsten abgeschlachtet worden war, während er, als schwacher Jüngling unter den Vampiren, mit bloßen Fäusten auf die kampferfahrenen Bestien losgegangen war und dabei lediglich für deren Belustigung gesorgt hatte.

»Du hast dich selbst zu einem Racheengel auserkoren.«

»Und wenn schon! Sei lieber froh über jeden Gesetzlosen, den ich von diesem Erdboden tilge, damit sie Gottes wehrlosen Schäfchen nicht die Kehle herausreißen.«

»Ein Wächter, der das Recht für die Schwachen durchsetzt und sie schützt, soll aber kein Racheengel sein, selbst wenn er ein Schwert trägt.«

»Definitionssache. Ich erledige den Job und scheue mich nicht, mir die Hände dabei schmutzig zu machen.«

»Deine Hände triefen vor Blut, Vinzenz.«

Kaum ausgesprochen, spürte er etwas Nasses, das zähflüssig seine Hände herablief. Geschockt starrte er auf seine Hände, aber seine Augen straften ihn Lügen. Kein Tropfen Blut war zu sehen, dennoch konnte er das Gefühl nicht abschütteln. Ein kalter Schauer lief ihm den Rücken hinunter und in seinem Geist hörte er verächtliches Gelächter – nicht zum ersten Mal.

»Deine Seele stirbt einen langsamen, qualvollen Tod, Vinzenz.«

War es das, was in seinem Inneren so schmerzte? Oder war es nur die quälende Erinnerung, die klaffende Wunde, die immerwährende, erbarmungslose Rache verlangte und trotz all seiner Taten doch nie verheilte?

Er erschrak, als er aufblickte und der Mönch plötzlich direkt vor ihm stand.

»Ich hoffte, du würdest mit der Zeit über den Verlust deiner Familie hinwegkommen und hier bei den Wächtern eine neue finden.«

»Verlust? Was für ein harmloses Wort«, gab er mit einem Knurren zurück. Als wäre es gestern, standen ihm die Ereignisse von damals vor Augen und rissen sein Inneres brutal auseinander – auch nicht zum ersten Mal. »Wie eine Horde Hyänen sind diese blutrünstigen Mörder über meine Familie hergefallen! Mit Fangzähnen wurden ihre Kehlen und Pulsadern an den Handgelenken zerfetzt! Ich musste zusehen, wie eine dieser Bestien meiner kleinen Schwester danach sogar noch den Brustkorb aufgeschnitten, das Herz herausgerissen und es über seinem Maul ausgepresst hat! Mich haben sie nur halbtot am Leben gelassen, damit ich qualvoll in der Sonne verbrenne, während ich die zerfleischten Körper meiner Liebsten vor Augen habe. Wären Alva und Agnus nicht vorbeigekommen ...«

»Vinzenz«, unterbrach ihn Benedikt fast flehentlich und legte ihm eine Hand auf die Schulter. »Das war im 14. Jahrhundert. Merkst du nicht, wie du dich fortwährend selbst damit quälst?«

Die Berührung des Mönchs fühlte sich an wie eine heilende Salbe, spendete Trost. Und es schien, als versuchte die kleine Kapelle mit ihren hübschen Buntglasfenstern, ihn mit ihrem Frieden zu durchdringen. Doch etwas in ihm wollte keinen Trost und keinen Frieden, sondern nur Rache.

Er riss sich los, ohne darüber nachzudenken. Benedikts Hand fiel ins Leere und gleichzeitig löste sich die Starre, die ihn vorhin befallen hatte. Er brachte es nicht fertig, dem sanftmütigen Blick des Mönchs standzuhalten, und lief zum Ausgang.

»Ich werde dafür beten, dass Gott dir einen Engel schickt, der dich aufhält.«

Während Vinz die Holztür der Kapelle aufstieß, wo ihm die eiskalte Winterluft wie eine Peitsche ins Gesicht schlug, erwiderte er: »Besser einen Engel mit Schwert, der an meiner Seite kämpft! Aber vielleicht finde ich heute Nacht auch ohne göttliche Unterstützung diesen Menschenhändler und dann schneide ich ihm mit meinem Dolch sein bösartiges Herz heraus.«

Bald darauf durchkämmte Vinz in seinem schwarzen Pontiac Firebird Trans Am die Innenstadt. Leider waren die Straßen der Stadt jetzt in der Vorweihnachtszeit vollgestopft. Weihnachten – auch so ein Fest, das keine Bedeutung für ihn hatte. Der Stau verurteilte seinen, wie immer auf Hochglanz polierten Sportwagen, mal wieder zum Stillstand.

Im Radio spielten sie gerade das Lied »Send Me an Angel«[1].

»Ein Engel, der mich aufhält«, murmelte Vinz gedankenverloren und schüttelte den Kopf. »Das Einzige, was mich hier aufhält, ist eine Blechschlange an Autos.«

Er nutzte die Zwangspause und zupfte den einzigen Fussel – in dem ansonsten makellosen Innenraum – vom Beifahrersitz, dann wischte er das Quäntchen Staub von seinem exorbitant teuren Autotelefon rechts der Mittelkonsole. Anschließend ließ er seinen Blick nach allen Seiten schweifen, auf der Suche nach dem typischen Gesicht eines Models oder zumindest nach blutjungen Frauen, die dachten, sie könnten eines werden. Wie solch ein Gesicht genau aussehen sollte, wusste er eigentlich nicht und versuchte sich deswegen an die hochnäsigen, dürren Frauen zu erinnern, die er beim Zappen durch die Fernsehkanäle ab und zu auf Laufstegen gesehen hatte.

Am Rand seines Gesichtsfeldes nahm er flüchtig etwas wahr, das aus irgendeinem Grund seine Aufmerksamkeit erregte. Er wandte seinen Kopf dorthin, brachte sein Gesicht dabei näher an die Scheibe, um ganz nach oben, auf das Dach eines Hochhausriesen schauen zu können.

Was er dort entdeckte, ließ ihn regelrecht erstarren.

Hoch oben auf dem Giganten aus Glas und Stahl stand tatsächlich ein Engel!

Er rieb sich die Augen, doch da war immer noch ein Engel – und sogar ein weiblicher. Gleich einem Scheinwerfer beleuchtete der Mond die überirdische Gestalt. Die eleganten Flügel wirkten ebenso kraftvoll wie weich und seidig.

Wie sie sich wohl anfühlen würden?

Der Wind spielte mit den üppigen, weißblonden Locken, die dem Engel bis weit über die Schultern reichten. Und das hauchzarte Gewebe des langen Gewandes umspielte betörend ihre Gestalt.

»Do you believe in heaven above? Do you believe in love?«[1], tönte es in diesem Moment aus den Boxen seines Wagens und bewegte etwas in ihm.

Die himmlische Schönheit hatte die Hände auf dem Geländer liegen und sah hinunter auf die Straßen der Stadt, als suche sie ausgerechnet ihn zwischen all den vielen Menschen.

Wie gebannt sah er zu dem Engel hinauf.

»Send me an angel. Send me an angel. Right now, right now«[1], drang an sein Ohr. Oder rief er das selbst in seinem Inneren?

Ein Schauer lief durch seinen ganzen Körper.

Für einen Moment glaubte er, jeden Augenblick von dem Engel entdeckt zu werden, wartete förmlich darauf, dass sie die Flügel ausbreitete und direkt zu ihm heruntergeflogen käme.

Hinter ihm entstand ein Hupkonzert, doch das war ihm egal. Er stieg aus seinem Sportwagen und schaute erneut zu dem Giganten aus Stahl und Glas auf. Aber da war niemand mehr.

Hatte ihm seine Fantasie einen Streich gespielt, weil Benedikt ihm so zugesetzt hatte?

Er schüttelte den Kopf, als würde ihm das Klarheit verschaffen.

»Don't give up, don't give up. You can be lucky in love«[1], tönte es zeitgleich aus seinem offenen Wagen, als wäre der Text eine persönliche Botschaft für ihn.

Unter dem wütenden Gehupe der Wartenden stieg er wieder ein und fuhr weiter. Er wechselte die Radiostation, denn dieses Lied, das sie immer noch spielten, brachte ihn völlig durcheinander. Wie zur Erinnerung fasste er nach dem Griff seines schwarzen Dolches.

»Konzentrier dich, Vinzenz! Vergiss nicht, was du tun willst!«, mahnte er sich.

Eine geraume Zeit später war er immer noch nicht fündig geworden und gab ein frustriertes Knurren von sich. Genervt stand er schon wieder vor einer roten Ampel und war zum Warten verdammt.

Er wollte Ramón unbedingt zur Strecke bringen, aber John hatte recht gehabt: Diese Aktion war planlos und höchstwahrscheinlich zum Scheitern verurteilt. Zugeben würde er das vor John natürlich nicht.

Seine Finger trommelten auf dem Lenkrad und die 225 Pferdestärken, die der 5,7-Liter-Motor hergab, sehnten sich ebenso danach, loslegen zu dürfen, wie er selbst. Aus einem Impuls heraus ließ er den Motor des Trans Am aufheulen.

Mit seinen feinen Vampirohren hörte er sehr genau, wie der Junge, der an der Hand seiner Mutter vor ihm die Straße überquerte, rief: »Guck mal, Mami! Das da ist K.I.T.T., das Auto von Michael Knight! Sitzt er da jetzt wirklich drin?«

»Nein, mein Schatz«, hörte Vinz die Mutter sagen. »Der sitzt nicht da drin, sondern nur ein Macho, der Mädchen beeindrucken will.«

Ihm war danach, ins Lenkrad zu beißen, und zwar, ganz, ganz fest! Aber seinen makellosen Pontiac würde er ganz sicher nicht beschädigen. Stattdessen knurrte er lauter, bis die Frontscheibe vibrierte, und zog seine Smith & Wesson aus dem Holster.

Wenn diese dämliche Ampel nicht gleich grün wird, dann puste ich das rote Licht mit einer Kugel aus!

Sobald es Grün war, fuhr Vinz mit quietschenden Reifen an. Dass die Leute auf dem Gehweg zusammenzuckten, war ihm egal, und auch dass er das Tempolimit aus purem Frust großzügig überschritt.

Es juckte ihn so sehr in den Fingern, diesen Ramón endlich einen Kopf kürzer zu machen, dass er trotz der Aussichtslosigkeit seines Vorhabens weitersuchte. Um Konzentration ringend spähte er wieder aufmerksam rechts und links aus den Seitenscheiben seines Firebird, um nach schönen Gesichtern Ausschau zu halten.

Als er wieder durch seine getönte Frontscheibe nach vorn blickte, sah er plötzlich weiße Federn ...

Er raste mit Vollgas auf einen knienden Engel zu!

Bevor er denken konnte, hörte er seine Bremsen bereits quietschen. War es Instinkt, dass sein Fuß ohne Befehl mit aller Kraft auf das Bremspedal drückte?

Wie in Zeitlupe sah er den Engel näher und näher auf sich zukommen.

Seine Geschwindigkeit war einfach zu hoch!

All seine Fähigkeiten als Vampir waren in diesem kurzen Moment völlig nutzlos. Er war nicht in der Lage, die drohende Kollision irgendwie zu verhindern.

Ihm brach am ganzen Körper der Schweiß aus.

Diese wunderschönen Flügel – mit einem Mal sahen sie so zerbrechlich aus.

Bitte flieg doch weg! Schnell!

Ich will dich nicht verletzen!

Am Straßenrand schrien Passanten in blankem Horror auf.

»Nein!«, brüllte er entsetzt.

Das Letzte, was ihm in den Sinn kam, waren Benedikts Worte: »*Ich werde dafür beten, dass Gott dir einen Engel schickt, der dich aufhält.*«

Kapitel 2

Etwas früher in dieser Nacht ...

Arabella stand noch immer am Geländer, mit der Stadt zu ihren Füßen. Auch Männer lagen ihr einst zu Füßen und sie hatte auch das in vollen Zügen genossen: die Beachtung, die flirtenden Gespräche, die Aufmerksamkeiten durch Gesten oder die Erfüllung von Wünschen, die man ihr von den Lippen ablas.

Aber diese Welt war eiskalt und man durfte sich nicht von der schönen Fassade täuschen lassen. Es gab unerbittliche Maßstäbe, und wer denen nicht mehr entsprach, wurde auf ebenso gnadenlose wie grausame Weise von der Gesellschaft ausgespuckt. – Ausgespuckt, bei diesem Wort krampften sich ihre Hände stärker um das eiskalte Stahlrohr.

Schnell verdrängte sie diesen Gedanken, dennoch begann ihr ganzer Körper zu zittern.

»Ist nur die kalte Winterluft hier draußen«, flüsterte sie.

Mit einem letzten, sehnsüchtigen Blick auf das imposante Lichtermeer der Stadt wandte sie sich um und ging wieder hinein.

Es ist Zeit aufzubrechen, Arabella.

Gib dein Bestes!

Zuvor würde sie aber noch einen prüfenden Blick in ihren Standspiegel werfen.

Das Kleid war traumhaft, ihre Flügel wunderschön und ihre prachtvollen Locken strategisch perfekt positioniert. Aber da passierte es plötzlich.

»Nein, nein, nein!«

Gerade noch gelang es Arabella, das Tuch festzuhalten, bevor es herunterrutschte, das Tuch, das der Länge nach die Hälfte ihres schicken Standspiegels verdeckte. Und es verdeckte nicht nur das tolle Design dort, das mit so vielen Träumen verbunden war, nämlich die Skyline von Paris, London und New York, sondern auch etwas, das sie nicht mehr sehen und auch nicht mehr anfassen wollte: ihre verbrannte, linke Gesichtshälfte. Und diese hässliche Seite an ihr würde sie niemals akzeptieren.

Auge, Mund und Nase waren zwar heil geblieben, aber die einst makellose Haut zwischen Schläfe und Kinn war zu einem vernarbten Gewebe geworden, fühlte sich viel gespannter und fester an als normale Haut; die Oberfläche war teils unnatürlich glatt und die Färbung reichte von bösartigem Rot bis hin zu Narbenweiß.

Du wirst diesen Auftrag bestimmt nicht bekommen, du bekommst nie wieder einen Job! Das kann sowieso nichts Seriöses sein, das weißt du doch selbst, Arabella!

Keine renommierte Modelagentur würde auf diese Weise in der Zeitung und noch dazu unter Chiffre inserieren!

Schnell verdrängte sie die Warnungen in ihrem Kopf.

»Denk positiv, Arabella! Wer positiv denkt, hat eine bessere Ausstrahlung und wirkt attraktiver!«

Trotzdem begann sie schon wieder am ganzen Leib zu zittern.

Schnell blickte Arabella auf das Foto, das sie auf dem Tuch mit Nadeln festgesteckt hatte: ihr Lieblingsbild, das sie während ihres glamourösen Catwalks auf dem Laufsteg der letzten Fashion Week in Paris zeigte ...

Damals war sie im Blitzlichtgewitter von 150 Fotografen über den Laufsteg geschwebt. Jahrelang hatte sie dafür an sich gefeilt: an ihrem Lächeln, ihren Posen, ihrer Lauftechnik, ihrem Äußeren. Sie hatte sich wirklich alles abverlangt, um an die Spitze zu kommen. Und durch ihren Erfolg in diesem Job hatte sie sich auch dieses mondäne Penthouse zulegen können, das ihr gleichermaßen als Status wie als Geldanlage diente. Es befand sich natürlich in erstklassiger Innenstadtlage, mit Blick über die Stadt, und war todschick. Aber wie bei so vielen Dingen, die todschick sind, litt auch hier der Nutzer, denn die Heizung im Bad wurde zum Beispiel nie richtig warm.

Ihre herzensgute Mama, Gott hab sie selig, hatte ihr deswegen gleich deren alten Heizlüfter geschenkt. Jeden Morgen verrichtete das vorsintflutliche Gerät treu seinen Dienst und sorgte rasch für eine mollige Wärme im Bad. Sie hätte sich durchaus ein neues leisten können, doch es erinnerte sie an die Fürsorge ihrer geliebten Mami und deren Herzenswärme, die sie nie mehr erleben würde.

Ihr Erfolg als Spitzenmodel hatte aber auch seinen Tribut gefordert. Zum einen war es ein langer, harter Kampf gewesen, um an diese Spitze zu kommen, und zum anderen ein noch härterer, um dort auch zu bleiben.

Nie durfte sie sich richtig satt essen, obwohl sie jeden Tag Sport trieb, und nie heulen, wenn der Zickenkrieg einen fertigmachte. Immer musste man strahlend lächeln, auch wenn man völlig erschöpft war. Letzteres resultierte aus dem Stress der Termindichte, kombiniert mit dem allgegenwärtigen Schlafmangel, aufgrund der Jetlags und der vielen Partys, die wegen der Publicity und der einflussreichen Kontakte dort zur Pflichtveranstaltung bis spät in die Nacht wurden. Außerdem war sie einigen Auftraggebern bereits nicht mehr jung genug, und obwohl sie von Hause aus gertenschlank war, war sie für viele Modezaren nicht dünn genug.

»Dünn ist elegant und ein absolutes Muss heutzutage!«, hatte ihre Agentin sie stets aufs Neue ermahnt. Und dabei reichte es noch nicht einmal mehr, der amerikanischen Größe »Size zero« zu entsprechen, was Größe 24 bei Jeans bedeutete beziehungsweise Größe 32 in Deutschland, wo sie geboren war.

»Wenn du ganz nach oben willst, dann musst du alles geben und ich meine wirklich alles!«, hallte die Stimme ihrer früheren Modeltrainerin immer noch in ihrem Geiste wider.

Aber das ständige Hungern, um dem angesagten, aber unnatürlichen Standard der Superschlanken zu entsprechen, quittierte ihr ohnehin schon niedriger Blutdruck mit Schwindel. Oft wurde ihr sogar schwarz vor Augen und sie musste sich abstützen, um nicht zusammenzuklappen.

Mit dem Gefühl, völlig ausgehungert zu sein, war sie an jenem verhängnisvollen Morgen vor einigen Monaten wieder einmal mit knurrendem Magen aufgestanden. Kaum dass sie stand, war ihr auch noch schlecht geworden. Sie lief ins Bad, schaltete schnell den Heizlüfter ein und übergab sich dann auch schon. Als sie sich wieder aufrichtete, versagte ihr Kreislauf komplett und sie brach ohnmächtig zusammen. Tragischerweise war sie mit dem Gesicht auf dem Heizlüfter gelandet. Das alte Ding hatte keine automatische Abschaltung beim Umfallen, und falls es einen Überhitzungsschutz gab, war er nicht ausreichend gewesen.

Mit dem Gestank verbrannten Fleisches in der Nase war sie auf dem Fliesenboden wach geworden. Beim Aufsetzen hatte sie sich an die Wange gegriffen und etwas undefinierbar Feuchtes gespürt.

Der Schmerz kam erst, als sie ihr entstelltes Gesicht im Badezimmerspiegel erblickte. Sie schrie wie am Spieß, bis der Notarzt eintraf. Der erlöste sie vorerst mit einer Spritze, in der sich eine Mischung aus Schmerz- und Schlafmittel befand.

Viel später erwachte sie im Krankenhaus und ein Arzt eröffnete ihr, dass sie die Schmerzmittel vorsichtig dosieren müssten, weil sie schwanger wäre.

»Ich ... ich dachte, mir ist vor lauter Hunger so schlecht«, stammelte sie. »Ich nehme doch die Pille.«

Anscheinend war sie dennoch schwanger geworden, weil sie leider schon Mal aus lauter Hunger einen Fressanfall bekommen und sich nachher mit schlechtem Gewissen den Finger in den Hals gesteckt und alles wieder ausgebrochen hatte, die Pille inklusive. Der Arzt stellte sie vor die Wahl, ihr Kind abzutreiben und sofort mit umfassenden Operationen in einer Spezialklinik zu beginnen, oder ihr Kind zu behalten und das Gesicht erst mal auf natürlichem Wege heilen zu lassen.

Sie holte noch die Meinung von zwei Spezialisten ein. Aber da ihr beide klarmachten, dass ihr Gesicht selbst nach erfolgreichen OPs nie mehr auf Modelniveau wäre, hatte sie sich für das kleine Baby in ihrem Bauch entschieden. – Ein Baby, mit dem sie später ganz allein dastehen würde, denn der Vater, ebenfalls ein Model, war bald nach ihrem Unglück im Badezimmer gestorben: Skiunfall in Aspen. Wobei er mit ihrer Tochter sowieso nichts zu tun haben wollte, denn sein Agent hatte ihn gewarnt, dass ein verheiratetes Model mit Kind die Fantasie der Frauenwelt weniger beflügeln würde als ein Single. Und die Werbung arbeite nun mal mit den Männerfantasien der Frauen.

Arabella blickte erneut zum Foto auf dem Tuch: Ja, seit dem letzten Catwalk in Paris war wirklich viel passiert. Die eiskalte Geschäftswelt, die nur durch ein oberflächliches Make-up aus Schönheit und Glamour freundlich und warm wirkte, hatte ihr nach dem Unglück von einem Tag auf den anderen die kalte Schulter gezeigt. Für Leute, die ihr zuvor lächelnd begegnet waren und sie zu ihren Partys einluden, war sie plötzlich nicht mal mehr am Telefon zu sprechen und wurde mit einem harschen Kommentar der Sekretärin abgewimmelt. Und ihre angeblichen Freundinnen hatten an keinem Tag der Woche mehr Zeit, sich auf einen Cappuccino in ihrem angesagten Lieblingscafé zu treffen.

Ihre Freunde waren natürlich alle in der gleichen Branche wie sie, denn man hatte die gleichen Themen, besuchte die gleichen Partys usw.

Jetzt aber nicht mehr.

Jetzt stand sie allein da.

... Die energischen Tritte des kleinen Wesens in ihrem Bauch lenkten Arabellas Gedanken schließlich wieder ins Hier und Jetzt. Liebevoll legte sie die Hände auf ihren kugelrunden Babybauch.

»Du musst heute schön artig sein, liebe Susi. Wir brauchen diesen Modeljob dringend, sonst verlieren wir unser Penthouse. Irgendwie muss ich uns beide ja durchfüttern, wenn du in drei Wochen kommst. Und im Gegensatz zu mir darfst du nach der Geburt ja so viel futtern, wie du willst.«

Sie würde wieder arbeiten müssen, denn ihr Erspartes war nach dem Unglück Stück für Stück aufgebraucht worden. Ihre Chancen standen allerdings denkbar schlecht. Sie würde nur noch als Körpermodel – sprich Hände, Beine, Bauch – Aufträge bekommen und die Gagen dafür waren verschwindend gering im Gegensatz zu ihren früheren. Das Casting heute Abend war ihr letzter Versuch, sich im Ganzen zu verkaufen. Von ihrer rechten Seite betrachtet, sah sie ja nach wie vor perfekt aus – bis auf den Babybauch natürlich. Der war aber, durch dieses besondere Kleid von ihrem letzten großen Werbeshooting, bei entsprechender Positionierung ziemlich unauffällig.

»Bikinimodels gesucht« – das klang äußerst schwammig.

Wie würde dieser neue, angeblich hoch bezahlte Modeljob wohl aussehen? Ein Trip in die Karibik täte ihr wirklich gut. Da der Auftraggeber aber noch nicht einmal mit Namen inseriert hatte, wären es wohl eher ein paar Schippen Sand vor einer Fototapete mit Meer. Würde sie wenigstens so einen Job noch ergattern? – Diese und ähnliche Fragen stellte sie sich immer wieder.

Mach dir nichts vor, es ist hoffnungslos!

Außerdem bist du schwanger! Die wollen den Shoot sicher nicht erst in zwei Monaten machen, wenn du wieder schlank bist.

Gib endlich auf!

»Nein!«, protestierte sie laut gegen die Stimme in ihrem Kopf. »Ich bin es Susi schuldig, jede noch so kleine Chance zu ergreifen!«

Langsam wurde die Zeit knapp. Arabella eilte ins Schlafzimmer, stolperte aber gleich über einen ihrer Stiefel, die sie nach dem Anprobieren dort liegen gelassen hatte. Zum Glück konnte sie sich noch rechtzeitig am Bett abfangen und kramte dort unter dem Berg aus Klamotten, die sie bei der Wahl der Kleider für das heutige Casting angezogen und verworfen hatte, nach ihrer Umhängetasche. Dann schlüpfte sie in ihre Stiefel mit cremefarbenen Fellimitat und Pfennigabsätzen und hetzte aus ihrem Penthouse.

In ihrer vollgestopften Umhängetasche – man brauchte eben tausend Dinge, um als Model auf alle Eventualitäten zu reagieren – kramte sie in der Tiefgarage eine halbe Ewigkeit nach ihrem Autoschlüssel. Zum Parken in der City war die Größe ihres heiß geliebten Mini, den sie sich extra in Perlmuttrosa hatte lackieren lassen, super. Aber als sie endlich die Schlüssel in Händen hielt und die Fahrertür öffnete, wurde ihr schlagartig klar, dass sie mit ihren Engelsflügeln niemals dort hineinpassen würde.

Sie reute das Geld, dennoch bestellte sie sich notgedrungen ein Taxi. In das kletterte sie dann hinten hinein und ließ sich, halb sitzend, halb auf der Seite liegend, fahren, um nur ja nicht die teuren Flügel aus echten Schwanenfedern zu ruinieren. Ein ruiniertes Gesicht reichte voll und ganz!

Zu allem Übel steckte der Taxifahrer kurz vor dem Ziel auch noch im weihnachtlichen Verkehr fest, also stieg sie mitten im Stau aus. Die schwere Umhängetasche in bunten Neonfarben unterm Arm festgeklemmt, sprintete sie mit gerafftem Kleid die letzten Meter auf ihren Pfennigabsätzen durch die Innenstadt.

»Bin ein Engel mit Notfall!«, rief sie dem kleinen Mädchen zu, das sie mit offenem Mund anstarrte, während sie über die gerade auf Rot umgesprungene Fußgängerampel hetzte.

Für so etwas wie rote Ampeln hatte sie jetzt wirklich keine Zeit!

Und dann passierte es.

»Oh nein, nein, nein, nein!«

Der Pfennigabsatz ihres teuren Designerstiefels steckte im Loch eines Gullys fest.

»Du dämlicher Gully! Lass gefälligst meinen Stiefel los! Der kommt aus Mailand und hat was Besseres verdient als dich!«

Mit aller Kraft zerrte sie an dem Schuh. Aussichtslos.

»Gib ihn endlich her! Du darfst nur Regenwasser schlucken, hat dir das keiner beigebracht? Du willst wohl, dass auch mal vor dir jemand in die Knie geht. Also bitte schön!«

Nach einem filmreifen Stöhnen ging sie mit ihrem Babybauch umständlich auf ein Knie, um die Schnürsenkel zu lösen. Das Nächste, was sie mitbekam, war ein ohrenbetäubendes Quietschen.

Nur Zentimeter vor ihr kam ein schwarzer Wagen zum Stillstand. Eine Wagentür öffnete sich, Schritte näherten sich.

»Wenigstens einer hält an, um mir zu helfen«, murmelte sie, ohne den Blick von der lebenswichtigen Aufgabe vor ihr zu nehmen.

»Sind Sie – ein echter Engel?«, hörte sie eine ziemlich verdutzte, aber angenehm männliche Stimme.

»Mist! Jetzt hat sich das saublöde Ding auch noch verknotet!« Immer noch ihren Fokus auf die Katastrophe mit dem verflixten Schnürsenkel gerichtet, antwortete sie: »Wenn ich ein Engel bin, helfen Sie mir dann mit meinem vermaledeiten Stiefel? Ich stecke nämlich fest.«

Zum Glück konnte der Mann ihre entstellte linke Gesichtshälfte nicht sehen. Die Locken ihrer Perücke aus echtem Menschenhaar hatte sie extra mit viel Haarspray so festzementiert, dass ihre hässliche Seite fast perfekt verdeckt war. Zur Sicherheit drehte sie aber schnell das Gesicht zur Seite.

»Dieser Knoten will einfach nicht aufgehen!«

Aus reinem Frust zerrte sie mit aller Kraft an dem Schnürsenkel.

Starke und dennoch schlanke Männerhände legten sich warm auf ihre.

Es fühlte sich wunderbar an!

»Lassen Sie mich das machen.«

Erst jetzt spähte Arabella vorsichtig durch ihren Vorhang aus Haaren. Ein Mann mediterranen Typs war ihr Helfer. Die Lederjacke, vermutlich aus Lammnappa, war sicher sündhaft teuer, ebenso wie sein Eau de Toilette, das nach Amber und Mokka roch. Sein Friseur war bestimmt auch nicht billig, so stylish, wie seine schwarzen, glänzenden Haare geschnitten waren: hinten und an den Seiten kurz, vorn länger. Ihm fielen nur gerade ein paar Strähnen ins Gesicht, weil er sich zu ihrem Stiefel hinunterbeugte, aber das wäre mit einem guten Haarlack schnell behoben. Von seiner Figur sah sie durch seine gebückte Haltung zwar nicht viel, doch sie schätzte ihn auf 1,80 Meter und er schien genau richtig proportioniert zu sein. Die schwarzen Jeans, in denen seine Beine steckten, stammten vielleicht sogar von Armani. Der Mann musste also viel Geld haben, sah dabei noch gut aus und war hilfsbereit.

Zu schade, dass sie sich vorgenommen hatte, nie etwas mit einem Südländer anzufangen. Zu ihrem langen, blonden Typ passte optisch nämlich ein ebenfalls blonder, größerer, nord- oder mitteleuropäischer Typ – wie ihr verstorbener Exfreund – wesentlich besser. Na ja, wenigstens optisch. Die französische Illustrierte, die den Vater ihres Babys und sie abgelichtet hatte, betitelte sie damals als »Couple de beauté« – Paar der Schönheit.

Aber abgesehen von ihrer Einstellung, würde dieser Gentleman – dem zweifellos viele Frauenherzen zuflogen – sich sowieso nie mit ihr verabreden, wenn er ihre hässliche Seite zu sehen bekam. Das war auch der Grund, warum sie gleich die Flucht ergreifen würde. Vermutlich war der Mann sowieso nur stehen geblieben, um nachzusehen, ob er sie nicht überfahren hatte. Ihr fiel jetzt nämlich auf, wie nah sein schicker Sportwagen ihr gekommen war.

Kaum hatte der attraktive Mann ihren Absatz aus dem Gullydeckel befreit und die verknoteten Schnürsenkel wieder zu einer perfekten Schleife gebunden, rief sie ihm ein »Danke!« zu und rannte davon.

»Hey, warte doch mal!«, rief er ihr hinterher, doch sie war wegen des Castings schon nervös genug und ein angewiderter Gesichtsausdruck seinerseits hätte ihr Selbstbewusstsein völlig ruiniert.

Ohne sich umzudrehen, rief sie nur: »Sorry, ich hab noch einen Auftrag und bin schon spät dran.«

Ich hab noch einen Auftrag – aus reiner Routine hatte sie das gesagt. Ob es einer werden würde, stand aber noch gar nicht fest.

Kapitel 3

Vinzenz stieg aus seinem Firebird und starrte auf das Wesen, dass nur Zentimeter vor seinem Wagen elegant auf einem Bein kniete.

Betet sie etwa? Für mich?

»Sind Sie – ein echter Engel?«, hörte er sich selbst fragen.

»Mist! Jetzt hat sich das saublöde Ding auch noch verknotet«, schimpfte das Wesen leise.

Hört sich nicht gerade nach einem Engel an.

»Wenn ich ein Engel bin, helfen Sie mir dann mit meinem vermaledeiten Stiefel? Ich stecke nämlich fest.«

Seine feine Vampirnase roch kein Blut und sie sah unverletzt aus. Zumindest hatte er niemanden überfahren, ob Engel oder nicht. Aber es war knapp gewesen. Und jetzt brauchte dieses weibliche Wesen offensichtlich Hilfe, alles andere würde er anschließend klären.

»Lassen Sie mich das machen.«

Als er sich zur ihr hinunterbückte, hüllte ihr Duft ihn ein, als wollte sie ihn damit vom Hier und Jetzt entrücken. Duft wäre aber zu simpel ausgedrückt, nein, es war ein Kaleidoskop aus Düften, unter anderem Granatapfel, Orangenblüte, Vanille, Bergamotte, Patschuli und Sandelholz. Sie roch in der Tat himmlisch!

Durch seine Vampirnatur konnte er sich so schnell bewegen, dass das menschliche Auge es kaum erfasste. Diese Fähigkeit nutzte er nun und berührte für den Bruchteil einer Sekunde ihre Federn und ihr Haar. Beides fühlte sich natürlich an und roch echt – Letzteres allerdings auch nach Haarspray.

Benutzen Engel Haarspray?

Diesem Mysterium vor ihm musste er unbedingt auf den Grund gehen!

Kaum dass er den Stiefel befreit und gebunden hatte, lief der Engel jedoch davon. Sie hielt auch nicht an, als er ihr hinterherrief. Er wäre natürlich in der Lage gewesen, sie einzuholen und mit Gewalt festzuhalten. Vampire durften aber in der Öffentlichkeit kein Aufsehen erregen und der Engel hatte schon die Neugier zu vieler Passanten auf sich gezogen. Zudem machten ihn wütende Huper darauf aufmerksam, dass sein Firebird die komplette Fahrtrichtung blockierte.

Er brauchte ewig, um selbst im Halteverbot noch einen Platz zum Parken zu finden, und als er endlich zum Ort der Begegnung zurückkehrte, war leider weder dort noch irgendwo in der Nähe ein Engel zu sehen. Wie zuvor an diesem Abend schüttelte er den Kopf, als könnte er die seltsame Erscheinung damit aus seinem Kopf bekommen. Aber der weibliche Engel ließ ihn keinen klaren Gedanken mehr fassen, während er auf der Suche nach Models und auch seinem Engel weitere drei Stunden durch die Stadt fuhr. Erst dann gab er frustriert auf und fuhr zurück ins Hauptquartier.

Immer noch durcheinander von der Begegnung mit dem Engel, ging er durch den Flur des Hauptquartiers. Vor John und Elisabeths Quartier blieb er stehen, unschlüssig, ob er darüber reden sollte.

Wer blamierte sich schon gern?

Er hob die Hand, um zu klopfen, ließ sie dann aber wieder sinken und wandte sich ab.

Im gleichen Moment öffnete John die Tür.

»Zurück?«

»Ja.« Vinz schob sich die Haarsträhnen nach hinten, die ihm ins Gesicht gefallen waren. Er hatte es zwar nicht zugeben wollen, tat es nun aber doch. »Und du hattest recht. Die Suche war sinnlos. Weit und breit kein Model. Zumindest keines, das ich als solches erkannt hätte.«

Der ältere Vampir mit den goldbraunen Locken atmete tief durch, sparte sich aber einen schulmeisterlichen Kommentar. Der Mann war einfach ein prima Kumpel.

»Komm doch rein, Vinzenz, und trink mit Elisabeth und mir einen Schluck Wein.«

Er nahm die Einladung dankbar an und setzte sich auf die bequeme, burgunderrote Ledercouch in der Nähe des offenen Kamins, in dem ein gemütliches Feuer flackerte.

»Hier«, sagte John, reichte ihm ein Weinglas und füllte es. »Ein

1961er Merlot vom Chateau Petrus, der wohl teuerste Jahrgang bislang. Lass ihn dir schmecken.«

John setzte sich neben seine Gefährtin Elisabeth auf die Couch ihm gegenüber. Kaum hatte der erste Schluck dieses köstlichen Rotweins seinen Gaumen verwöhnt, fragte John auch schon: »Dich drückt doch irgendwo der Schuh, Vinzenz. Los, rück endlich mit der Sprache raus.«

»Du hältst mich bestimmt für verrückt.«

»Ich kenne dich jetzt einige Jahrhunderte und bin mir sicher, dass du nicht verrückt bist.«

Vinz blickte auf seinen Rotwein und drehte den Stiel des edlen Kristallglases.

»Ich hab einen Engel gesehen. Zwei Mal.«

»Was?«, rief Elisabeth und richtete sich kerzengerade auf.

»Na ja, vielleicht habe ich einen Engel gesehen. Ich weiß es nicht wirklich.«

Frustriert schob er sich erneut eine Haarsträhne nach hinten.

»Ich selbst hab noch nie einen gesehen, aber das muss nichts heißen«, sagte John diplomatisch und ganz der Taktiker.

Vinz erzählte dem Paar von dem Gespräch mit Benedikt in der Kapelle. Elisabeth beugte sich währenddessen interessiert nach vorn, schien dem Ganzen aber sehr kritisch gegenüberzustehen.

»Am besten du beschreibst uns diesen Engel, so genau du kannst«, bat sie ihn.

»Sie sah wunderschön aus, völlig perfekt. Es gibt sicher viele schöne Frauen, aber sie – sie war irgendwie mehr, etwas ganz Besonders. Als ich ihre zarten Hände berührte, da spürte ich etwas Warmes tief in mir.«

John warf Elisabeth einen Blick zu, den er nicht deuten konnte, aber dessen Gefährtin anscheinend schon, denn sie nickte ganz leicht. Er ließ sich davon nicht irritieren und fuhr fort ...

»Ich konnte ihr Gesicht zwar nicht sehen, aber ich berührte für einen Moment die Federn ihrer Flügel. Sie waren weich und ...«

»Hm ...«, unterbrach ihn Elisabeth und stand auf. Sie ging in ihr Arbeitszimmer nebenan und kam mit einer Schreibfeder zurück. »Das hier ist ein alter Federkiel aus einer Gänsefeder.« Sie reichte ihm den Kiel. »Fühlte es sich so ähnlich an?«

»Nicht ganz so, aber nahe dran.«

»Du sagtest, sie roch himmlisch.«

»Ja, ich weiß, eine blöde Beschreibung.«

»In der Tat«, bemerkte Elisabeth mit hochgezogener Augenbraue. »Aber an irgendetwas erinnert mich das, ich weiß nur nicht mehr, an was. Beschreib mir noch einmal den Duft und ihr Kleid, aber bitte in allen Einzelheiten.«

Während er redete, sprang Elisabeth plötzlich vom Sofa auf, lief zu einem Regal und zog dort eine Modezeitschrift heraus. Hastig blätterte sie darin, als ob jede Sekunde zählte.

»Da! Hier steht es: ›Der Duft, der sogar die Engel an das Paradies erinnert‹!«, rief sie triumphierend und eilte mit dem aufgeschlagenen Magazin zu ihm. »Ist das dein himmlischer Duft und dein Engel?«

Vinz riss ihr die Zeitschrift mit der Anzeige förmlich aus den Händen. Es war eine ganzseitige Parfümwerbung.

»Ja, das ist sie! Das ist mein Engel!«

Sie war dort abgebildet und hielt einen Flakon in der Hand. Vielleicht war sie ein bisschen dicker gewesen als auf dem Foto, aber das war auch alles. Es gab keinen Zweifel.

»Und der Duft, den du uns beschrieben hast, ist der des Parfüms, für das sie geworben hat: Paradise von Lili Bermuda. Erinnerst du dich denn nicht an die Plakate überall in der Stadt, vielleicht sogar im ganzen Land?«

»Nein, auf so was achte ich nicht.«

Elisabeth setzte sich wieder und sah ihn mitleidig an.

»Es tut mir leid für dich, Vinzenz. Du hast nach Models gesucht und, ohne es zu wissen, tatsächlich eines gefunden.«

Vinz fuhr vom Sofa hoch.

»Und vielleicht war sie genau zu diesem Casting unterwegs!« Er erinnerte sich, dass sie etwas von einem Auftrag erzählt hatte. »Ich muss sofort los! Ramón darf sie auf keinen Fall in seine Finger bekommen!«

Dieser Blutfürst unterschied sich kaum von dem, der seine Familie abgeschlachtet hatte, und war die Verkörperung all dessen, was er hasste. Ramón führte viele mörderische Vampire an, die sich nicht an die Gesetze des Tribunals hielten. Er war machtbesessen, skrupellos, brutal und ein Menschenleben zählte nichts, außer es brachte ihm Profit ein.

Kurz darauf fuhr Vinz mit Vollgas aus der Tiefgarage, weswegen sein makelloser Firebird sogar kurz mit dem Bodenblech aufschlug. Normalerweise würde er nie auch nur die kleinste Macke an seinem Wagen tolerieren, aber das war ihm in diesem Moment seltsamerweise ganz egal. Alles, was jetzt zählte, war, seinen Engel zu finden, bevor es zu spät war!

Das Casting war für 20 Uhr angesetzt. Er sah auf seine Rolex.

Jetzt war es schon 0:17 Uhr!

Er überfuhr die erste rote Ampel.

Arabella schaffte es einfach nicht, auf dem Barhocker ruhig sitzen zu bleiben. Außerdem war sie inzwischen schon dreimal auf der Toilette gewesen und hatte sich viermal nachgepudert. Es war ihr unbegreiflich, dass man auf ihre exklusive Fotomappe nur einen flüchtigen Blick geworfen hatte. Und auch der Ort des Castings war niveaulos: eine leer stehende, verstaubte Kneipe, die sie auch noch über den Hintereingang hatte betreten müssen.

Insgesamt waren neunzehn junge Frauen aufgetaucht, teils noch Teenagerinnen, die sicher ohne Wissen ihrer Mütter hier waren. Dreizehn von ihnen waren bereits in den angrenzenden Raum gerufen worden und mit einem strahlenden Lächeln wieder herausgekommen. »Wir werden für erste Aufnahmen gleich zum Fotografen gefahren«, hatten sie begeistert erzählt und wurden dann tatsächlich gruppenweise mit einem Gläschen Sekt in der Hand in einer Stretchlimousine davonkutschiert.

So etwas war in ihrer Branche gar nicht üblich!

Um sich abzulenken, hatte sie den Walkman aus ihrer Tasche herausgekramt, die Kassette mit ihren aktuellen Lieblingsliedern hineingesteckt und mit Kopfhörer gehört. Musik gehörte einfach zu ihrem Leben. Trotz der Ablenkung drehte sich das Gedankenkarussell in ihrem Kopf aber schon wieder. Und jedes Mal, wenn sie über dieses Casting nachdachte, schrillten alle Alarmglocken und ihr wurde richtiggehend schlecht.

Sie schaute zum gefühlt hundertsten Mal auf ihre Uhr, es war halb zwölf durch. Sie saß bereits unfassbare dreieinhalb Stunden hier!

Ihr platzte der Kragen. Sie lief zur Tür, in der die Mädchen sich dem Auftraggeber präsentierten, und klopfte, marschierte aber sofort hinein, ohne eine Antwort abzuwarten.

»Oh, da hat es aber eine eilig«, sagte ein schmieriger Typ mit einem noch schmierigeren Grinsen.

Dabei blickte er zu einem Mann, der in Gönnerpose hinter einem schäbigen Bistrotisch saß. Das war vermutlich der Chef hier. Seine Figur war die eines Schwergewichtsboxers. Vielleicht war er Spanier, er besaß aristokratisch wirkende, mediterrane Gesichtszüge, doch seine Miene war die eines eiskalten Geschäftsmannes.

»Sieht ganz so aus«, sagte der mutmaßliche Chef und verengte seine Augen zu Schlitzen, während er sie abschätzig von oben bis unten musterte.

»Hey! Ich war zuerst da«, beschwerte sich ein Mädchen im Bikini bei ihr.

Die hatte schlecht kaschierte Pickel im Gesicht, war außerdem für ein Model mindestens fünfzehn Zentimeter zu klein, die Beine und Hüften viel zu breit, sprich, sie war chancenlos in diesem Business.

»Und was ist jetzt mit mir?«, wandte sich das Mädchen an den Spanier.

»Ja, ja, du bist dabei. Draußen wartet die Limousine«, sagte er gelangweilt und winkte sie mit einer abfälligen Handbewegung hinaus. Das Mädchen schaffte es gerade noch, ihre Sachen aufzusammeln, da drängte der schmierige Typ sie schon am Ellenbogen hinaus. So weit zum Umgang mit Models!

»Und nun zu dir«, fuhr der Spanier gönnerhaft fort.

Sie hob das Kinn.

»Arabella Violet«, stellte sie sich vor und reichte dem Mann mit den kalten Augen ihre Fotomappe.

Seine fleischigen Hände packten ihre edle Hochglanzmappe, doch kaum hatte er sie aufgeschlagen, klappte er die Sammlung an Referenzen und ausgewählten Fotos auch schon wieder zu.

Sie weigerte sich, das so hinzunehmen, schlug die Mappe noch mal auf und zeigte auf ihren letzten, großen Auftrag.

»Erkennen Sie das Outfit, das ich heute anhabe? Ich war die Werbeträgerin dieser internationalen Parfümkampagne.«

Sie nannte ihm den weltbekannten Parfümeur und zählte ihre bedeutendsten Auftraggeber auf, unter anderem den namhaften Designer, für den sie auf der Paris Fashion Week gelaufen war. Das schien ihn allerdings nicht im Geringsten zu beeindrucken, doch er war inzwischen aufgestanden und umkreiste sie wie ein Raubtier. Dann blieb er vor ihr stehen, sah sie mit eiskalten Augen an und fasste grob ihr Kinn.

»Du warst wohl mal eine große Nummer.«

Sie versuchte sich aus seinem Griff zu winden, aber das war unmöglich. Und obwohl sie Gegendruck aufbaute, zwang er ihr Gesicht zur Seite, natürlich genau so, dass ihre hässliche Seite zum Vorschein kam. Es war erniedrigend. Sie kam sich vor wie auf dem Viehmarkt, wo man den Pferden die Lefzen hochzog, um ihr Gebiss zu begutachten.

Endlich ließ er von ihrem Kinn ab.

»Die Betonung liegt auf *war*. Denn damit ist es ganz offensichtlich vorbei.«

Ging es noch erniedrigender?

Trotzdem nahm sie Haltung an und hob erneut ihr Kinn.

»Ich würde immer noch ein gutes Körpermodel oder eine ausgezeichnete Modeltrainerin abgeben. Und die brauchen Sie dringend, denn die Mädels, die Sie angelockt haben, sind bestenfalls blutige Anfänger in diesem Job.«

»Aber du nicht, was? Willst wohl selbst unter den Einäugigen immer noch eine Königin sein.«

Ja, es ging noch erniedrigender!

Dazu lachte dieser Kerl mit der Statur eines Boxers auch noch abfällig.

Nein, sie würde nicht weinen, egal wie sehr sie das traf! Beherrschung hatte sie gelernt und diese Genugtuung würde sie dem widerlichen Kerl keinesfalls geben. Aber dafür würde sie ihm zum Abschied ihre Zähne zeigen.

»Wie ich sehe, haben Sie keine adäquate Verwendung für mich, also werde ich mich empfehlen, Herr – ach ja, Sie hatten noch nicht einmal die Manieren, sich vorzustellen.«

Sofort schnellte sein Blick zu ihr und spießte sie förmlich auf.

»Nicht so schnell. Ich bin nicht fertig mit Ihnen. Ziehen Sie sich einen Bikini an, wenn das in Ihrem Zustand überhaupt noch geht, und dann will ich Sie mir genauer ansehen.«

Eigentlich war sie schon längst fertig mit ihm, aber sie biss die Zähne zusammen. Sie war eben keine erste Wahl mehr und brauchte dringend Geld. Aber sie war stinksauer und würde zumindest mal nachhaken.

»Wo soll das Fotoshooting überhaupt stattfinden? Karibik? Oder nur eine billige Fototapete in einem Hinterhofstudio?«, stellte sie ihn zur Rede und bohrte zur Abwechslung jetzt mal ihren Blick in seinen.

Er lächelte, aber es fühlte sich wie eine Verurteilung an.

»Meine Kunden sind auf der ganzen Welt. Einer sitzt in Südafrika, ist Ihnen das warm genug?«

Sie wollte den Mund aufmachen, doch er unterbrach sie rüde.

»Falls Sie je wieder im Rampenlicht stehen wollen, dann halten Sie gefälligst den Mund und lassen mich die Fragen stellen. Und jetzt will ich Sie erst mal nackt sehen.«

Er klatschte gönnerhaft in die Hände und sie hätte ihm dafür am liebsten ins Gesicht gespuckt. Aber er hatte leider recht: Sie wollte zurück auf den Laufsteg, zurück vor die Kameralinse, und dieses Arschloch schien ihr einziges Ticket zu sein.

Fünf Minuten später zeigte sie in Bikini einen perfekten Catwalk mit perfekten Posen und einem perfekten Lächeln mit gebleichten und daher blütenweißen Zähnen. Das ließ sie für einen Moment das schäbige Ambiente und ihre Sorgen vergessen. Sie war wieder in ihrem Element.

Plötzlich, mitten in ihrer eleganten, vollendeten Drehung sprang der Boxertyp auf und packte ihre Schultern.

»Da, schau mal!«, rief er dem schmierigen Assistenten zu, der inzwischen zurückgekommen war, nachdem er die Mädchen dem Geräusch nach noch mal mit Sekt versorgt und in die Limousine gesetzt hatte.

»Was?«, fragte Arabella und schielte über ihre Schulter. »Ach das! Ein unauffälliges Muttermal, das jeder anständige Fotograf leicht zu retuschieren weiß.«

Die beiden Männer tauschten einen hochzufriedenen Blick aus.

»Sie können sich wieder anziehen.«

»Hab ich den Job?«, fragte sie perplex.

Der Spanier hatte mit einem Mal blendende Laune und ein strahlendes Lächeln im Gesicht. Das hätte sie selbst nach ihrem perfekten Catwalk nicht mehr von ihm erwartet.

»Ja, den haben Sie. Sie werden ein Gewinn für mich sein.«

Hatte er das wirklich gerade gesagt?

War sie zurück im Modelgeschäft?

Ein Wunder! Das war ein Wunder!

Dennoch wollte sie Antworten und würde ihn zur Sicherheit gleich darauf festnageln.

»Dann verraten Sie mir jetzt Ihren Namen? Füllen wir den Vertrag gleich hier aus? Ich habe einen Vordruck dabei.«

Der schmierige Typ wirkte etwas überrumpelt, aber der Chef schien alles souverän im Griff zu haben.

»Erst muss ich mir jetzt noch die anderen Mädchen ansehen, denn die werden gleich direkt von hier aus zum Fotografen gefahren. Aber danach beschäftigen wir uns ganz mit Ihnen.«

»Von mir werden keine Fotos geschossen?«

Der Mann grinste nun breiter.

»Nein, Sie sind etwas ganz Besonderes. Mit Ihnen haben wir Großes vor. – Darf man fragen, ob es ein Junge oder Mädchen wird?«

Wow, erst war der Auftraggeber so kaltherzig und dann so eine nette Frage, die zeigte, dass er sich Gedanken machte!

»Ja, darf man«, antwortete sie lächelnd. »Es wird ein Mädchen.«

Während sie noch ihre Sachen zusammensuchte, hörte sie den Assistenten murmeln: »Die könnte den Geschmack unseres Kunden in Südafrika treffen.«

»Stimmt. Aber sie hat das Mal und wird deshalb bei unseresgleichen viel mehr Geld einbringen. Und das Baby, das sie bald bekommt, ist eine Zugabe. Hat sie das Mal, wird ihre Tochter es auch haben, das wird in jedem Fall weitervererbt, egal wer der Vater ist.«

Die beiden merkten wohl, dass sie zuhörte, und brachen ihr Gespräch ab. Der schmierige Assistent wollte sie am Ellenbogen hinausführen, aber sie schüttelte ihn ab und wandte sich noch mal um.

»Ihren Namen. Sie vergaßen mir Ihren Namen zu nennen.«

»Ramón«, sagte er und vollführte eine angedeutete Verbeugung, wie man sie aus alten Filmen kennt. »Sie werden diesen Namen bestimmt im Gedächtnis behalten und ich freue mich schon sehr darauf, mit Ihnen Geschäfte zu machen.«

Kapitel 4

Der Spanier schien in Hochstimmung zu sein und eigentlich sollte sie sich darüber freuen, doch trotz der unverhofft positiven Wendung wurde ihr dieses ganze Casting immer suspekter. Ihr Muttermal war doch völlig bedeutungslos, und warum redeten die über ihr Baby? Wollten sie es etwa auch unter Vertrag nehmen, obwohl es noch gar nicht geboren war?

Reiß dich zusammen, Arabella!

Sie werden gleich einen Vertrag mit dir abschließen. Das ist das, was zählt, und nicht dein dummes Bauchgefühl! Du spielst jetzt in einer anderen Liga, da weht der Wind rauer. Gewöhn dich daran.

Der schmierige Typ schob sie unsanft aus dem Raum in einen dunklen Flur. Den richtigen Umgang mit einem Spitzenmodel musste sie diesen Banausen definitiv noch beibringen! Sie erblickte ein Wandtelefon im Korridor und lief darauf zu. Das miese Gefühl in ihrem Inneren ließ ihr nämlich keine Ruhe und sie hatte das Bedürfnis, irgendjemanden anzurufen, um ihm mitzuteilen, wo sie sich aufhielt. Das würde ihre Nerven sicher beruhigen.

»Entschuldigung. Ich muss noch telefonieren.«

»Nur zu«, meinte der Assistent und grinste.

Die Art, in der er das sagte, stellte ihre Härchen an den Armen auf und bescherte ihre eine Gänsehaut.

Arabella beäugte den schmierigen Typen misstrauisch, ging zum Wandtelefon und hob den Hörer ab. Das Kabel war herausgerissen.

»Na super!«

»Tja, da haben Sie wohl Pech gehabt«, meinte der Assistent regelrecht schadenfroh.

»Dann gehe ich eben zur nächsten Telefonzelle.«

Plötzlich versperrte er ihr den Weg.

»Hey, Sie wollen doch in Ihrem dünnen Kleidchen nicht bei dieser Kälte raus. Das ist sicher nicht gut für Ihr Baby.«

Daran hatte sie gar nicht gedacht! Und so war sie nach der Fahrt im warmen Taxi die letzte Etappe hierher durch die Stadt gerannt! Sofort sah sie besorgt auf ihren Bauch.

»Vielleicht haben Sie recht«, meinte sie kleinlaut.

»Sie können später vom Autotelefon in der Limousine aus telefonieren. Es dauert nicht mehr lange. Warten Sie so lange hier drin. Ich bringe Ihnen gleich ein Gläschen Sekt, das ist gut für die Nerven.«

»Da haben Sie recht und ein Glas wird meinem Baby ja nicht schaden, oder?«, sagte sie schließlich und ließ sich in einen Nebenraum schieben.

Das Zimmer wirkte wie ein ehemaliges Büro und hatte keine Fenster. Sie ging in den angrenzenden Raum, der sich als Toilette herausstellte. Sie nutzte natürlich sofort die Gelegenheit und überprüfte ihr Aussehen in dem schmutzigen Wandspiegel über dem Waschbecken. Als Erstes frischte sie ihren Lippenstift auf und platzierte die Locken ihrer Perücke erneut so, dass ihre vernarbte Haut wieder versteckt war. Ihre mitgebrachte Wasserflasche hatte sie leider schon leer getrunken, und weil sie so furchtbar durstig war, öffnete sie den Wasserhahn. Nichts.

»Das Wasser ist sicher abgestellt worden«, erschreckte sie der schmierige Assistent vom Türrahmen aus. Er stellte ein Glas Sekt auf den verstaubten, zerkratzten Schreibtisch und meinte: »Tun Sie sich selbst einen Gefallen und trinken Sie den Sekt. Der wird Ihre Nerven beruhigen.«

»Können Sie mir noch eine Flasche Wasser bringen? Bitte, ich bin schwanger und habe schrecklichen Durst.«

Er blickte auf ihren Babybauch und für einen Moment meinte sie, Mitleid zu erkennen.

»Trinken Sie erst mal den Sekt und ich seh, ob ich was besorgen kann, okay?«

Als er ging, füllte sie sofort den Mustervertrag aus, kritzelte hier etwas dazu und strich dort etwas weg. Sie hatte sich entschlossen, den Sekt doch nicht zu trinken. Ihren Nerven hätte das bestimmt gutgetan, aber sie wollte ihr Baby keinem Risiko aussetzen, nicht mal dem kleinsten. Sogar das Kaffeetrinken hatte sie fast völlig aufgegeben und das war ihr unsagbar schwergefallen! Auch wenn sie von Kaffee meistens Magenprobleme bekam, liebte sie ihn, war förmlich süchtig danach, ebenso wie nach Schokolade.

Es war gleich halb eins. Etwa eine halbe Stunde wartete sie nun schon auf den Assistenten, damit er ihr Wasser brachte. Sie hielt es vor lauter Durst einfach nicht mehr aus, riss sich den Kopfhörer herunter, legte ihn zusammen mit dem Walkman auf den verstaubten Schreibtisch und nippte an dem Sekt.

Was Sekt anging, wusste sie Bescheid. Auf fast jeder Party gab es den, aber dieser hier hatte einen eigenartigen Geschmack.

Hatten die ihr etwas in den Sekt gemischt?

Panik breitete sich mit einem Schlag in ihr aus.

Sie lief an die Tür und versuchte sie so leise wie möglich zu öffnen.

Verschlossen.

Die hatten sie eingesperrt!

Sofort lief sie in die kleine, angrenzende Toilette, in der sich das einzige Fenster befand. Sie ließ den Deckel des Toilettensitzes hinunter, kletterte darauf und öffnete das Fenster. Es war ziemlich klein, aber vielleicht würde sie es trotzdem schaffen, mit ihrem Babybauch da durchzukommen. Das Problem war nur das Gitter!

Sie rüttelte und zog, zerrte und schlug mit der flachen Hand dagegen: nichts. Sie lief zurück ins Büro und riss alle Schubladen des alten Schreibtisches auf: kein Werkzeug und nichts, was sich verwenden ließ, nur Staub und alte Papiere. Daraufhin rannte sie zurück, kletterte wieder auf die Toilette und schrie, was das Zeug hielt.

Nur Sekunden später legte sich die verschwitzte Hand des schmierigen Typen auf ihren Mund und sie wurde grob weggerissen. Sie biss in seine Hand, während er sie in den angrenzenden Raum zurückschleifte, und trat sogar mit ihren Pfennigabsätzen nach ihm. Von einer Sekunde auf die andere stand plötzlich auch noch Ramón vor ihr und seine Boxerstatur jagte ihr diesmal ziemliche Angst ein.

Von hinten flüsterte der schmierige Typ ihr ins Ohr: »Sie hätten den Sekt trinken sollen, das wäre besser für Sie gewesen.«

»In dem Sekt war was drin, richtig?«

»Schlaues Mädchen«, antwortete Ramón und zog belustigt einen Mundwinkel nach oben. »Du kannst sie loslassen«, wies er seinen Laufburschen an. »Wenn ich mit ihr fertig bin, bringst du sie unauffällig weg, verstanden?«

Arabella starrte Ramón in blankem Entsetzen an, während sie immer weiter zurückwich. Der genoss es sichtlich, sie in die Enge zu treiben, und ließ sich Zeit dabei. Ihm war ebenso klar wie ihr, dass sie ihm nicht entkommen konnte.

Arabella spürte die kalte Wand in ihrem Rücken.

Sie hatte Todesangst.

Quatsch ihn zu, Arabella! Los mach schon!

Vielleicht hat jemand dein Schreien gehört und inzwischen schon die Polizei gerufen!

»Was haben Sie mit den anderen Mädchen angestellt?«, sprudelte es aus ihr heraus.

Mit einem spöttischen Grinsen erklärte Ramón: »Wir haben sie alle engagiert. Alle sind im Geschäft, in meinem Geschäft, genau wie du.«

Und in diesem Moment fiel es ihr wie Schuppen von den Augen: Er meinte damit nicht das Geschäft der Modebranche, sondern ein viel schmutzigeres Geschäft mit Frauen ...

»Man wird sie vermissen! Wo haben Sie sie hingebracht?«

»Wir haben sie mit der Limousine ein bisschen durch die Stadt chauffiert, und sobald sie eingeschlafen waren, sind sie zum Containerhafen gefahren worden. Sie werden noch heute eine Seereise unternehmen und viel Geld verdienen – allerdings nur für mich.«

Sie hatte schon von Menschenhändlern gehört, die junge Frauen entführen und in Containern über das Meer transportieren. Dabei starben oft welche.

Sie hatte nicht gerade die robusteste Natur.

Außerdem stand die Geburt ihrer Tochter bevor.

Was würde aus ihrem Baby werden?

Ein Blick in das Gesicht von Ramón schenkte ihr die Gewissheit, dass er über Leichen gehen würde – wortwörtlich.

»Ich werde auch in einem Container landen, oder?«, murmelte sie und der Gedanke, was dieser Typ mit der Figur eines Schwergewichtsboxers vorher noch mit ihr anstellen würde, war einfach zu viel.

Bodenlose Verzweiflung fiel über sie wie eine Lawine. Und als sie die fleischige Hand von Ramón auf ihr Gesicht zukommen sah, bestand sie nur noch aus Angst.

Sie schloss die Augen und schrie ...

Die Straßen waren jetzt um diese Uhrzeit recht leer und Vinz hatte Gas gegeben. Mit quietschenden Reifen brachte er seinen Firebird mitten im Halteverbot – kurz vor der Ampel, an der er seinem Engel begegnet war – zum Stehen. Er lud seine Smith & Wesson durch und steckte sich zusätzlich eine Glock in das Holster hinten am Hosenbund, wo die Waffe durch seine Jacke verdeckt wurde. Ohne eine weitere Sekunde zu verlieren, rannte er in die Richtung, in der sie vor ein paar Stunden verschwunden war. Kreuz und quer lief er in Höchstgeschwindigkeit alle Straßen in der Umgebung systematisch ab. Zwischendurch hielt er an und schnupperte, hoffte so sehr, ihren Geruch in die Nase zu bekommen. Aber nach so langer Zeit – und dem leichten Schneefall, der eingesetzt hatte – war das im Grunde aussichtslos.

Mit einem Mal meinte er, der Wind trüge einen Schrei an ihn heran – so leise, dass es auch nur eine Einbildung in seinem Kopf hätte sein können.

Er ging auf ein Knie und schloss die Augen.

Wenn er sich besonders auf Geräusche konzentrierte, wurde sein Gehör schärfer, als ob es sich im Alltag herunterfahren würde. Und das war kein Wunder, denn der Lärm der Zivilisation, mit den unzähligen Fahrzeugen, Maschinen und den vielen Stimmen, ergäbe sonst eine Flut, die für hochsensible Vampirohren nicht zu ertragen wäre.

Da! Jetzt vernahm er den Hilferuf einer verzweifelten Frau klarer und die Stimme passte zu der seines Engels. Er drehte sich im Kreis, um die Richtung zu orten, aber die zahllosen Lärmquellen verhinderten das. Also lief er schließlich los und versuchte, sich seinem Instinkt zu überlassen ...

Schwer atmend lehnte sich Vinz an eine Hauswand und dachte nach. Mit seiner übernatürlichen Geschwindigkeit hatte er zwar in Rekordzeit weiträumig alle Straßen und Gassen durchkämmt, aber nirgendwo seinen Engel gesehen. Wobei selbst Ramón nicht so dumm wäre, Menschen auf offener Straße zu entführen, wo es Zeugen gab. Wahrscheinlicher wäre es doch, dass sich alles in einem Gebäude oder zumindest außerhalb der Sicht von Passanten abspielte.

Er schaute an der Hausfassade vor sich hoch.

Woran sollte er nur erkennen, wo sie sich aufhielt?

Wo fand ein Casting denn normalerweise statt?

Er musste sich mit aller Gewalt beherrschen, denn ihm war danach, jedes einzelne Haus in der Nähe des Schreis zu stürmen und alle Türen einzutreten. Stattdessen suchte er nun nach Hinweisen und schaute sich die Häuserfassaden genauer an.

Obwohl er dieser Frau heute zum ersten Mal begegnet war und sie eigentlich gar nicht kannte, hatte etwas an ihr sein Innerstes zutiefst berührt.

Vor dieser Nacht gab es in ihm nur Platz für ein Ziel und einen Lebensinhalt: jeden Gesetzlosen mit äußerster Härte zu verfolgen und zur Strecke zu bringen, am liebsten blutig mit seinem schwarzen Dolch. Aber seine selbst gewählte Aufgabe hatte seit Jahrhunderten nie ein Ende gefunden, denn es gab stets einen nächsten Blutfürsten und immer wieder gaben sich Vampire dem Blutrausch hin und wurden zu Mördern. Und er hasste sie alle. Doch in dieser Nacht war auf einmal etwas Neues in seinem Inneren aufgekeimt: warm, sanft und hell; etwas, nach dem seine Seele hungrig war; etwas, das bisher nie gesättigt wurde, obwohl seine Jagd nach Mördern so erfolgreich war.

Heute drehten sich seine Gedanken mit einem Mal um etwas anderes: seinen Engel, selbst wenn sie gar keiner war.

Ein echter Engel hätte ihn sicher mit göttlicher Gewalt zwingen können, einen anderen Weg einzuschlagen. Aber hätte das sein inneres Streben und seine Gedanken ebenfalls verändert?

Vinz war drauf und dran aufzugeben. Er spähte gerade in eine weitere Hinterhofgasse. Als er den Blick schon wieder abwenden wollte, entdeckte er eine weiße Feder am Boden. Der heftiger werdende Schneefall hatte sie fast völlig bedeckt.

Er rannte sofort in die Gasse, kniete sich hin und blies vorsichtig den Schnee beiseite. Dann legte er sie in seine Hand und hob sie an die Nase. Äußerst schwach, aber er war da, der Duft von Orangenblüten, Granatapfel, Vanille und Sandelholz.

Er öffnete seine schwarze Jacke aus Lammnappa, ließ die Feder behutsam in die Innentasche gleiten und schloss sie wieder. Dann schaute er sich um und stellte fest, dass er sich vor dem Hintereingang einer Kneipe befand.

Kapitel 5

Im Bruchteil einer Sekunde hatte er seine Pistole gezogen und trat, ohne zu zögern, die Tür ein. Diesen Drang hatte er ohnehin schon die ganze Zeit verspürt. Seiner Laune nachgebend, trat er anschließend auch jede einzelne Tür ein, die nicht offen stand. Die Kneipe war verstaubt und schien seit langer Zeit verlassen zu sein. Es war jedoch warm und seine Nase nahm den frischen Geruch von Menschen wahr. Eine letzte Tür war noch verschlossen, auch die trat er ein und fand sich in einem ehemaligen Büro mit Toilette wieder.

Ihr Duft! Da war tatsächlich ihr Duft!

Aber sie selbst war nicht mehr dort. Er sah sich um, ging auch in die kleine Toilette und bemerkte das Fenster, das trotz der eisigen Kälte offen stand.

Hatte sie versucht zu fliehen?

Hatte sie aus diesem Fenster um Hilfe geschrien?

Was hatte Ramón ihr hier angetan?

Die möglichen Szenarien ließen unbändige Wut in ihm hochkochen, sein Brustkorb bebte, weil er ohne Grund heftig atmete.

»Dafür werde ich dir dein Herz herausschneiden, Ramón!«, brüllte er und stieß seinen schwarzen Dolch bis zum Griff in die Schreibtischplatte.

Sein mörderisches Knurren ließ den Boden erzittern, während er den massiven Holzstuhl mit voller Wucht an die Wand schmetterte, sodass die Splitter wie Geschosse durch den Raum flogen. Sein Zorn machte ihn rasend und er war kaum noch in der Lage, einen klaren Gedanken zu fassen.

So kannst du ihr nicht helfen!, rügte er sich stumm.

Seine freie Hand verkrampfte sich zu einer Faust und er rang eisern um Beherrschung. Schließlich ging er auf ein Knie, konzentrierte sich und lauschte.

Aber da war nichts.

Sie war längst weg.

Ihm war danach, alles in dieser Kneipe kurz und klein zu schlagen, doch er riss sich zusammen und suchte das Zimmer nach Hinweisen ab.

Da stand ein Glas mit abgestandenem Sekt auf dem Schreibtisch. Er hielt es sich an die Nase und der Geruch bestätigte seinen Verdacht: Es enthielt ein Betäubungsmittel. Dann fiel sein Blick auf den Walkman und die Papiere, die ebenfalls dort lagen. Beides war nicht verstaubt, im Gegensatz zu allem anderen in diesem Raum. Waren diese Sachen von ihr?

Er griff nach einem Blatt und las laut vor: »Vertrag für Fotomodelle, Seite 2«. Ein paar Zeilen darunter war die Frage aufgelistet: *Besteht eine Schwangerschaft?* Sie war mit Ja angekreuzt.

»Ja?!«

Er taumelte einen Schritt zurück und strich sich eine Haarsträhne aus dem Gesicht. »Um Gottes willen, du bist also auch noch schwanger?!«

Aber vielleicht hatte ja eine andere Frau diesen Vertrag ausgefüllt? Wobei er das selbst nicht glaubte.

Nachdem er die komplette Seite gelesen hatte, fand er die erste Seite dazu auf dem Fußboden. Da stand der Name, Arabella Violet, und ihre Adresse. Das Schriftstück war allerdings nur von ihr unterschrieben worden und er schürte die völlig unrealistische Hoffnung, dass sie irgendwie entkommen oder rechtzeitig gegangen war und jetzt in ihrem Zuhause saß, im Warmen, mit dem Baby in ihrem Bauch.

Die zwei Seiten des Vertrages legte er exakt aufeinander, faltete die Blätter mit Präzision und steckte sie mit dem Walkman in die Tasche seiner Lederjacke.

Er verschwendete keine weitere Sekunde und stellte in Vampirgeschwindigkeit die ganze Kneipe auf den Kopf. Aber bis auf kürzlich geleerte Sektflaschen und Gläser fand er nichts von Bedeutung. Um sich Gewissheit über Arabella Violets Verbleib zu verschaffen und zu bestätigen, dass es sich um seinen Engel handelte, rannte er direkt danach über den frisch gefallenen Schnee zu seinem Firebird und fuhr mit Vollgas zu ihrer Adresse. Es war der Hochhausriese aus Stahl und Glas, auf dem er seinen Engel am Anfang der Nacht zum ersten Mal erblickt hatte.

Er hämmerte so lange an die Glastür, bis der weißhaarige Nachtportier mit einem dicken Schlüsselbund zur Tür schlurfte. Vor lauter Ungeduld hätte Vinz die Glastür am liebsten eingetreten.

Misstrauisch öffnete der alte Mann nur einen Spaltbreit.

»Sie wünschen?«

»Ich will zu Arabella Violet.«

Der Grauhaarige zog die Augenbrauen zusammen.

»Werden Sie erwartet?«

»Zum Henker! Das ist ein Notfall! Es geht um Leben und Tod. Wann haben Sie sie das letzte Mal zu Gesicht bekommen?«

Der Mann nahm seinen Job wohl sehr ernst, musterte ihn von oben bis unten und wog offensichtlich ab, ob er einem Fremden diese Information geben sollte. Vinz hatte dafür einfach keine Zeit und gab es auf, menschlich vorzugehen. Er fixierte den Portier mit seinem Blick und versuchte, ihn in eine leichte Trance zu versetzen. Manchmal funktionierte so etwas nicht, aber dessen Blick nach zu urteilen gelang es.

»Antworten Sie auf meine Frage«, befahl er mit ruhiger, durchdringender Stimme.

»Meine Schicht begann um 22 Uhr und ich habe sie heute noch nicht zu Gesicht bekommen.«

»Geben Sie mir den Generalschlüssel und sagen Sie mir, in welchem Appartement Frau Violet wohnt.«

Kaum hatte er das Ding in Händen, raste er die Treppen hoch. Als Vampir war er schneller als der Aufzug.

Er öffnete die Tür. Ein luxuriöses, großräumiges Apartment breitete sich vor ihm aus und sofort umfing ihn der Duft von Arabellas Parfüm nach Orangenblüten, Granatapfel, Vanille, Patschuli, Sandelholz, Bergamotte und würzigem Harz. Es roch blumig, süß und dennoch würzig und frisch. Für einen kurzen Moment schloss er die Augen und sog den himmlischen Geruch ein. Doch dann riss er entsetzt die Augen wieder auf, denn es gab keinen Zweifel mehr daran, dass sie sich in der leerstehenden Kneipe aufgehalten hatte.

»Arabella! Arabella Violet, sind Sie hier?«

Noch während er rief, lief er durch den riesigen und offen gestalteten Bereich aus Küche, Wohnzimmer und Esszimmer. Das Bad und das Gästezimmer waren ebenfalls leer. Als er im Eiltempo die nächste Tür aufriss und hineinrannte, stolperte er sofort über einen Haufen Schuhe und landete in einem Berg von Kleidung auf dem Bett des Schlafzimmers.

Mit seiner Nase war er direkt in etwas aus pinkfarbener Spitze hineingeraten, das nach Maiglöckchen und Vanille roch. Zuerst schielte er auf dieses zarte Gewebe direkt vor seinen Augen, wurde aber nicht schlau daraus. Als er das faszinierende Teil an zwei Fingern hochhielt und von allen Seiten betrachtete, änderte sich das auch nicht.

»Ich lasse mich ablenken«, rügte er sich und hob seinen Blick.

Auf dem Nachtkästchen stand neben zig Fläschchen kunterbunten Nagellacks etwas, das zwar nicht aussah wie ein Telefon, dessen typisches Spiralkabel aber darauf hinwies: ein knallroter Kussmund. Er rückte auf dem Bauch ein Stück im Bett hoch, streckte seinen Arm aus und hob die sündige Oberlippe ab, die auf der Unterseite mit Löchern versehen war. Und auf der Unterlippe entdeckte er tatsächlich Wähltasten. Hastig tippte er die Nummer von John ein.

»Wo steckst du, Vinzenz?«, fragte der als Erstes.

Na ja, ich liege gerade auf dem Bett einer Frau, mitten zwischen ihrer Wäsche und ...

Was war das denn jetzt direkt vor seiner Nase?

Von plötzlicher Neugier gepackt, hob er das Teil hoch, um zu erkennen, was es war: ein schwarzer Spitzen-BH mit roten Rosen und er roch verlockend nach ...

»Vinzenz? Steckst du in Schwierigkeiten? Kannst du gerade nicht sprechen?«

Ich stecke in einem Männertraum von Unterwäsche, der mir die Sprache verschlägt ...

»Hey, bist du noch dran, Vinzenz?«

»Ähm, ja. Wo ich im Augenblick bin, ist ... ähm ...«

Erst als er seinen Blick von der verführerischen Wäsche zwang, fiel ihm die Adresse wieder ein und er ratterte sie herunter. Anschließend berichtete er John kurz von seiner Entdeckung in der Kneipe.

»Den leeren Sektflaschen nach zu urteilen waren sicher mehrere Frauen dort und Ramón hat sie bestimmt nicht wieder gehen lassen.«

»Falls er sie mit einem Van oder Lastwagen aus der Stadt geschafft hat, werden wir sie nicht mehr finden«, erklärte John. »Aber wenn er sie per Flugzeug oder Schiff außer Landes bringen will, haben wir vielleicht noch eine Chance. Also müssen wir uns aufteilen. Ich werde Samuel und Quint sofort zu dieser Kneipe schicken. Sie sollen sich dort umhören, vielleicht ist jemandem ein Fahrzeug mit vielen jungen Frauen aufgefallen. William und Elia sage ich, sie sollen sich am Flughafen umsehen und nach Privatmaschinen recherchieren, die gestartet sind oder noch heute Nacht starten. Ich selbst werde mich mit dir am Containerhafen treffen.«

Vinz fuhr mit Vollgas zum Hafen, versetzte den Wachmann am Eingang in Tiefschlaf, öffnete die Schranke und fuhr mit seinem Firebird hinein. Schnell fand er sich in einem regelrechten Labyrinth aus Containern wieder. Jeweils zwei waren übereinander, was Metallwände mit einer Höhe von etwas über fünf Metern ergab.

Schon nach wenigen Minuten hatte er komplett die Orientierung verloren und John würde ihn hier auch nicht finden. Deshalb stieg er kurzerhand aus und sprang mit der angeborenen Geschmeidigkeit seiner Raubtiernatur auf das Dach eines der oberen Überseecontainer. Um ihn herum erstreckte sich ein gigantisches Areal: Container, so weit das Auge reichte.

»John!«

Er hoffte, John wäre bereits hier und dessen feine Vampirohren würden sein Rufen hören.

Einen Moment später sah er 100 Meter weiter ebenfalls einen Mann hochspringen. Es war John und dieser winkte ihn zu sich. Er ließ seinen Firebird unten stehen, lief und sprang oben auf den Containern bis zu dem anderen Wächter.

»Wie sollen wir sie hier nur finden?«, stieß Vinz aus und fuhr sich durch die Haare.

Hoffentlich hatte John eine zündende Idee, denn er selbst kam sich in diesem schier endlosen Labyrinth aus Containern hoffnungslos verloren vor.

»In so einem großen Hafen wird rund um die Uhr gearbeitet und irgendwo muss es eine Hafenaufsicht geben. Da werde ich nachfragen, wo die Container stehen, die heute Nacht angeliefert wurden oder noch auf Schiffe verladen werden. Du kannst inzwischen nach Hafenarbeitern Ausschau halten und sie befragen, ob ihnen was aufgefallen ist. Hast du ein paar Scheine, die sie zum Reden bringen?«

»Hab ich.«

»Dann nimm noch diese Leuchtpistole. Wer zuerst was findet, schießt sie ab. Aber sei vorsichtig, vielleicht ist Ramón mit seinen Handlangern noch im Hafen.«

»Du hast wirklich immer einen Plan und bist vorbereitet, John«, meinte er anerkennend.

»Ich bin der Taktiker, aber du der beste Scharfschütze, den ich kenne«, gab John mit einem Grinsen zurück.

Der dritte Hafenarbeiter, den er ansprach, war ein Gabelstaplerfahrer und der erinnerte sich nach einem Fünfziger an eine Limousine. So eine Luxuskarosse würde zu Ramón passen. Als er nachfragte, in welchen Bereich die Limousine gefahren war, gab der Fahrer ihm eine kryptische Angabe, wohl eine Form von Koordinaten, die nur ein Hafenarbeiter verstand.

»Am besten, Sie fahren mich einfach dorthin«, bat er den Mann, der erst nach einem weiteren Fünfziger endlich seiner Bitte nachkam. Vinz sprang auf die Gabel und hielt sich fest.

Zielstrebig steuerte der Arbeiter einen Punkt an, der sich in nichts von dem Rest des Irrgartens aus Containern unterschied.

»Hier irgendwo«, erklärte der Gabelstaplerfahrer sichtlich nervös und fuhr sofort wieder weg, nachdem er abgesprungen war. Sicher war dem Hafenarbeiter bewusst, dass Vinz sich hier widerrechtlich aufhielt.

»Hoffentlich bist du hier, Arabella. Hoffentlich ist es noch nicht zu spät«, murmelte er und überlegte, ob er an jeden der geschätzten 60 Container um ihn herum klopfen sollte.

Falls die Frauen aber noch betäubt waren, würde das keinen Zweck haben. Also blieb er vor jedem Einzelnen stehen, klopfte und legte anschließend sein Ohr an die Wand, in dem Bemühen, einen Herzschlag dahinter zu hören. Trotz des ganzen Lärms auf dem Hafengelände sein Gehör derart zu sensibilisieren und durch das dicke Metall das Schlagen eines Herzens zu hören, war eine äußerst schwierige Aufgabe. Die Nebengeräusche auf dem Hafen wurden zu einem schmerzenden Inferno. Wenn die Nacht vorbei war, würde es in seinen Ohren unerträglich piepsen und rauschen.

Am 29sten Container krümmte er sich zusammen und hielt für ein paar kostbare Momente die Hände auf seine Ohren. Dann biss er die

Zähne zusammen und stellte sich vor den 30sten. Am 43sten Container hörte er endlich etwas und schlug, ohne zu zögern, mit seiner Glock auf das Schloss des Containers ein. Schade um die Waffe, die jetzt sicher verzogen war, aber sein Engel war es ihm wert. Mit einem grauenhaften Quietschen, das in seinen Ohren gellte, schwang er die Metalltür auf.

»Arabella? Arabella!«, rief er ins Dunkel hinein.

In dem Container machte er 17 bewusstlose Frauen aus, die bei diesem eisigen Wetter auf dem nackten Boden lagen. Vorsichtig stieg er zwischen ihnen hindurch und blickte in ihre Gesichter. An einer Containerwand waren oben Löcher drin, unten standen fünf Plastikbehälter mit Wasser und in einer Ecke ein Eimer.

Wie viele von diesen gekidnappten Frauen hätten die weiß Gott wie lange Seereise wohl lebend überstanden?

Er sah sich jedes Gesicht genau an. Sein Engel war nicht dabei.

»Arabella! Wo bist du nur? Wohin hat dieses Schwein dich verschleppt?!«

Vor lauter Wut und Hilflosigkeit donnerte er seine Faust gegen die Wand des Containers. Einer seiner Fingerknöchel brach dabei, immerhin hatte er auch eine Beule im Metall hinterlassen, doch besser fühlte er sich jetzt kein bisschen.

Er registrierte, dass der Herzschlag von einem der Mädchen viel zu schwach war, man musste dringend etwas unternehmen! John wusste immer, was zu tun war, deswegen trat er vor den Container und feuerte die Leuchtpistole ab.

Bis John eintraf, hatte Vinz seine Nappalederjacke ausgezogen und die junge Frau damit eingewickelt. Deren Lippen waren inzwischen schon blau vor Kälte und ihr Herzschlag kritisch.

Der Frau sein heilendes Vampirblut einzuflößen, würde in ihrem bewusstlosen Zustand nicht funktionieren und abgesehen davon war es verboten. Ein Vampir durfte nur der eigenen Gefährtin oder einer ledigen Symbiontin in Lebensgefahr sein Blut schenken. Letztere waren äußerst selten und allein mit ihnen war es einem seiner Art möglich, eine Symbiose und Liebesbeziehung – und zwar eine sehr tiefe und lebenslange – einzugehen. Nur mit einer Symbiontin konnte ein Vampir Kinder bekommen und durch den Hautkontakt mit ihr auch wieder normale Nahrung zu sich nehmen. Es geschah nicht oft oder dauerte Jahrhunderte, dass einer seiner Art eine solche Gefährtin fand und sie ihn dann auch genug liebte, um die Ewigkeit mit ihm zu verbringen. Ohne Liebe beziehungsweise dem entsprechenden Hormoncocktail im Blut des Vampirs und der Menschenfrau kam eine Symbiose nämlich gar nicht zustande. In einer Symbiose schenkten sich die Gefährten gegenseitig ihr Blut. Den Vampir ernährte das und er war nicht mehr gezwungen, immer und immer wieder auf die Jagd nach dem für ihn lebensnotwendigen Blut zu gehen. Und durch eine regelmäßige, kleine Gabe von Vampirblut erneuerten sich stets die Zellen der menschlichen Gefährtin, beschleunigte sich ihre Heilung und machte sie immun für Krankheiten. So war es ihr möglich, gemeinsam mit ihrem nahezu unsterblichen Vampir die Jahrhunderte zu durchwandern. John war ein solcher Glückspilz, er hatte im Mittelalter seine Gefährtin Elisabeth gefunden. Doch sollte sie vor ihm sterben, würde auch er einem langsamen Tod entgegengehen, denn die Symbiose war eine so tiefe, innige Verbindung, dass die Trennung, zumindest für den Vampir, etwas zerriss, von dem er sich meistens nicht mehr erholte.

John war mittlerweile eingetroffen und hatte sich die junge Frau angesehen.

»Ich nehme an, sie hat zu viel von dem Sekt mit dem Betäubungsmittel getrunken. Versuch sie aufzuwecken, damit ihr Kreislauf sich wieder stabilisiert. Außerdem wäre es gut, eine von ihnen zu befragen.«

Vinz beugte sich zu der jungen Frau herunter. »Hey, wach auf«, ermunterte er sie und tätschelte ihre Wange. Doch ihre Augen öffneten sich nicht. »Wach auf!«, befahl er schließlich vehementer und versuchte Autorität in seine Stimme zu legen. Aber auch das funktionierte nicht.

»Es geht nicht, John. Ich schaffe das nicht.«

»Noch mal, Vinzenz!«, forderte John energisch. »Ihr Herz könnte jeden Moment aussetzen! Also versuch, sie mit deiner Kraft als Vampir ins Bewusstsein zu holen. Leg all deine innere Stärke in deine Worte, probier, ihr Unterbewusstsein zu erreichen. Sende ihr eine Botschaft.«

»Aber ...«

Man hatte ihnen von frühester Jugend ein Gewissen eingeschärft und ihnen gesagt, es wäre schlecht, Menschen zu manipulieren, nur weil sie vielleicht dazu in der Lage wären. Das war auch einer der Punkte, die sie von den Gesetzlosen unterschied. Aber deswegen hatte er auch kaum Erfahrung in so etwas. Eine leichte Trance wie bei dem Nachtportier war gegen das hier ein Kinderspiel und selbst das hatte er nicht auf die leichte Schulter genommen.

»Vinzenz, stell dir vor, die Eltern dieses Mädchens würden jetzt neben dir stehen. Und das, was sie gutheißen würden, darfst du auch guten Gewissens tun. Du kannst ihr Leben retten, also gib alles!«

Er hatte schon oft bemerkt, dass der erfahrenere Vampir sich stets dafür einsetzte, das positive Potenzial in anderen Wächtern zur Entfaltung zu bringen. Ein Blutfürst hätte niemals Interesse daran, einen anderen Vampir stärker werden zu lassen. Im Gegenteil, er würde die anderen bewusst klein halten, damit sie ja nie an ihn heranreichten und seine Macht gefährdeten.

Vinz startete einen neuen Versuch, kniete sich neben das Mädchen und legte seine Hände rechts und links an ihr kaltes Gesicht. Dann schloss er die Augen, um sich besser zu konzentrieren, und bemühte sich dieses Mal, all seine innere Stärke in seine Worte zu legen.

»Wach auf oder du wirst sterben!«

Die Frau schrak hoch und riss die Augen auf.

John klopfte ihm leicht auf die Schulter.

»Gut gemacht, Vinz.«

Ängstlich schaute sich das Mädchen um.

»Wer sind Sie? Wo bin ich hier? Was ist passiert?«

»Wir haben Sie gefunden«, sagte John, ohne Details zu enthüllen. »Sie sind entführt worden. Können Sie uns helfen und erzählen, was passiert ist?«

Die junge Frau runzelte die Stirn.

»Nein«, sagte sie nach einer kurzen Pause und wirkte seltsam verloren.

Vinz fragte nach Arabella und beschrieb sie, dann fragte er nach Ramón und wo er sich aufhielt. Schließlich unterbrach ihn John.

»Können Sie uns sagen, wie Sie heißen und wo Sie wohnen?«

Die Augen der Frau blicken hektisch hierhin und dorthin, dann schlang sie die Arme um sich.

»Nein. Nein, ich weiß es nicht. Ich weiß gar nichts mehr.«

»Danke, dass Sie es versucht haben«, sagte John mit beruhigender Stimme. »Und keine Angst, wir werden Ihnen gleich Hilfe rufen und man wird Sie zurück zu Ihrer Familie bringen.«

John strich ihr in einer väterlichen Geste über die Wange und ließ sie mit dieser Berührung in einen leichten Schlaf fallen.

Im Gegensatz zu seiner ruhigen Stimme gerade eben stieß John nun ein zorniges Knurren aus und ballte die Hände zu Fäusten. Ihr Taktiker verlor selten seine Ruhe, aber jetzt schien er außer sich zu sein.

»Dieser Dreckskerl Ramón hat ihnen das Gedächtnis gelöscht!«

»Aber das war doch zu erwarten, John. Die armen Dinger sollten sich ja nicht an ihn erinnern.«

Jedes Mal, wenn ein Vampir Blut von einem Menschen trinken musste, um zu überleben, löschte er anschließend auch seine Erinnerungen an den Vorfall.

»Nein, Vinz, das hier geht weit darüber hinaus! Er hat ihre ganze Vergangenheit ausradiert.«

»Was?! Das ist doch nicht möglich.«

»Für Ramón schon. Er ist grausam talentiert auf diesem Gebiet. Und wenn die Frauen nicht wissen, wie sie heißen und woher sie kommen, wissen sie auch nicht, wohin sie fliehen sollen.«

»Perfekt, um sie irgendwohin zu verkaufen«, presste Vinz hasserfüllt hervor.

»Nicht nur das, Vinz! Ohne ihre Vergangenheit fehlt ihnen auch ein Stück ihrer Persönlichkeit. Sie sind zwar keine komplett leeren Hüllen, aber es geht in diese Richtung. Der neue Besitzer kann ihnen erzählen, was immer er will, und ihnen beispielsweise eine falsche Vergangenheit vorgaukeln.«

»Dieses Schwein! Ich kann gar nicht erwarten, ihm das schlagende Herz aus der Brust zu schneiden!«

Kapitel 6

Vinz und John war nun klar, dass sie keine nützlichen Informationen von den Frauen bekommen würden, und es war höchste Zeit, dass man sich um sie kümmerte und sie ins Warme brachte. Deshalb teilten sie sich auf. John lief zum Hafenmeister, benutzte dessen Telefon, um Krankenwagen und ärztliche Hilfe für die betäubten Frauen zu rufen. Vinz selbst blieb in der Zwischenzeit bei den Frauen.

Als die Sirenen in der Ferne ertönten, stellten sie sich in einiger Entfernung auf einen Container. Vinz musste der jungen Frau sogar seine Jacke wieder abnehmen, um keine Spuren zu hinterlassen, was ihm sehr leidtat. Während der Schnee sanft fiel und die Dunkelheit sie verbarg, wachten sie über die Mädchen, bis die Krankenwagen bei ihnen eintrafen. Sie hatten natürlich dafür gesorgt, dass sich weder das Mädchen noch der Hafenmeister an sie erinnern würden, und John hatte sogar die beiden Autos noch schnell vom Gelände gefahren.

John kehrte danach zurück ins Hauptquartier, aber Vinz selbst fuhr ein weiteres Mal ins Penthouse von Arabella Violet.

Auf dem Weg dorthin zog er aus reiner Neugier den Walkman aus seiner Jacke und drückte auf Play. Auch ohne die Kopfhörer aufzusetzen, hörte er das Lied klar und deutlich, das sie als Letztes abgespielt hatte, bevor sie gewaltsam verschleppt worden war. Es musste Arabellas verzweifelter Schrei gewesen sein, den er bei seiner Suche gehört hatte, davon war er inzwischen überzeugt, und die Erinnerung daran drehte ihm den Magen um.

»Sweet dreams are made of this …«[2]

… drang gerade an sein Ohr und er begann unwillkürlich, über den Text nachzudenken.

»I travel the world and the seven seas
Everybody's looking for something.«[2]

Daraus sind süße Träume gemacht, hieß es in dem Lied. *Ich bereise die Welt und die Sieben Meere. Jeder sucht nach irgendetwas.*

Waren es Arabellas süße Träume gewesen, ein Model zu sein? Um die Welt zu bereisen? War es das wert gewesen?

»Some of them want to use you ...
Some of them want to abuse you.«[2]

Einige wollen dich gebrauchen ... einige wollen dich missbrauchen.

Als die letzten Worte an sein Ohr drangen, packte ihn kalte Wut und er wollte das Ding schon in seiner Hand zermalmen. Im letzten Moment hielt er sich jedoch davon ab und drückte nur die Stopptaste. Er wollte das wenige, was er von ihr gefunden hatte, nicht zerstören.

Mit den Zweitschlüsseln, die er beim ersten Mal aus ihrer Wohnung mitgenommen hatte, schlich er sich in ihr Penthouse, um nach Hinweisen jeder Art zu suchen. Das redete er sich zumindest ein. Denn die Neugier, wer sein Engel war, musste er einfach stillen – und auch herausbekommen, zu was dieses Ding aus Spitze eigentlich diente ...

Im riesigen Wohn-Ess-Bereich war fast eine komplette Wand mit Fotos dekoriert. Jedes einzelne zeigte seinen Engel: entweder auf unterschiedlichsten Laufstegen oder – mal in verführerischer, mal in kühl-eleganter Pose – an einem Karibikstrand, auf einem schneebedeckten Berg, im Gras einer afrikanischen Steppe ... und nackt in einem Meer voller bunter Blüten, die nur ihre intimsten Teile verdeckten.

An diesem Foto blieb sein Blick hängen und er musste schlucken. In seiner Hose wurde es im gleichen Moment ziemlich eng. Er strich sich die Haare nach hinten, die ihm ins Gesicht gefallen waren, und riss seinen Blick mit Gewalt wieder los. Doch dieses Bild von ihr blieb in seinem Kopf.

Um sich abzulenken und aus Neugier schaltete er das Kassettendeck ihrer Stereoanlage ein, aber prompt ertönte der Songtext: »She's got the Look. Fire in the ice, naked to the T-bone is a lover's disguise.«[3]

Und dieser Text beflügelte seine Fantasie noch mehr. Diese Frau ging ihm wirklich unter die Haut!

Vinz schüttelte den Kopf, als könnte er so die Vorstellung in seinem Geist loswerden. Er drückte auch hier die Stopptaste und wandte den

Blick ab, der nun auf einen blutroten Sessel fiel, der neben der Stereoanlage stand. Der war mit Plüsch bezogen und hatte, neben der üblichen Polsterung, außen herum noch so etwas wie Blütenblätter und sah daher aus wie eine Rose. Auf dem blutroten Plüsch lag ein schwarzes Spitzennegligé, das mehr zeigen als verdecken würde. Unwillkürlich gab er dem Drehsessel einen sanften Schubs und stellte sich die nackte Arabella auf dem Foto mit den Blüten in diesem Sessel vor.

Na super, jetzt spannte seine Hose auf Unangenehmste!

Er atmete tief durch und floh ins Schlafzimmer. Um genau zu sein, musste er zuerst Schuhe und Handtaschen zur Seite schieben, um überhaupt hineinzukommen.

Wie konnte man nur in so einem Chaos leben?

Er würde verrückt werden, wenn sein Schlafzimmer so aussähe!

Immerhin heizte ihr Bett seine Fantasie nicht noch mehr an, denn es war unter dem riesigen Haufen Kleidung eigentlich kaum als solches zu erkennen. Dafür erregte ein Standspiegel seine Aufmerksamkeit, der halb mit einem Tuch abgedeckt war.

Warum würde eine Frau die Hälfte ihres Spiegels verdecken?

Noch dazu eine, die an der Wand im Wohnzimmer eine regelrechte »Hall of Fame« von sich selbst hatte und – wie man an dem Berg Wäsche erkannte – sehr viel Wert auf teure, extravagante Kleidung und Äußerlichkeiten legte.

Er schüttelte abermals den Kopf und schaute sich weiter um.

Über dem Kopfteil des Bettes hing ein großes Poster. Warum war ihm das nicht gleich aufgefallen? Es zeigte sie als anmutigen, wunderschönen Engel, fast genauso, wie er sie auf dem Dach dieses Hochhausriesen gesehen hatte. Nur hielt sie hier eine Parfümflasche in der Hand. Ein Werbespruch stand dabei: »Der Duft, der sogar die Engel an das Paradies erinnert«. Es war das gleiche Bild, das Elisabeth ihm in der Zeitschrift gezeigt hatte.

Als er seinen Blick weiter schweifen ließ, entdeckte er etwas auf dem Nachtkästchen, neben ihrem Telefon in Lippenform: kleinere Blätter Papier, auf denen etwas in Schwarz-Weiß abgebildet war. Er griff danach und konnte sich zunächst keinen Reim darauf machen. Doch als er sich Bild für Bild genau anschaute, wurde ihm klar, dass es die Ultraschallbilder eines Babys waren. Trotz der Unordnung im ganzen Zimmer waren die hier ordentlich nach Datum sortiert und es faszinierte ihn zu sehen, wie sich dieses kleine Wesen entwickelt hatte.

Wie würde man sich als Vater fühlen, wenn man miterlebte, wie das Kind im Leib der geliebten Frau heranwuchs?

Mit solchen Gedanken hatte er sich bisher nie beschäftigt, denn ihm war so etwas wohl nie vergönnt. Ein Sechser im Lotto wäre wahrscheinlicher. Er sah sich die Bilder noch einmal an, studierte jedes Detail. Bei der Ultraschallaufnahme, wo das Baby an seinem Daumen lutschte, musste er unwillkürlich lächeln. Er gab dem Impuls nach und strich mit dem Finger darüber.

Hatte Arabella das auch getan?

Die Bildchen wirkten am Rand sehr abgenutzt, als hätte jemand sie täglich mehrmals in Händen gehalten und darüber gestrichen.

Unter den Bildern hatte ein Notizbuch in grellem Pink gelegen. Das nahm er jetzt und schlug wahllos eine Seite auf. Dort stand geschrieben:

»Ich habe mich heute dazu entschlossen, dich Susi zu nennen. Mein Gesicht wird nie wieder so wie früher sein und ich hoffe, ich kann es verkraften, wenn du dich irgendwann schämst, so eine hässliche Mutter zu haben ...«

Wieso denn hässlich?

Ihm war ein wunderschöner Engel begegnet.

Plötzlich wurde er von innerer Unruhe ergriffen und dem Drang, einen geschützten Ort aufzusuchen. So mahnte ihn sein Instinkt als Vampir, dass die Sonne bald aufgehen würde. Kurz entschlossen steckte er sich das Tagebuch und das neueste Bild von Arabellas Babys in die Jackentasche. Das seltsame Spitzending, dessen Verwendung ihm immer noch nicht einleuchtete, stopfte er sich in die Hosentasche.

Bevor er das Penthouse verließ, ging er hinaus auf die Dachterrasse, wo der Wind ihn mit Schneeflocken umspielte.

Ganz vorn angekommen, stützte er seine Hände auf das Geländer und blickte auf die Stadt hinunter.

»Du warst dazu bestimmt, mich aufzuhalten. Warum bist du dann verschwunden?«, murmelte Vinzenz.

Die einzige Antwort, die er bekam, war der Wind, der seine Haare durcheinanderwirbelte. Und genau wie der Wind brachte ihn diese Frau auch schon die ganze Zeit durcheinander. Es waren nur zwei kurze

Begegnungen gewesen, aber auf wundersame Art schien sie sich in sein Herz geschlichen zu haben. Der Gedanke, dass irgendwo vielleicht gerade etwas Schlimmes mit ihr geschah, zerrte an seinen Nerven.

»Wo bist du nur?!«, rief er in die Nacht hinaus.

Bevor Vinz ins Hauptquartier zurückkehrte, suchte er noch seinen Informanten auf, den Besitzer des »Trouble«. Der hatte gerade den Boden seiner zwielichtigen Kneipe aufgewischt – nicht, dass Vinz einen Unterschied zu sonst bemerkt hätte – und schloss nur widerwillig die Tür noch einmal auf.

»Ich hab längst Feierabend«, beschwerte sich der Mann, der in die Jahre gekommen war und dessen Lebenswandel sich in seinem verlebten Gesicht abzeichnete.

»Ich suche eine Frau.«

Der Kneipenwirt lachte ihn freudlos aus, doch Vinz wusste, wie man mit ihm umging.

»Eine ganz bestimmte Frau und diese Information ist mir sehr viel wert.«

Der Wirt hob eine Braue. Ein gieriges Funkeln trat in die Augen mit den dicken Tränensäcken und der Mann ließ ihn erklären, wen er suchte.

»Wenn du von einem Menschenhändler eine Frau willst, dann geht das – falls überhaupt – nur auf eine Weise. Du musst sie freikaufen.«

Vinz zögerte keine Sekunde und nickte. In diesem Moment gab es nichts außer seinen Dolch, was er nicht für Arabella eingetauscht hätte – warum auch immer.

»Diese Typen sind extrem gefährlich und wollen unerkannt bleiben. Wenn ich dir dazu verhelfe, riskiere ich Kopf und Kragen. Das mache ich nur, wenn mein langjähriger Traum in Erfüllung geht und ich eine Kneipe auf Hawaii eröffnen kann. Das Wetter ist mir hier zu kalt und macht meinen Knochen zu schaffen.«

Allein die nötige Information würde ihn also schon ein kleines Vermögen kosten, aber er nickte dem Mann dennoch zu.

Als der Wirt ihm ungeniert eine sechsstellige Summe nannte, musste er trotzdem schlucken.

»Eine Kneipe, kein Hotel, sagtest du«, knurrte Vinz und halbierte den Betrag.

Der Wirt grinste. Er hatte also in der Eile viel zu schlecht mit ihm gehandelt.

»Gut, dann werde ich tun, was ich kann. Komm morgen wieder vorbei, vielleicht hab ich dann schon was für dich.«

Auch wenn es sinnlos gewesen wäre, hätte er mit seinem Wagen gern die ganze Stadt nach seinem Engel durchkämmt. Der nahende Sonnenaufgang zwang ihn jedoch zurück ins Hauptquartier.

Während er mit zusammengepressten Kiefern durchs Hauptquartier marschierte, umklammerte seine rechte Hand den Griff seines Dolchs, die andere schloss er unablässig zur Faust und öffnete sie wieder. Als Scharfschütze stundenlang bewegungslos seinem Ziel aufzulauern, machte ihm nichts aus, aber zur Untätigkeit verdammt zu sein, obwohl sein Engel irgendwo da draußen in Lebensgefahr schwebte, raubte ihm den letzten Nerv!

Da er so keinen Schlaf finden würde, ging er zum unterirdischen Schießstand. Aber auch das lenkte ihn wenig ab, denn wie gewohnt traf er nur in den innersten Kreis und das bereits bei der dritten Scheibe mit der dritten Waffe. Genervt riss er sich die Ohrenschützer herunter und erschrak, weil Elia hinter ihm stand, ohne dass er dessen Ankunft bemerkt hatte.

»Ich dachte mir, dass du hier bist«, sagte ihr Computergenie mit den dunkelblonden Wuschelhaaren, der gleichzeitig Schreiber des Vampirtribunals war.

Elia hatte stets gute Laune und war ein klasse Kumpel, im Moment sah der ihn jedoch mit einem Stirnrunzeln an.

»John hat mir erzählt, was los ist. Bist du enttäuscht, dass dein Engel nur ein Mannequin ist?«

»Ich – ich weiß nicht«. Er fuhr sich durch die Haare und starrte auf den Boden. »Benedikt wollte, dass ein Engel mich aufhält. Kurz darauf stand wirklich einer auf einem Dach und sah direkt zu mir hinunter. Und dann kniete urplötzlich der gleiche vor meinem Auto. Sie sah aus wie ein Engel, und auch wenn sie keiner ist, sie hat mich tatsächlich aufgehalten.«

»Benedikt hat eigentlich einen guten Draht nach oben«, meinte Elia. »Aber vielleicht hat Gott in diesem Fall ja Humor bewiesen.«

»Auf alle Fälle ist sie etwas ganz Besonderes«, sagte er nachdenklich. »Zumindest für mich. Aber frag nicht, warum. Ich kann's dir nicht erklären.«

»Vielleicht liegt die Erklärung ja da drin«, erwiderte Elia und stieß in mit der Faust leicht gegen seine linke Brust.

Verwirrt sah er dort hin. Wo sollte da denn eine Erklärung stecken?

»Mensch, dein Herz, Vinz! Oder hast du vergessen, dass du eines hast?«

Sein Herz? Dessen Zweck hatte für ihn bislang nur darin bestanden, sein Blut durch den Körper zu pumpen, damit er weiterlebte, um Gesetzlose zu jagen und zur Strecke zu bringen.

»Auf alle Fälle bringt sie dich mehr zum Grübeln als irgendetwas anderes im letzten Jahrhundert.«

»Was soll ich denn jetzt machen, Elia? Ich kann doch nicht hier rumsitzen, während Ramón gerade weiß Gott was mit ihr anstellt!«

»Muss scheiße sein, aber es geht nicht anders. Draußen ist die Sonne aufgegangen, und wenn du zu Asche verbrennst, nützt du deinem Engel gar nichts mehr. Komm«, forderte Elia ihn mit einem Kopfnicken zur Tür auf. »Ich bring dich auf andere Gedanken, sonst drehst du noch durch.«

»Und wie?«

»Wir spielen dieses neue Autorennen, auf meinem Amiga. Da muss man sich voll konzentrieren. Mal sehen, ob du mit dem Joystick so gut bist wie mit einer Pistole.«

Während sie hinausgingen, berichtete er Elia: »Ich war in ihrem Appartement und habe die Adresse ihrer Modelagentur gefunden. Denkst du, die haben Informationen, die für uns nützlich wären?«

»Möglicherweise. Was hast du vor?«

»Ich wollte da auftauchen und sie ausquetschen.«

»Vinz, die werden dir keine vertraulichen Informationen geben.«

»Wenn ich ihnen meine Smith & Wesson auf die Brust setze, schon«, gab er mit einem Knurren zurück.

Elia schüttelte den Kopf und seufzte.

»Zum Glück hast du Freunde, Vinz, unter anderem einen Anwalt. Dem werden sie mehr erzählen.«

»Einen Anwalt?«

»Ich hab eine Lizenz als Anwalt, schon vergessen? Das kann manchmal nützlicher als eine Knarre sein.«

»Danke. – Was machen eigentlich deine Aktien, von denen Agnus denkt, sie stammen von Apfelplantagen und Fensterfabriken?«

Als hätte man Elia gerade einen Orden verliehen, sagte er mit stolzgeschwellter Brust: »Apple und Microsoft Windows entwickeln sich super und vermehren das Kapital der Wächter exorbitant. Ich hatte eben einen guten Riecher. Den Computern gehört die Zukunft.«

»Gut, dass du dich mit diesem ganzen Computerkram so super auskennst. Für uns andere sind das böhmische Dörfer. Wir sind mit Schwertern und Pistolen besser.«

»Glaub mir, in Zukunft wird man auf elektronischem Weg Schlachten schlagen.«

»Denkst du? Stecken wir nicht immer noch im kalten Krieg? Die Großmächte haben den Finger auf dem Knopf und die meisten Menschen fürchten einen Atomkrieg ...«

Kapitel 7

Etwas früher in dieser Nacht ...

In Todesangst quetschte sich Arabella in die Ecke.

»Halt sofort dein Maul oder ich stopf es dir mit meiner Faust!«, brüllte Ramón. »Mein Vater hat mir zwar beigebracht, keine Ware zu beschädigen, die man noch verkaufen will, aber bei dir mache ich vielleicht eine Ausnahme!«

Die Vorstellung, wie seine Faust ihr jeden Knochen im Gesicht brechen und für alle Zeiten auch noch den makellosen Rest davon verunstalten würde, ließ sie sofort verstummen. Sie riss die Augen auf, war starr vor bodenloser Furcht.

»So ist es besser. Und nein, du kommst nicht in einen Container. Mit dir haben wir etwas viel Besseres vor.«

Plötzlich wurde die Tür aufgerissen und der schmierige Typ stürmte herein.

»Fürst, draußen auf der Straße fragen zwei aufgeregte Mütter die Leute nach ihren Töchtern.«

»Warum hast du sie nicht gleich zum Schweigen gebracht?«

»Zu viele Passanten.«

»Wir müssen sofort die restlichen Frauen wegschaffen, vielleicht haben sie schon die Polizei gerufen. Los!«, befahl Ramón und wandte sich wieder ihr zu. »Keine Sorge, wir zwei sind noch lange nicht fertig.«

Er streckte schon wieder seine fleischige Hand nach ihr aus und sie war so gelähmt vor Angst, dass sie sich noch nicht einmal duckte. Dann wurde auf einmal alles schwarz ...

Arabella erwachte von den verzweifelten Schreien, die einer jungen Frau gehören mussten. Sie selbst lag auf einer stinkenden Matratze im Halbdunkel und fröstelte.

»Nein! Nein, nicht schon wieder!«, schrie die weibliche Stimme.

Instinktiv verharrte Arabella völlig reglos, als wäre sie immer noch ohne Bewusstsein, und beobachtete das Geschehen nur zwischen den dichten Haaren ihrer Perücke hindurch.

Die Schreie kamen von einem erbarmungswürdigen Wesen mit einem blauen Auge, einer geschwollenen Wange, blutverkrusteten Lippen und einer Wunde am Hals.

War das etwa eine Bisswunde?

»Was von der Kleinen übrig ist, könnt ihr haben. Aber die andere ist für Ramón, unseren Fürsten!«, rief einer in harschem Befehlston, den sie von ihrer Position aus nicht sah.

Als zwei Männer das arme Ding erbarmungslos hinter sich herzerrten, sträubte sich die misshandelte Frau mit Händen und Füßen.

Mach die Augen wieder zu, Arabella, das ist nur ein böser Traum!

Sie kniff die Augen mit aller Kraft zu.

Die Tür wurde zugeknallt und abgeschlossen.

Sie hörte ein weiteres Mädchen weinen und schluchzen.

Schlaf weiter, Arabella!

Aber das Weinen war selbst für einen Traum dermaßen herzzerreißend, dass Weiterschlafen unmöglich war. Sie zwang sich, die Augen wieder zu öffnen und den Kopf in diese Richtung zu drehen. Es war das Mädchen mit den schlecht kaschierten Pickeln, deren Körper für ein Model nicht lang genug war.

»Bist du nicht auch beim Casting gewesen?«, flüsterte Arabella mit trockener Kehle.

»Ja«, antwortete das Mädchen kleinlaut. »Hätte ich doch nur auf meine Mama gehört. Sie hatte mir verboten, zu diesem Casting zu gehen! Sie sagte, Mannequin sei kein anständiger Beruf.«

Das Schluchzen begann von Neuem.

Benommen setzte sich Arabella wie in Zeitlupe auf. Sie fühlte sich steif und ihre Kehle war wie ausgedörrt.

»Diese Monster holen mich bestimmt als Nächstes!«, kreischte das Mädchen.

Das kann doch alles nur ein böser Traum sein ...

Mit einer Hand an der schmutzigen Wand, rappelte sich Arabella mühsam auf. Frierend schlang sie zunächst die Arme um ihren Oberkörper.

Ihr wurde ein bisschen schwindelig und ein Gefühl der Unwirklichkeit beschlich sie.

Es war, als wäre sie durch Magie in einen Horrorfilm geraten.

Da lagen ihre Flügel auf dem schmutzigen Boden. Man musste sie ihr abgenommen haben, einer war sogar gebrochen. Der Inbegriff von Reinheit und Anmut: ruiniert.

Was war geschehen? Als Letztes hatte sie diese fleischige Hand vor Augen gehabt ... In einem Anflug von Panik tastete sie hektisch ihr Gesicht und ihren Kopf ab.

Zum Glück saß ihre Perücke noch und verdeckte die linke Seite. Ihr Gesicht schien so weit keinen Schaden zu haben. Na ja, abgesehen von ihrer hässlich vernarbten Wange. Aber sie brauchte dringend einen Spiegel, um sich dessen zu vergewissern.

War hier denn nirgendwo ein Spiegel?

Sie blickte sich um und entdeckte ein verdrecktes Waschbecken. Darüber hatte wohl mal ein Spiegel gehangen – irgendwann. Was gab es in diesem Albtraum denn überhaupt?!

Zumindest kein Fenster, nur eine nackte Glühbirne, die kaum Licht abgab und Teile der verwinkelten Räumlichkeit im Dunkeln ließ.

Typisch für einen Horrorstreifen! Ich sollte einfach die Augen zumachen und weiterschlafen!

Immer noch ein wenig schwindelig, ließ sie ihren Blick umherschweifen. Da war noch eine Kloschüssel und am Boden lagen zwei Decken, die ebenso verdreckt waren wie der ganze Raum, der an ein militärisches Mannschaftsquartier erinnerte. Und dann fiel ihr Blick wieder auf das schluchzende Mädchen. Es war mit einer Hand an die Wand gekettet!

Das kann doch alles nicht wahr sein, das darf einfach nicht wahr sein ...

»Ich habe ihnen gesagt, Schwangere sterben, wenn sie sich nicht bewegen können, deshalb bist du nicht angekettet worden«, drang leise eine weibliche Stimme aus dem Winkel, den sie nicht einsehen konnte. »Sie kennen sich mit Schwangeren nicht aus, darum haben sie mir geglaubt«, flüsterte die Frau weiter.

Sie wandte sich in die Richtung, aus der die Stimme kam.

»Geh nicht dahin!«, schrie das angekettete Mädchen. »Da ist eines der Monster, die uns gefangen haben!«

Arabella schüttelte irritiert den Kopf, näherte sich aber trotzdem nur vorsichtig.

»Die, die euch hier eingesperrt haben, sind Gesetzlose. Nicht alle Vampire sind Monster«, protestierte die Stimme. »Mein Sohn hat ein gutes Herz. Er hat noch nie einer Frau auch nur ein Haar gekrümmt.«

Vampire?

Das alles muss wirklich ein Traum sein!

»Ich träume nur«, murmelte Arabella. »Ich bin in einem Horrorstreifen gelandet. Ich werde gleich wach und alles ist vorbei.«

»Glaub mir, du bist wach!«, flüsterte die Frau eindringlich.

Arabella bekam eine Gänsehaut. Dennoch war ihre Neugier größer und sie setzte einen Fuß vor den anderen, blieb jedoch abrupt stehen, als sie um die Ecke schauen konnte und ihre Augen erfassten, was dort war.

»Oh mein Gott!«, rief sie entsetzt und taumelte einen Schritt zurück, als sie den blutüberströmten, leblosen Körper eines jungen Mannes sah, über den eine Frau gebeugt war.

»Ist er tot?«

»Es hätte nicht viel gefehlt.«

Die Frau hatte lange, schwarze Locken, die so herrlich glänzten, dass sie ein hervorragendes Model für Shampoo oder Spülungen wäre. Genau die gleichen Haare hatte der bewusstlose Mann. Die kniende Frau wandte sich nun ihr zu und Arabella schnappte nach Luft.

Die Frau war eindeutig Orientalin und hätte sicher eine exotische Schönheit auf dem Laufsteg abgegeben, wenn man sie nicht brutal verprügelt hätte. Blaue Flecke an den Armen, geschwollene Stellen im Gesicht, eine aufgesprungene Lippe ...

»Ich bin Shirin. Wie ist dein Name?«

»A-arabella ... Violet«, stammelte sie, entsetzt von dem Anblick, der sich ihr bot.

»Könntest du mir bitte Wasser für mich und meinen Sohn bringen, Arabella? Sie haben uns angekettet und ich komme nicht bis zum Wasserhahn da hinten.«

»A-aber ja, Augenblick.«

In diesem Moment meldete sich ihr eigener, brennender Durst ebenfalls zurück. In der Nische entdeckte sie eine leere Plastikflasche und einen verbeulten Metallbecher. Sie schnappte sich beides und lief zum

Waschbecken. Als sie den Hahn aufdrehte, kam aber nur eine braune Brühe heraus.

»Nein, nein, nein, nein! Ich brauche sauberes Wasser. Los, los! Komm schon! Werde klar!«, redete sie auf den Wasserhahn ein.

Weiter plappernd und den Tränen nahe, ließ sie das Wasser laufen und nach einer halben Ewigkeit kam doch noch klares Wasser aus dem Hahn.

Ob es wirklich sauber war, wusste sie natürlich nicht, aber ihr Durst war einfach zu groß. Gierig trank sie sofort am Waschbecken zwei Becher hintereinander, dann füllte sie die beiden Behälter und brachte sie zu Shirin. Die blickte auf ihr Kleid, das fiel Arabella natürlich sofort auf. Mit einem Lächeln drehte sie sich vor ihr in bester Laufstegmanier im Kreis, sodass die Lagen des hauchdünnen Stoffs hervorragend zur Geltung kamen.

»Wunderschön, nicht wahr? Dieses Kleid habe ich für eine Parfümwerbung getragen. Es ist extra dafür angefertigt worden und ...«

»Ja, du siehst wirklich schön darin aus. Aber im Moment sehe ich in deinem Kleid eher einen sauberen Stoff, den ich dringend bräuchte, um unsere Wunden auszuwaschen. Denn wie du siehst, gibt es hier nichts anderes, was ich dafür verwenden könnte.«

»Das ist ein Einzelstück«, jammerte Arabella und schaute sich extra noch mal um.

Aber die Frau hatte leider recht. Es gab sonst nur die zwei schmutzigen, zerschlissenen Wolldecken, die früher vermutlich auf Feldbetten gelegen hatten. Sie betrachtete ihr himmlisches Kleid und fuhr mit ihren Fingerspitzen über das traumhafte, hauchdünne Gewebe, das sie ihrem Auftraggeber für eine knapp vierstellige Summe abgekauft hatte. Mit einem Seufzen bückte sie sich schließlich und riss Streifen aus einer der inneren Lagen heraus. Vielleicht könnte eine Schneiderin die ja später ersetzen.

»Danke«, sagte Shirin, als sie ihr die Stoffstreifen reichte. Die Orientalin rang sich ein Lächeln ab, obwohl sie sicher Schmerzen hatte. »Ich glaube, das ist das edelste Verbandszeug, das ich je in Händen hielt.«

»Mit Sicherheit«, klagte Arabella.

Sie hatte immer noch schrecklichen Durst, ihr war kühl und dazu knurrte auch noch ihr Magen! Ein neuerlicher Blick durch das finstere Rattenloch bewies ihre ausweglose Lage und das Schluchzen des Mädchens war ein nervenzerreißendes Hintergrundgeräusch. Die Realität der

Situation ließ sich unmöglich weiter ausblenden. Trotzdem schüttelte sie ungläubig den Kopf und war versucht, sich einfach wieder hinzulegen und die Augen zu schließen – ganz, ganz fest ...

»Darf ich dir einen Rat geben?«, fragte Shirin.

»Wieso? Hast du ein Survivaltraining in Alcatraz besucht oder bist Profi darin, Gefangene zu sein?«, blaffte sie die arme Frau an, weil ihre Nerven blank lagen.

»Könnte man sagen«, meinte Shirin und lachte freudlos auf. »Ich war Sklavin in Byzanz.«

Erst Vampire, dann Sklaven!

»Bullshit! Die Sklaverei ist in Amerika und Südafrika längst abgeschafft worden! Und wo soll dieses *Byzanz* überhaupt liegen? Davon hab ich noch nie gehört und ich bin sehr viel herumgekommen!«, stieß sie genervt aus. »Darf ich mal?«

Sie schnappte sich den verbeulten Becher und wandte sich von Shirin ab.

»Nicht wo, sondern wann wäre die richtige Frage gewesen«, meinte die Orientalin.

Wann? Die Frau hat ja nicht mehr alle Tassen im Schrank! Aber wer kann es ihr in dieser Lage verdenken?

»Gib dem Mädchen da viel zu trinken«, beauftragte Shirin sie ohne eine Bitte.

Prima, jetzt werde ich auch noch herumkommandiert!

»Das wird sie brauchen«, fuhr die Orientalin fort. »Vermutlich holen sie sie als Nächstes.«

Oh nein! Das arme Mädchen!

Sofort schämte sie sich für ihre egoistische Rebellion.

»Ach, Arabella«, hallte die liebevolle Ermahnung ihrer Mama in ihrer Erinnerung. *»Du darfst nicht immer nur an dich denken.«* Das hatte Mama oft gesagt – und nie ohne Grund.

»Nein! Nein, das dürfen sie nicht! Ich muss hier raus!«, kreischte das Mädchen und zerrte wie eine Wahnsinnige erfolglos an seiner Kette.

Wie hatte Shirin so etwas Furchtbares nur laut aussprechen können!

»Hör nicht auf Shirin. Ihr geht es nicht gut«, versuchte sie das Mädchen zu beruhigen. »Aber trinken solltest du trotzdem etwas. Das ist wichtig für eine schöne Haut und einen strahlenden Teint.«

»Sie wird bald andere Probleme haben als einen strahlenden Teint«, murmelte Shirin.

»Ich glaube, ich werde verrückt!«, stieß das Mädchen aus. »Kann man vor Angst verrückt werden?«

Arabella sah ihm in die Augen und hätte sofort mit Ja geantwortet, verkniff sich aber jeden Kommentar.

Sie schob die verdreckte Matratze zu dem Mädchen, weil es auf dem nackten, kalten Boden kauern musste. Nachdem sie selbst noch zwei Becher Wasser getrunken hatte, flößte sie dem Mädchen auch zwei ein.

Danach setzte sie sich zu ihm auf die Matratze und nahm das Mädchen in den Arm. So was tat sie auch schon mal für Models, wenn die auf einem Laufsteg mit den High Heels der Designer hingefallen waren und anschließend hinter der Bühne in Tränen ausbrachen.

»Am besten, ich erzähle dir eine schöne Geschichte, damit du auf andere Gedanken kommst. Also, ich hatte mal ein fantastisches Fotoshooting in der Karibik ...«

Das Mädchen fing wieder an zu heulen wie ein Schlosshund.

»Ich will kein Model mehr sein! Nie, nie, nie!«

Mist! Wie konnte sie nur so gedankenlos sein? Und hier ging es ja auch nicht um den Spießrutenlauf, nachdem man auf einem Catwalk hingefallen war, und das anschließende Tuscheln der anderen Models.

»Okay, okay. Dann erzähle ich dir eben von dem letzten Weihnachten, das ich zusammen mit meiner Mutter gefeiert habe: Keine Stunde nachdem wir unsere Einkäufe ins Haus geschleppt hatten, waren wir eingeschneit. Das Telefon funktionierte nicht mehr und der Fernsehempfang war ebenfalls gestört, aber ich sage dir, das war das schönste Weihnachten meines Lebens ...«

Sie zog die Geschichte in die Länge und malte jedes Detail noch ein wenig netter aus. Schließlich beruhigte das Mädchen sich und schlief irgendwann sogar an sie gelehnt ein. Gleich danach fielen auch ihr selbst die Augen zu.

Schwere Stiefelschritte und das Öffnen des Schlosses rissen sie aus dem Schlaf.

»Schnappt euch die da!«, befahl ein glatzköpfiger Mann, dessen nackten, bulligen Oberkörper eine tätowierte Schlange zierte.

Arabella hatte nicht mitbekommen, wen der Glatzkopf meinte, aber zwei Männer marschierten direkt auf sie zu. Plötzlich schoss eine dunkle Gestalt aus der Ecke und warf die beiden Befehlsempfänger zu Boden.

Kapitel 8

Die dunkle Gestalt entpuppte sich als Shirins Sohn.

Aber die Sache ging nicht gut aus.

Ihr Helfer war ja angekettet.

Mit einem Baseballschläger prügelten die Männer dafür auf ihn ein.

Es war grauenhaft.

Sie konnte das nicht mit ansehen, legte die Hände auf ihre Augen und krümmte sich zu einer Kugel zusammen. Eine Peitsche knallte und Shirin stöhnte auf. Arabella strömten die Tränen herunter.

Der Glatzkopf brüllte: »Jedes Mal, wenn du auch nur den kleinen Finger gegen uns hebst, wird auch deine Mutter geschlagen, merk dir das!«

Ob es nur Sekunden dauerte oder Minuten, vermochte sie nicht zu sagen, doch es war die reinste Hölle.

Plötzlich war es totenstill, nur das Mädchen kreischte immer noch. Dann vernahm Arabella einen dumpfen Schlag direkt neben sich und auch das verstummte.

»Ich hasse Gekreische! Das gilt auch für dich, Engelchen!«, dröhnte der Glatzkopf.

Sie hatte solche Furcht, dass sie die Augen noch fester zukniff, nickte aber mehrmals deutlich.

»Wenigstens eine weiß zu gehorchen, den anderen werden wir das auch noch einprügeln.«

Als die schwere Metalltür zugeknallt wurde, zuckte sie zusammen, aber sie öffnete die Augen nicht, hatte Angst vor dem, was sie sehen würde.

Ich möchte nicht hinsehen, einfach nicht hinsehen! An einem anderen Ort sein, wieder in meinem Bett aufwachen ...

Die Tränen liefen ihr herunter. Schnell nahm sie die Hände vom Gesicht und versuchte, ihre Tränen abzutupfen, damit der Mascara nicht verschmierte.

»Du darfst nicht immer nur an dich denken«, hallte die liebevolle Stimme ihrer Mutter erneut in ihrem Kopf.

Sie holte zitternd tief Luft und schaute sich um, anstatt die Augen einfach wieder zu schließen.

Neben ihr an der Wand baumelte eine leere Kette.

Das Mädchen war weg.

Und sie hatte das arme Ding nicht mal nach ihrem Namen gefragt!

Und es war still. Unheimlich still.

Hatten diese brutalen Kerle Shirin und ihren Sohn zu Tode geprügelt?

War sie zusammen mit Leichen eingesperrt?

Sie musste nach ihnen sehen!

Doch ihre Beine zitterten so stark, dass es ihr schwerfiel, überhaupt aufzustehen. Als sie es geschafft hatte, zwang sie sich, Schritt für Schritt in den dunklen Bereich zu gehen.

Bevor sie um die Ecke schaute, flüsterte sie: »Shirin?«

Stille.

»Shirin, bitte, rede mit mir. Sag irgendwas, schimpf mich meinetwegen aus.«

Kein einziger Laut, nur Stille.

Arabella schluckte und trat widerstrebend um die Ecke. Sie presste krampfhaft beide Hände vor ihren Mund, damit sie bei dem womöglich schrecklichen Anblick nicht laut kreischte und der bullige Glatzkopf sie deswegen mit einem Faustschlag ins Gesicht verstummen ließ.

Der junge Mann war überall voll Blut, lag auf dem Bauch und regte sich nicht. Sie hatten ihn also totgeprügelt, weil er dem Mädchen zu Hilfe gekommen war.

Nicht darüber nachdenken! Einfach nicht darüber nachdenken!

Shirins Brustkorb hob und senkte sich, sie lebte folglich noch. Aber die wunderschöne Orientalin hatte blutige Peitschenstriemen an der Schulter, einem Arm und einer Gesichtshälfte. Bestimmt hatte sie versucht, sich mit dem Arm zu schützen. Die arme Frau würde wohl Narben zurückbehalten.

Narben! Narben, die sie für immer entstellen würden ...!

Vielleicht konnte sie etwas tun, um das zu verhindern. So schnell es nur ging, schnappte Arabella sich die leere Wasserflasche, lief zum

Waschbecken und füllte sie. Dann eilte sie zurück und kniete sich zu Shirin.

Diesmal gab es kein Zögern mehr, als sie eine weitere Lage ihres Kleides zerriss und sorgfältig die Wunden im Gesicht der ohnmächtigen Frau auswusch. Dann folgten der Arm und die Schulter. Sie war fast fertig, da ertönte ein markerschütterndes Knurren. Blitzschnell wurde ihre Hand von dem totgeglaubten, jungen Mann gepackt und sein aufgerissener Mund mit Fangzähnen – ja mit Fangzähnen! – war direkt vor ihren Augen.

»Bitte! Tu mir nichts! Ich will Shirin doch nur helfen!«

Das Knurren hörte sofort auf und ihre Hand wurde freigegeben.

»Tut mir leid«, keuchte er und hielt sich eine Seite. »Ich dachte, meine Mutter wird noch immer geschlagen.«

Arabella spürte ihr klopfendes Herz bis in den Hals und brachte kein Wort heraus, was ziemlich selten vorkam. Sie biss sich auf die Lippe und verdrängte das Unmögliche, das sie gerade gesehen hatte.

»Ich würde einer Frau nie wehtun«, sagte der Mann mit dunkler, aber sanfter Stimme. »Du brauchst«, er stöhnte mit schmerzverzerrtem Gesicht auf, »dich nicht vor mir zu fürchten.«

Er sah so schrecklich zugerichtet aus, dass ihr wieder Tränen herunterliefen, weil sie nicht wusste, wie sie ihm in diesem Drecksloch überhaupt helfen sollte. Mist – ihr Mascara war jetzt sicher hinüber.

Sie blickte auf die Wasserflasche neben sich – fast das Einzige, was es hier gab – und streckte sie ihm entgegen.

»Willst du etwas trinken?«

Die Hand, die danach griff, war blutig.

Sie wandte den Blick ab.

Das hier war einfach zu viel für sie!

»Du darfst nicht immer nur an dich denken«, tönte es wieder in ihrem Kopf. Zeitgleich wachte Shirin mit einem Stöhnen auf und begann sofort zu zittern. Aber die verdreckte Decke durfte auf keinen Fall auf ihre frischen Wunden kommen. Arabella sah sich erneut im Raum um und ihr Blick fiel auf die dicke, pinkfarbene Sweatjacke, die dem Mädchen – vielleicht bei ihren Abwehrversuchen – heruntergerissen wurde.

Es fiel ihr unsagbar schwer, doch sie nahm die Jacke an sich.

»Wenn das Mädchen wiederkommt, werden wir sie ihr zurückgeben«, stammelte sie.

Falls sie zurückkommt.

Sie biss sich sehr fest auf die Lippe, um nicht darüber nachzudenken, und half Shirin in die warme Jacke.

Was sollte sie nur tun? Was konnte sie denn tun?

Sie sprang auf und begann hektisch im Raum herumzulaufen.

»Das ist sicher ein Rekord«, sagte sie und nahm die Hysterie in ihrer eigenen Stimme wahr. »Wann kam Arabella Violet mal so lange ohne Musik und Schminkzeug aus?«

»Arabella Violet«, wiederholte Shirin. »Violet wie lila?«

»Ja! Mein Künstlername als Spitzenmodel, wegen meiner außergewöhnlichen Augen. Man kennt mich in Fachkreisen.«

»Möchtest du vielleicht jetzt meinen Rat, Arabella?«

»Ja!«, stieß sie hysterisch aus. »Ein guter Rat wäre in dieser Scheißsituation echt Gold wert!«

»Vergiss alles andere und konzentrier dich nur auf das Wesentliche.«

»Und das wäre?«

In üblicher Routine warf sie einen Blick auf den Nagellack ihrer Finger. – Mist, zwei Nägel waren sogar abgebrochen!

»Dein Überleben und das deines Babys.«

Mein Baby!

Wie vom Donner gerührt, blieb sie stehen und legte ihre Hände auf den Bauch.

»Wenn du keine vorzeitigen Wehen bekommen willst, dann musst du dich beruhigen.«

»Wie denn?! Jeden Moment können diese brutalen Schläger hier reinstürmen und mich holen!«

»Vielleicht ist es an der Zeit, dass ich dir jetzt etwas von mir erzähle, um dich abzulenken. Es ist die Geschichte einer jungen Sklavin, die davonlief und von einem griechischen Händler und wunderbaren Mann gerettet wurde.«

»Bitte nur etwas mit Happy End, ja?«

»Versprochen. Es gab ein Happy End. Also, es war in Byzanz vor vielen, vielen ...«

»Wo liegt das noch mal? In Indonesien? Mit den Inseln da kenne ich mich nicht so gut aus.«

Trotz der Schmerzen, die sie sicherlich hatte, brachte Shirin ein kleines Lächeln zustande.

»Byzanz heißt heute Istanbul und gehörte mal zum oströmischen Reich, Arabella.«

Was?

Ihr blieb der Mund offen stehen und während sie noch darüber nachdachte, zu welcher Zeit das wohl war, begann Shirin zu erzählen. Nebenher reinigte die Frau die Wunden ihres Sohnes.

Immer wieder musste Arabella auf die Peitschenstriemen von Shirin starren, plötzlich platzte es aus ihr heraus: »Du wirst vielleicht Narben zurückbehalten, Shirin.«

»Darum machst du dir im Augenblick Sorgen, Arabella?«

»Narben entstellen einen für den Rest des Lebens! Die Leute, sie ...«

»Meine Mutter wird keine Narben davontragen!«, unterbrach der junge Mann sie. »Dafür sorge ich.«

»Schon gut, Raven, sie weiß ja nichts über uns.«

»Was weiß ich nicht über euch? Und warum bist du dir da so sicher – Raven? Was ist das überhaupt für ein Name: Raven?«

»Die schwarzen Haare meines jüngsten Sohnes glänzten schon in der Wiege mit einem bläulichen Schimmer wie die Federn eines Raben. Daher nannten wir ihn in unserer Familie kórax – das heißt Rabe auf Altgriechisch – aber weil Englisch zur Weltsprache geworden war, wechselten wir später auf Raven.«

Dabei blickte Shirin – die gar nicht so alt aussah, als hätte sie schon einen erwachsenen Sohn – ihn liebevoll an. Würde sie ihre Tochter auch so liebevoll ansehen?

»Ich gebe ihr mein Vampirblut«, erklärte Raven. »Deshalb wird bei ihr alles ohne Narben verheilen.«

»Was?! So etwas ist möglich?«

In diesem Augenblick war ihr ganz egal, was es mit Vampiren auf sich hatte und dass sie eigentlich ein Mythos waren. Sie würde alles, alles geben, nur damit ihr Gesicht ...

Sie eilte zu Raven, ging vor ihm auf die Knie und schob ihre Perückenhaare zur Seite.

»Kann Vampirblut das heilen?«

Dann könnte sie zurück in ihr altes Leben!

»Wer hat dir das angetan?«, stieß Raven wütend aus.

Sie blickte beschämt zu Boden. »Daran war ich selbst schuld.«

»Es tut mir leid, Arabella«, meldete sich Shirin zu Wort. »Wenn dir mein Sohn jetzt sein Blut gibt, würde sich dein Gesicht nicht mehr verändern, denn dein Körper betrachtet es als verheilt. Es gibt sozusagen nichts mehr zu reparieren.«

Arabellas Schultern sackten herunter und sie drapierte die Haare wieder über ihre linke Gesichtshälfte.

»Es gibt also tatsächlich Vampire und ihr seid welche?«, fragte sie, um sich von der plötzlichen Hoffnung, gefolgt von der bitteren Enttäuschung, abzulenken.

»Raven ist ein Vampir. Aber wir Frauen bleiben immer Menschen. Unsere Zellen erneuern sich nur, wenn unsere Gefährten uns ihr Blut schenken.«

Gefährten, Blut, Vampire – diese Offenbarung war ihr mit einem Mal nun doch zu viel. Abrupt stand sie auf, aber wohin sollte sie gehen? Was tun? Sie sah sich wieder in ihrem Gefängnis um und fühlte sich von einem Moment auf den anderen restlos erschöpft.

»Ich werde mich hinlegen und versuchen zu schlafen«, erklärte sie schließlich und leiser ergänzte sie: »Und ich hoffe, dass ich aufwache und das alles hier war nur ein böser Traum.« Sie schnappte sich die dreckige Decke vom Boden und legte sich auf die Matratze. »Danke für deine Geschichte, Shirin.«

»Denk daran, was ich dir erzählt habe, Arabella. Manchmal muss man einfach durchhalten und überleben, bis sich eine Chance für die Freiheit ergibt.«

Überleben – das war nichts, worum sie sich bis vor Kurzem Sorgen gemacht hätte.

Sobald sie lag, wurde ihr kalt, so kalt, dass sie sogar ihre Flügel über die schmutzige Decke legte. Die Erschöpfung sorgte dafür, dass sie trotz allem in den Schlaf fand.

Irgendwann wurde sie wach, weil Shirin leise rief: »Sie kommen wieder!«

Und da waren sie, die Schritte schwerer Stiefel.

Arabella nahm sich vor, die Augen einfach zuzulassen.

»Ich werde versuchen, sie von dir fernzuhalten«, versprach Raven.

Sie hörte ein Kettenrasseln und sein unterdrücktes Stöhnen.

Plötzlich war sie hellwach, denn dass die beiden für Ravens letzten Verteidigungsversuch fast zu Tode geprügelt und gepeitscht worden waren, hatte sich für immer in ihr Gedächtnis gebrannt.

»Ich darf nicht nur an mich denken«, murmelte sie in Erinnerung an ihre liebe Mama und stand auf.

»Nein, Raven, du wirst nichts tun. Du bist angekettet und hast sowieso keine Chance gegen die.«

Von sich selbst überrascht, schritt sie zur Tür.

»Denk ans Überleben und dein Baby«, flüsterte Shirin mit liebevoller Stimme, so wie ihre eigene Mutter es stets getan hatte. »Tu, was sie von dir verlangen. Wehr dich nicht, sonst prügeln sie nur auf dich ein. Und versuch, etwas zu essen zu bekommen.«

Der Schlüssel wurde in die Tür gesteckt. Panik ergriff sie und beinahe hätte sie geschrien. Weil es ihr dann aber ergehen würde wie dem Mädchen, das mit einem Schlag zum Verstummen gebracht worden war, presste sie die Lippen fest aufeinander.

»Denk positiv«, murmelte Arabella. »Stell dir vor, es wäre ein Auftrag, nur ein weiterer Auftrag als Model.«

Vor lauter Angst wurde ihr jedoch schwarz vor Augen, als die Tür sich öffnete.

Vinzenz wartete mit laufendem Motor in der Tiefgarage, sah stur auf seine Rolex und fixierte den sich viel zu langsam bewegenden Sekundenzeiger.

Gleich war Sonnenuntergang.

Elia saß neben ihm im Pontiac Firebird und schüttelte den Kopf.

»Hast es wirklich eilig, was?«

»Jede Sekunde, die dieser Ramón sie in seiner Gewalt hat, ist zu viel«, knurrte er.

Elia, der sonst lässige Kleidung trug, hatte sein Äußeres in das Bild eines Anwalts verwandelt: Nadelstreifenanzug, zurückgegelte Haare, Aktenkoffer.

Ungeduldig ließ Vinz den Motor seines Firebird aufheulen.

»Wollte immer schon mal wissen, was deine Karre hergibt«, meinte Elia.

»Wirst du gleich sehen.«

»Ich hab uns die passende Musik mitgebracht«, meinte Elia grinsend und schob eine Kassette ins Autoradio.

Innerhalb eines Wimpernschlages streckte Vinz seine Hand durch das heruntergelassene Wagenfenster und drückte den Knopf, der das Rolltor öffnete.

»Ist das nicht ein bisschen früh?«, fragte Elia mit einem Stirnrunzeln.

Vampire und Sonne war ein heikles Thema. Traf die Sonne auf ihre Haut, konnte man zusehen, wie sie innerhalb kürzester Zeit verkohlte. Und zudem heilten Brandwunden bei Vampiren – im Gegensatz zu allem anderen – sehr langsam.

»Beim Knopfdruck waren es noch 25 Sekunden. 19 Sekunden braucht das Tor. Den Rest schenken wir uns, es ist draußen stark bewölkt.«

Elia setzte seine verspiegelte Ray-Ban-Sonnenbrille auf.

»Schisshase«, kommentierte Vinz dessen Aktion.

»Nee, es sieht einfach cooler aus.«

Vinz schenkte ihm einen Seitenblick und grinste.

»Hast recht.«

Er griff ins Handschuhfach und setzte sich das gleiche Modell auf.

Dann war das Tor oben, er gab Gas und Elia drückte auf die Playtaste.

»She drives me crazy«[4], schallte es über die eingebauten Boxen und Vinz musste zugeben, dass der Text wirklich passte ...

Mit quietschenden Reifen am Trouble angekommen, erfuhren sie, dass der Wirt gar nicht da war.

Die Bedienung erklärte: »Der Chef sagte mir, er müsste etwas Dringendes erledigen und wäre später am Abend wieder hier. Er wusste aber nicht genau, wann das sein würde.«

Frustriert fuhren sie weiter zur Modelagentur.

Im Vorraum wimmelte es von stark geschminkten Mädchen, die wie aufgescheuchte Hühner wirkten und Formulare ausfüllten.

Als sie an den Tresen gingen und Elia ihr Anliegen äußerte, meinte die Empfangsdame: »Heute ist es sehr schlecht, wir haben ein Nachwuchscasting, wie Sie sehen.«

Versuchte diese arrogante, wie ein Pfau aufgedonnerte Frau sie ernsthaft abzuwimmeln? Er war drauf und dran, sie anzuknurren und ihr seine Fangzähne aus der Nähe zu zeigen. Doch Elia schenkte ihm einen Blick, der sagte, er würde das schon regeln. Um nicht in Versuchung zu geraten, wandte er sich ab und betrachtete das Treiben um ihn herum. Er hatte sofort Mitleid mit den jungen Frauen – von denen ein paar wohl keine 16 Jahre alt waren –, denn sie sahen so erbärmlich mager aus, als hätten sie einen harten Winter nach einer Missernte hinter sich.

»Sind die alle hier, weil ihre Familien sie nicht mehr ernähren können?«, fragte er die Empfangsdame.

»Wie bitte?!« Der Frau hinterm Tresen fielen fast die Augen aus ihrem mit Make-up zugekleisterten Gesicht und für einen Moment japste sie förmlich nach Luft und war erst mal sprachlos. »Das – das ist Size zero!«, stieß sie kurz darauf empört aus. »Das ist der aktuelle Mindeststandard bei unseren Auftraggebern!«

»Eine Null als Größe?«, fragte er mit gerunzelter Stirn. »Die sind doch nur noch Haut und Knochen, sehen Sie das nicht?«

Einige der jungen Frauen hielten inne und fingen an, sich mit schreckgeweiteten Augen selbst zu mustern. Die Empfangsdame wurde rot im Gesicht, schnappte erneut mehrmals nach Luft und war wohl drauf und dran, sie hochkant aus der Agentur zu werfen.

»Das ist aber nicht der Grund unseres Besuches«, versuchte Elia die Frau zu beruhigen. Der Schreiber warf ihm einen warnenden Blick zu und reichte der Rezeptionistin seine Visitenkarte. In einem bürokratischen Ton, den er von seinem Freund gar nicht kannte, fuhr der fort: »Ich bin als Anwalt hier, um die Entführung ihrer Klientin Arabella Violet zu untersuchen. Wenn Sie sich nicht verdächtig machen wollen, wäre es besser, Sie kooperieren.«

Den gleichen Satz wiederholte er im Büro der Agenturchefin, in das sie augenblicklich geführt wurden. Erst danach war die bereit, jede Information herauszurücken. Aber leider wusste die Chefin rein gar nichts über das Casting aus der Zeitung und hielt es sogar für äußerst unseriös.

»Aber Arabella war sicher sehr verzweifelt.«

»Wieso?«, fragte Vinz.

»Wieso? Ist das Ihr Ernst? Sie hat nicht aufgepasst und ist schwanger geworden! Das ist das Ende ihrer vielversprechenden Karriere. Und dann noch das mit ihrem Gesicht.«

Das Gesicht seines Engels war perfekt! Die Frau hatte doch einen Knall!

»Sie hat es mir verheimlichen wollen, sagte nur, sie würde für die Dauer ihrer Schwangerschaft keine Aufträge annehmen. Aber eines meiner Models hat mir den wahren Grund erzählt, nachdem ich entsprechenden Druck ausgeübt habe.«

»Und wo ist dieser Vater?!«, fragte Vinz stinksauer, zum einen, weil ihm bewusst wurde, dass Arabella vergeben war, zum anderen, weil er den Kerl dafür hasste, nicht auf sie aufgepasst zu haben.

»Der Vater stand auch als Model bei uns unter Vertrag, mit seiner Karriere ging es steil nach oben. Dummerweise meinte er nach einem Fotoshooting in Aspen, Skifahren zu müssen, und ist dabei tödlich verunglückt. Ein großer Verlust für unsere Agentur.«

Dass er eine schwangere Frau zurückließ, war wohl unwichtig, oder wie?

»War Arabella – verheiratet?«

»Nein, wo denken sie hin?! Die zwei haben mit ihrer Beziehung gegenseitig ihre Karriere gepuscht, so wie ich es ihnen gerate habe. Ein Gerücht hier und da, zweideutige oder pikante Fotos, und die Boulevardpresse hatte Futter und brachte sie wieder auf die Titelseiten.« Sie blickte kurz in ihre Unterlagen. »Die beiden hatten zwei verschiedene Adressen, falls Ihnen das hilft.«

»Sonstige Verwandte?«, fragte Elia professionell.

Wieder blätterte die Agenturchefin in ihren Unterlagen.

»Hier steht, sie ist zweisprachig aufgewachsen. Mutter ist Deutsche, inzwischen verstorben. Vater Amerikaner, war bei den Besatzungstruppen in Deutschland, derzeitige Adresse unbekannt. Geschwister: keine.«

»Hat sie denn jemanden benannt, der im Notfall zu verständigen ist?«, fragte Elia.

Vinz war froh, seinen besten Freund dabeizuhaben, denn er hätte gar nicht daran gedacht, nach so etwas zu fragen.

»Mal sehen«, sagte die Frau und blätterte wieder. »Hier stand die Nummer ihrer Mutter, doch nach deren Tod wurde sie durchgestrichen und mit keiner neuen ersetzt.«

»Also ist sie ganz allein und auf sich gestellt?«, fragte Vinz.

Die Agenturchefin seufzte und lehnte sich in ihrem Stuhl zurück.

»Man kann ihr nur wünschen, dass sich jemand um sie kümmert, denn ihre Modelkarriere ist definitiv vorbei, und wie ich aus den Unterlagen sehe, hat sie nur einen Schulabschluss, keine Ausbildung oder sonst etwas vorzuweisen. Sie ist damals auf der Straße entdeckt worden. Das ist der Traum aller Mädchen. Aber den wenigsten ist bewusst, dass dieser Traum nur kurz währt, denn die meisten Auftraggeber wollen nur blutjunge Mädchen.« Die Frau seufzte erneut und klappte den Aktendeckel zu. »Na ja, Arabella hat sich sowieso immer schwergetan, Size zero zu halten, und sie wurde auch zu alt für dieses Geschäft.«

Der Traum aller Mädchen? Dass sie jahrelang halb am Verhungern sein würden, um dann ohne Ausbildung Mitte bis Ende zwanzig wieder auf der Straße zu stehen?

Vinz schüttelte den Kopf, verstand das Denken dieses Jahrhunderts ganz und gar nicht.

Elia nickte ihm zu als Zeichen zu gehen und sie standen auf. Mehr oder brauchbarere Informationen würden sie hier wohl nicht mehr erhalten.

Sein Freund wandte sich schon zum Gehen, doch er selbst versuchte immer noch diese Sache zu begreifen, und fragte: »Verstehe ich das richtig: Die Mode, die diese Designer entwerfen, ist den jungen Frauen bis Mitte zwanzig auf den Leib geschneidert, die so dürr sind, dass jeder Windhauch sie umwirft? Das sind ja nicht sehr viele in der Bevölkerung. Wer entwirft denn dann die Kleidung für alle anderen Frauen?«

»Was fällt Ihnen ein!«, kreischte die Frau außer sich und fuhr vom Stuhl hoch. »Sie haben ja keine Ahnung von diesem Business!«

»Komm, Vinz, lass uns gehen. Du erschütterst gerade ihr unrealistisches Weltbild«, meinte Elia sarkastisch.

Zurück im Wagen, steuerten sie ein zweites Mal die Kneipe an.

Kapitel 9

Arabella wurde wach, weil jemand ihr ziemlich unsanft die Wange tätschelte.

»Engelchen, Zeit aufzuwachen! Jetzt werden Fotos gemacht.«

Auf das Stichwort Foto richtete sie sich sofort zum Stehen auf und hob das Kinn. Aber leider wurde ihr gleich schwarz und sie sackte zurück in den Sessel, in den man sie gesetzt hatte.

»Sorry«, antwortete sie automatisch und leierte den üblichen Spruch herunter: »Das ist mein Kreislauf. Habe noch nichts gegessen.«

Sie blinzelte, bis ihre Sicht klar wurde. Langsam kam auch ihr Kreislauf wieder in Schwung.

»Sie geht uns noch kaputt, bevor wir sie verkauft haben!«, schrie Ramón seinen schmierigen Assistenten an.

»Ich brauche eben etwas zu essen, sonst klappe ich zusammen«, sagte sie in plötzlicher Erinnerung, was Shirin ihr aufgetragen hatte.

Ihr Magen meldete sich taktisch klug zu Wort, aber einen knurrenden Magen zu haben, ohne etwas essen zu dürfen, daran war sie ja gewöhnt.

Sie blickte sich kurz um. Man hatte sie in einen anderen Raum gebracht. Der Assistent stand mit einem Fotoapparat vor ihr.

»Erst die Fotos, dann bekommst du was zu essen«, stellte Ramón unmissverständlich klar.

Zutiefst erleichtert, dass sie nur etwas von ihr wollten, in dem sie gut war, stand sie auf und fragte, ganz in der üblichen Routine: »Vor der weißen Wand da? Mit einem weißen Kleid vor einer weißen Wand sehe ich aber extrem blass aus. Die da hinten ist grau, das wäre ein wesentlich besserer Kontrast.« Sie schaute zu der Neonröhre an der Decke. »Und die Beleuchtung ist mies. So werden die Bilder schlecht.«

Ramón und sein Assistent sahen sie so perplex an, dass sie laut gelacht hätte, wäre ihre Lage nicht so erst gewesen.

»Was denn? Ich bin Profi in diesen Dingen. Also wollt ihr nun gute Fotos von mir, oder was?«

Sie hatte den Bogen wohl überspannt, denn Ramón fing sich wieder, stampfte zu ihr und umklammerte schmerzhaft ihr Kinn.

»Du bist mir zu frech! Muss ich dir das erst austreiben?«

Vor lauter Angst schloss sie die Augen, wollte den Kopf schütteln, was nicht ging, deshalb stotterte sie schließlich mit zugeschnürter Kehle: »Nein, nein! Ich, ich ...«

Plötzlich riss er an ihrer Perücke, die sie mit einigen verstecken Haarnadeln perfekt befestigt hatte. Es tat so weh, dass es ihr Tränen in die Augen trieb, und sie öffnete sie wieder.

»Falsche Haare?!«, beschuldigte Ramón sie erzürnt.

»Das sind echte Menschenhaare!«, erwiderte sie stolz, bevor ihr siedend heiß einfiel, dass er sie für Frechheit bestrafen würde.

Überleben, hatte Shirin gesagt, sie musste ans Überleben denken! Also senkte sie schnell den Blick und fuhr unterwürfiger fort: »Aber ja, Sie haben recht, es sind nicht meine eigenen. Ich trage sie, damit man meine Narben nicht sieht. Darf ich?«, fragte sie und streckte vorsichtig ihre Hand nach den kostbaren Haaren aus, doch Ramón schleuderte sie zornig wie ein Stück Müll in eine Ecke.

»You get what you see! Ich bin Geschäftsmann und darf nur anbieten, was es auch wirklich gibt.« Er packte noch mal hart ihr Kinn und drehte ihre linke Gesichtshälfte vor seine Augen. Sie würde da bestimmt einen blauen Fleck bekommen. »Mängel müssen sichtbar sein, schließlich kauft keiner die Katze im Sack und ich will noch länger in diesem Geschäft bleiben.«

»Aber die Flügelchen können wir ihr doch anziehen, oder? Wär mal was anderes.«

»Meinetwegen.« Ramón stieß sie zur Seite. »Fotografier sie vor der grauen Wand und hol mehr Lampen. Aber wenn sie noch einmal ihren frechen Mund aufmacht, dann erteil ihr eine Lektion, die sie nie mehr vergisst!«

Die Tür flog donnernd zu und der schmierige Typ grinste sie an: »Bitte, tu mir den Gefallen. Sei frech, ja?« Mit funkelnden Augen holte er ein Feuerzeug aus seiner Hosentasche und spielte damit herum. »Ich brenne darauf, dir eine Lektion zu erteilen. Da, wo dein Gesicht eh verbrannt ist, macht das keinen Unterschied mehr. Und anschließend gönn ich meinem Schwanz auch noch eine Freude, der wird nämlich jedes Mal ganz hart, wenn ich mit Feuer spiele.«

Arabella wich bis zur Wand zurück.

Jetzt steckte sie wirklich im Schlamassel! Ihre Zunge war nämlich schon immer schneller als ihr Verstand gewesen und gerade in stressigen Situationen fing sie aus reiner Nervosität automatisch an zu plappern.

Auch bei ihrem zweiten Besuch im Trouble war der Wirt noch nicht zurück, deshalb fuhr Vinz Elia zurück zum Hauptquartier. Er selbst wollte da nicht herumsitzen, denn das Warten dort würde ihn verrückt machen. Kurz entschlossen fuhr er deshalb noch einmal in Arabellas Apartment.

Die Kassette von Elia war inzwischen mehrmals durchgelaufen. Gerade tönte über die Lautsprecher aus dem Song »She drives me crazy«[4] die Liedzeile: »I can't stop the way I feel«[4] und es stimmte: Er fühlte sich auf seltsame Weise zu Arabella hingezogen und er konnte nicht mehr aufhören, über sie nachzudenken. Er versuchte, sich an das Gefühl ihrer Haare und ihrer Federn unter seinen Fingerspitzen zu erinnern, versuchte, sich ihre Stimme ins Gedächtnis zu rufen. Es war einfach zu wenig, er wollte mehr von ihr, viel mehr. Sein Inneres verzehrte sich regelrecht nach ihr, obwohl das jeder Logik widersprach. Ständig kreisten seine Gedanken darum, wo sie in diesem Moment war und ob dieser Ramón ihr gerade etwas antat.

Das Lenkrad protestierte knarrend, weil seine Hände sich mit eiserner Härte darum verkrampften, und ein mörderisches Knurren drang aus seiner Kehle. Er war in der Stimmung, eine ganze Armee niederzumetzeln, um sie zu befreien, aber er wusste ja noch nicht einmal, wo sie war!

»This waitin' 'rounds killin' me ... she drives me crazy like no one else«[4], schallte es gerade von der Kassette – wie passend!

Um ein wenig Dampf abzulassen, rannte er wieder die Treppen des Hochhausriesen bis zu ihrem Penthouse hoch, anstatt den Lift zu nehmen. Aber das reichte nicht im Ansatz. Ohne einen Tropfen Schweiß und kein bisschen außer Atem trat er ganz oben in ihre Wohnung. Er musste sich unbedingt mit irgendetwas beschäftigen, bis der Wirt zurück war, sonst würde er durchdrehen!

Zuerst legte er das letzte Ultraschallbild, das er mitgenommen hatte, in der richtigen Reihenfolge zu den anderen auf den Nachttisch, dann ihr Notizbuch in grellem Pink an exakt dieselbe Stelle wie vorher.

Jede Seite darin hatte er tagsüber aufmerksam gelesen und versucht, sich ein Bild von ihr zu machen. Arabella legte extrem viel Wert auf Äußerlichkeiten – vermutlich kam das durch ihren Beruf – und sie war sehr stark auf sich selbst fixiert, dennoch stellte sie ihr ungeborenes Baby über alles andere. Ihre übersprudelnde Liebe, ihre Ängste und Sorgen hatte sie in dieses Büchlein geschrieben, von dem sie dachte, es würde nie ein anderer lesen. Und diese Agenturchefin lag in einer Sache völlig richtig: Arabella brauchte jemand, der sich um sie kümmerte, denn sie war ganz auf sich allein gestellt. Sie hegte große Angst, sie würde keinen Job als Model mehr bekommen – was ihre Chefin ja bestätigt hatte –, und ihre Ersparnisse reichten anscheinend nicht mehr lange. Arabella fragte sich, ob sie es schaffen würde, allein ihre Susi großzuziehen, und ob sie als Mutter gut genug wäre.

Das war Vinz ziemlich an die Nieren gegangen, denn am liebsten hätte er sie sofort zu sich ins Hauptquartier geholt. Aber mit Ausnahme der Gefährtinnen der Wächter waren Menschen tabu im Hauptquartier. Ebenso tabu waren enge Beziehungen zwischen Vampiren und normalen Frauen, denn das würde das Geheimnis ihrer Art gefährden und da verstand das Tribunal keinen Spaß – gelinde gesagt. Solche Vampire wurden nämlich streng bestraft – zum Beispiel mit Verbannung oder Verbrennung im Turm – und für die strenge Einhaltung dieser Gesetze waren natürlich ausgerechnet die Wächter zuständig, denen er sich mit einem Blutschwur verpflichtet hatte.

Er strich die Haarsträhnen zurück, die ihm ins Gesicht gefallen waren, und atmete tief durch. Arabella wäre für ihn genauso unerreichbar wie ein echter Engel. Nur als Schatten im verborgenen Dunkel der Nacht könnte er sie beobachten und über sie wachen, dafür sorgen, dass beispielsweise ein befreundeter Anwalt ihr eine Erbschaft von einem unbekannten Verwandten auszahlte …

Dabei sehnte er sich nach so viel mehr.

Nur einmal hatte er kurz ihre zarten Hände berührt, aber diese eine Berührung hatte sein bis dahin dunkles, kaltes Inneres durch und durch erwärmt und ihn auf einer tiefen Ebene verändert. Wobei Veränderung ein zu milder Ausdruck wäre, denn es war wie eine stille Revolution: Etwas in ihm begehrte auf gegen die selbst gewählte Maxime, sein Leben einzig dem Kampf gegen die Gesetzlosen zu verschreiben. Auf einmal gab es so viel mehr, für das sich sein Leben lohnte. Und ausgerechnet sie musste in die Hände seines ärgsten Feindes fallen! Er würde bis zum letzten Blutstropfen für sie kämpfen, aber er wusste ja noch nicht mal, wo man sie gefangen hielt!

Seine Hände schlossen sich zur Faust und öffneten sich im ständigen Wechsel. Er brauchte dringend etwas zu tun, sonst würde er völlig durchdrehen!

Er sah sich im Schlafzimmer um und schüttelte mit einem schiefen Grinsen den Kopf.

»Arabella Violet, du bist eine Chaotin! Das würde mich in den Wahnsinn treiben, wenn wir eine gemeinsame Wohnung hätten. Wir wären wie Tag und Nacht«, er schmunzelte kopfschüttelnd. »Wie Engel und Vampir.«

Wie von selbst fing er an, ihre Schuhe paarweise in den riesigen Wandschrank zu stellen. Dort war durchaus alles für eine gewisse Ordnung ausgelegt, was wenig nutzte, wenn die Hälfte des Schrankinhalts wie nach einer Explosion im ganzen Raum verstreut war.

Er legte die Shirts faltenfrei zusammen, hängte Kleider und Röcke akkurat auf Bügel. Schließlich fand er auch die Schubladen mit ihrer Unterwäsche, um unter anderem den pinkfarbenen BH hineinzulegen. Dort entdeckte er auch noch mehr von den undefinierbaren Dingern aus Spitze und ahnte plötzlich, wozu sie dienen könnten. Er zog das Spitzengewebe aus der Tasche seiner frischen Jeans, wo er es verwahrt hatte, wie zuvor in der anderen Hose. Nun hielt er das Teil auf verschiedene Weisen an die Schaufensterpuppe, die ebenfalls im Schlafzimmer stand, bis er den Hauch von Nichts an der Stelle platziert hatte, die am meisten Sinn ergab. Dann zog er die Puppe damit an – nur um sicherzugehen. Ja, das passte und dazu gehörte der pinkfarbene BH. Sofort stellte er sich Arabella in dieser Unterwäsche vor und strich mit seinem Zeigefinger den oberen Rand des Spitzengewebes an der Schaufensterpuppe nach.

Für einen Moment ging seine Fantasie mit ihm durch und sein bestes Stück wurde sofort steinhart.

Um nicht schon wieder stundenlang mit einem Dauerständer herumzulaufen, nahm er seine Hand weg, zog der Puppe die verführerische Spitze aus und verwahrte sie wieder in seiner Hosentasche. Nein, er legte das Teil nicht zurück in die Schublade, denn es gefiel ihm zu sehr, etwas von ihr ganz nah bei sich zu haben. Außerdem musste er Elia doch des Rätsels Lösung verraten. Sie hatten tagsüber nämlich noch lange diskutiert, welche Bestimmung das seltsame mysteriöse Spitzengewebe haben könnte.

Nachdem das Schlafzimmer aufgeräumt, gesaugt und das Bett gemacht waren, ging er ins Bad.

Auf dem Waschbecken, auf der Ablage über dem Waschbecken und in einem riesigen Spiegelschrank fand er nur eines: Kosmetika, Pflegeprodukte und Parfüms.

Welches enthielt wohl den Duft, den er an ihr selbst und im Schlafzimmer gerochen hatte?

Jeden Flakon hielt er an seine Nase beziehungsweise öffnete den Verschluss, bis er fündig wurde.

»Paradise – was für ein passendes Parfüm für einen Engel«, bemerkte er mit einem Lächeln. Es enthielt ein Potpourri an Duftnoten und er versuchte mit seiner feinen Nase, jede einzelne darin zu entschlüsseln: Granatapfel, Orangenblüte, Vanille, Bergamotte, Patschuli und Sandelholz hatte er schon bei ihrer Begegnung erkannt. Jetzt roch er auch noch Geißblatt und ein angenehm würziges Harz, vermutlich Labdanum aus der Zistrose gewonnen.

Und es war unglaublich, wie viel man über einen Menschen anhand seiner Wohnung und der Dinge darin erfahren konnte – oder der fehlenden Ordnung. Er schaute auch in die restlichen Schränke im Bad, denn es war spannend zu entdecken, wer sein Engel war.

»Das, was du an Kosmetika hast, habe ich an Waffen. Du denkst nur an Schönheit, ich nur ans Töten meiner Feinde. Wir könnten kaum unterschiedlicher sein.« – Dennoch lächelte er.

Neugierig las er einige der Verpackungsaufschriften. Eine der Schachteln, die so groß wie eine kleine Munitionsschachtel war, hatte die Aufschrift: »o.b.«.

Was sollte das denn sein?

Er öffnete die Pappschachtel und zog eines der weißen Dinger heraus, dessen Durchmesser etwa Kaliber .50 entsprach, und entfernte die Plastikhülle.

»Mhmm. Das ist gepresste Watte mit einem Bändchen. Damit könnte man Waffen reinigen und sie wieder herausziehen, wenn sie im Lauf stecken bleiben. Oder es ist vielleicht ein Gehörschutz?« Er versuchte, sich das seltsame Teil in die Ohren zu stecken. »Ne, für Ohren sind die Dinger nicht gemacht.«

Er nahm noch mal die Schachtel in die Hand, entdeckte ein gefaltetes Stück Papier darin – sicher eine Anleitung – und studierte es. Kaum dass er begriffen hatte, wozu Frauen die gepresste Watte verwenden, fiel ihm die Packung vor Schreck aus der Hand. Die weißen Dinger purzelten ihm auf die Füße und kullerten überall auf den Badfliesen herum. Seine Wangen wurden glühend heiß.

Gott sei Dank sah ihn jetzt keiner!

Als wären seine Finger eine Pinzette und die Dinger aus Säure, stapelte er sie wieder ordentlich in das Schächtelchen. Das von ihm bereits geöffnete o.b. steckte er aber in seine Hosentasche. – Mal sehen, ob er Elia damit in Verlegenheit bringen könnte!

Da sein Bedarf an Peinlichkeiten voll gedeckt war, erkundete er die Küche, wo hoffentlich keine peinlichen Entdeckungen auf ihn warteten.

Das Erste, was ihm auffiel, war ein großes Schild, das auf dem Kühlschrank klebte: »Bleib schön! Iss nicht zu viel!«

Was hatte denn das eine mit dem anderen zu tun?

Er öffnete den Kühlschrank und inspizierte den Inhalt.

»Magerjoghurt«, las er ab. »Fettreduzierte Milch, fettarme Hähnchenbrust, Diätcola, Margarine mit drei Prozent Fett.« Dazu fand er jede Menge Obst und Gemüse.

Fassungslos schüttelte er den Kopf.

Selbst wenn er eine Gefährtin hätte und deshalb normale Nahrung essen könnte, würde dieser Inhalt seinen Appetit nicht anregen. – Wäre er Arabellas Ehemann, würde er erst mal einkaufen und sie ordentlich aufpäppeln! Um diese Frau musste sich wirklich jemand kümmern! Mit dem Zeug da würde sie niemals einen harten Winter überstehen.

War Arabella unter ihrem wunderschönen Kleid etwa auch nur Haut und Knochen wie die Mädchen in der Agentur? Und falls ja, wie lange würde sie in der Gefangenschaft Ramóns überleben, wenn sie so dünn war und ihr Körper keine Reserven hatte?

Im Tiefkühlschrank fand er zumindest Schokoladeneis, jedoch mit einem Post-it darauf: »Ja nicht zu viel!«

Erneut schüttelte er den Kopf.

»Wenn du halb so viel Nahrungsmittel wie Kosmetikartikel kaufen würdest, dann wäre dein Kühlschrank voll.«

Bei ihm würde der Kühlschrank überquellen und wehe, sie würde nicht genug essen! Notfalls würde er sie dreimal täglich an einen Stuhl fesseln und ihr so lange duftende Pralinen, Schokoladeneis, köstliche Pasta und zartes Fleisch unter die Nase halten, bis sie schwach wurde.

Nun öffnete er auch die Schränke in der Küche und fand ein Fläschchen mit blutdruckerhöhenden Tropfen, daneben ein Heer aus Pillendosen und Schachteln.

»Vitamin C«, las er ab. »Mineralstoffkombination für gesunde Haare und Fingernägel, Nährstoffkomplex für junges Hautbild, Eisen Plus für Schwangere. – Herrje, warum futterst du lauter Pillen, anstatt anständig zu essen? Es ist ja nicht so wie früher, es gibt doch alles zu kaufen, sogar im Winter. Ich wäre froh, wenn ich normales Zeug essen könnte, anstatt nur Blut trinken zu müssen!«

Durch Hautkontakt mit einer Symbiontin war es einem Vampir möglich, wieder menschliche Nahrung zu sich zu nehmen und zu verdauen. An Weihnachten gab es daher eine Tradition bei den Wächtern. Vor dem Essen standen alle Hand in Hand vor dem riesigen Weihnachtsbaum im Gemeinschaftssaal und die ledigen Vampire hielten ausnahmsweise die Hand der Gefährtin eines anderen – und damit einer Symbiontin – und sangen einige Zeit Weihnachtslieder. Agnus begleitete ein paar Lieder mit Dudelsack, Quint spielte wunderbar Geige und sein Vater William Klavier. Durch die Berührung war es auch den ledigen Vampiren möglich, das anschließende Weihnachtsessen zu genießen. Und das war dann begreiflicherweise ein sehr opulentes Mahl, für das auch Vinz immer etwas kochte. Kurz nachdem Nudeln in Europa Einzug gehalten hatten, entwickelte er – ganz seinen Wurzeln entsprechend – eine Vorliebe für Pasta und italienisches Essen. Im Rest vom Jahr war er gezwungen, Blut zu trinken, um zu überleben.

Blut! Ein hungriges Knurren drang aus seiner Kehle, was ihn daran erinnerte, dass er dringend auf die Jagd gehen musste. Leider sah seit seiner Begegnung mit Arabella kein anderer Hals mehr begehrenswert aus.

Bevor er ihr Penthouse verließ, um sich Nahrung zu verschaffen, eilte er noch mal ins Bad und sprühte etwas von ihrem Parfüm auf das Spitzenteil, das er in seiner Hosentasche trug. Dieser Duft würde ihn von nun an begleiten ...

Während er im Auto saß, ließ er die Eindrücke auf sich wirken, die er in ihrem Appartement gesammelt hatte.

Genau wie dieser Duft hatte auch ihr Leben unzählige Facetten und war kunterbunt wie ein Kaleidoskop. Jede Farbe, jedes Muster war in ihrem Kleiderschrank vertreten und auch im Rest der Wohnung waren überall Farbtupfer. Fast auf jeder freien Fläche standen Dekoartikel herum: nett und witzig, aber überflüssig. Und es gab Sachen, von denen sie erheblich mehr als nötig hatte, zum Beispiel Handtaschen, Sonnenbrillen, Halstücher und ganz besonders Schuhe!

In seiner Wohnung gab es kaum etwas Unnötiges und bis auf antike Waffen, sprich Erinnerungstücke, keine Dekoration. Und bei ihm dominierten zwei Farben: Rot wie Blut und Schwarz wie die schwärzeste Nacht. Das Einzige, von dem er zu viel besaß – wobei man davon eigentlich nie zu viel haben konnte –, waren Waffen: Pistolen, Revolver, Schnellfeuergewehre, Scharfschützengewehre, Messer, Dolche und was man sonst noch so für den Alltag brauchte. Seine exzellenten Schwerter, Armbrüste und Degen hatte er aus Platzmangel vor 67 Jahren ins große unterirdische Lager des Hauptquartiers verfrachtet.

Arabellas Leben war im Gegensatz zu seinem kunterbunt. Ara-bella – Bella: die Geliebte, die Schöne; und Ara, das war doch dieser bunte Papagei aus den Kolonien. Ara, so würde er sie in Gedanken von nun an nennen. Ara – sein schöner, geliebter, bunter Vogel! Aber sobald er sie aus ihrem Käfig befreit hatte, müsste er sie fortfliegen lassen, denn das Gesetz der Vampire verbot eine Beziehung zu ihr ...

Als er sich zum dritten Mal auf den Weg ins Trouble machte, suchte er zuvor in einem berüchtigten Stadtbezirk nach zwielichtigen Gestalten. Niemand musste sterben, damit man als Vampir überlebte. Man nahm, so viel der menschliche Organismus des unfreiwilligen Spenders verkraftete, und löschte den Vorfall aus dessen Kurzzeitgedächtnis. Nur die Gesetzlosen tranken ihre Opfer bis zum letzten Tropfen leer. Oft labten sie sich an deren Todeskampf in ihrem eisernen Griff oder vergewaltigten die Frauen, während sie sie aussaugten. Er hatte es sich zur Lebensaufgabe gemacht, jeden einzelnen dieser skrupellosen Mörder zur Strecke zu bringen. Aber nachdem er in Arabellas Leben gestöbert hatte, wurde ihm auf einmal klar, dass es auch der einzige Sinn war, den er bislang seinem Leben gegeben hatte.

Natürlich gönnte er sich ab und zu ein bisschen Spaß mit Elia oder den anderen, aber das war nur oberflächlich. Jeden Tag lag er allein in seinem großen Bett und würde beim Aufwachen auch nie eine Frau in den Armen halten. Ohne eine Gefährtin hatte er die Jahrhunderte durchwandert, würde niemals Kinder großziehen und sie heranwachsen sehen. Denn Kinder könnte ein Vampir nur mit einer Frau zeugen, die eine Symbiontin war und ihn liebte. Und Symbiontinnen an sich waren schon so selten wie eine Perle in einer Muschel.

Zudem war er seit Jahrhunderten ein eingefleischter Junggeselle, dazu ein Perfektionist, und bei seinem kompromisslosen Lebensstil und Charakter wäre er womöglich nicht flexibel genug, um einer Frau den nötigen Spielraum zu geben. Vielleicht taugte er ja einfach nur als eine Waffe – eine geölte, präzise Waffe –, aber eben nicht zu mehr ...

Obwohl sein Magen gefüllt war, als er weit nach Mitternacht wieder zur Kneipe fuhr, hatte seine Sehnsucht nach Arabellas Blut kein bisschen nachgelassen. Und dabei hatte er bislang noch nicht mal einen einzigen Tropfen ihres Blutes gekostet!

Als er das Trouble betrat, war von draußen weder ein Gast noch eine Bedienung zu sehen und lediglich eine einzige Lampe hinter der Bar brannte.

Vorsichtig öffnete er die unverschlossene Tür und wurde sofort durch den Geruch von Blut alarmiert.

War das eine Falle und er tappte gerade ohne Rückendeckung hinein?

Er zog sofort seinen Dolch, verdeckte die Klinge mit seinem Unterarm und griff nach seiner Smith & Wesson. Die entsicherte er und steckte die Hand samt Waffe in die Tasche seiner schwarzen Lederjacke. Erst dann schlich er lautlos weiter.

Keine Menschenseele im Gastraum. Niemand hinter der Bar.

Es war still, zu still.

Die Tür zu einem Hinterzimmer stand einen Spalt offen. Der Blutgeruch kam aus dieser Richtung. Er trat näher, der Geruch wurde intensiver. Mit äußerster Vorsicht schob er die Tür etwas weiter auf.

Der Wirt lag reglos mit dem Oberkörper auf dem Schreibtisch.

Ihn streifte der Gedanke, man hätte ihn – ein Raubtier – mit einem blutigen Köder in eine Falle gelockt.

In diesem Moment gab die Tür, die er inzwischen nicht mehr festhielt, ein knarrendes Geräusch von sich.

Hatte sich ein Angreifer lautlos an ihn herangepirscht?

Reflexartig wandte er sich zur Tür um.

Aus dem Augenwinkel sah er den Wirt hochfahren, der eine Pistole auf ihn richtete, die unter dessen Oberkörper verborgen gewesen sein musste.

Er hatte einen tödlichen Fehler begangen!

Kapitel 10

Als Arabella zurück in die Zelle gestoßen wurde und die Tür hinter ihr mit einem Rums zuflog, zuckte sie zusammen. Gleichzeitig fiel ein riesiger Stein von ihrem Herzen. Sie hatte ihre Klappe ausnahmsweise mal halten können und war unversehrt davongekommen.

Die panische Angst, die sie vorhin die ganze Zeit im Würgegriff hatte, verschwand. Vermutlich war der Körper nur nicht in der Lage, diesen Zustand auf Dauer aufrechtzuerhalten. Denn sicher war sie hier keineswegs! Aber kaum war die Angst weg, überfiel sie unendliche Müdigkeit.

Als sie die Flügel zu Boden gleiten ließ und auf die dreckige Matratze sank, fragte Shirin vorsichtig: »Was haben sie mit dir angestellt?«

Kaum noch imstande, die Augen offen zu halten, erzählte sie Shirin, was vorgefallen war.

»Sie haben also nur Fotos von dir gemacht und dich ansonsten mit Samthandschuhen angefasst? Du musst etwas Besonderes sein, Arabella, denn ansonsten hätten sie dich wie alle anderen Mädchen misshandelt. Und dein Verkaufswert liegt noch nicht mal so hoch wie der der anderen. Du bist älter und, na ja, dein Gesicht.«

»Klar, mein Gesicht!« Sie wollte laut werden und sich furchtbar aufregen, doch es fehlte ihr schlicht die Energie dazu und so kam nur ein mattes Beschweren heraus. »Danke, dass du mich daran erinnerst. Also ist sogar in der Unterwelt mein Wert in den Keller gefallen.«

In diesem Moment trat Susi in ihrem Bauch und ihre Gedanken wurden kurz in eine andere Richtung gelenkt. Sie selbst war Hungern, Schlafmangel und Kreislaufschwäche gewohnt – Business eben –, aber was würde mit ihrer Susi passieren, wenn sie auch weiterhin nichts zu essen bekam? Würde dieses kleine, zarte Wesen in ihrem Leib das durchstehen? Und wie würde es überhaupt mit ihr weitergehen?

»Du sagtest Verkaufswert, Shirin. Weißt du, was sie als Nächstes mit mir vorhaben?«

»Es wird wahrscheinlich so ablaufen wie auf dem Sklavenmarkt im alten Byzanz. Du wirst Interessierten präsentiert und an den Meistbietenden versteigert. Sei froh, dass nur Fotos von dir gezeigt werden und sie nicht kommen, um dein Gebiss und deine nackten Busen anzusehen, so wie es bei mir damals war.«

»Du wirst lachen, aber ich bin es gewohnt, einer Horde Menschen präsentiert zu werden. Der Laufsteg ist auch eine Art Fleischmarkt und du musst ständig um deinen Wert kämpfen. Möchte nicht wissen, wie viele Männer sich unterm Tisch einen runtergeholt haben, während ich über den Laufsteg gejagt wurde. Wenn man die sabbernden, gierigen Blicke als Anhalt nimmt, eine Menge.«

»Aber keiner durfte dir ungestraft zu nahe kommen und du hast deine Freiheit gehabt. Es war deine Entscheidung, das mitzumachen.«

»Stimmt auch wieder.«

»Hör zu, Arabella. Ich glaube wirklich, dass du etwas Besonderes sein musst. Kannst du mir sagen, was sie alles fotografiert haben? War etwas Ungewöhnliches dabei? Ein seltsames Muttermal zum Beispiel?«

»Ja, mein Muttermal. Mann, da sind sie völlig drauf abgefahren. Weiß auch nicht, was sie daran finden.«

»Komm her und zeig es mir.«

»Ich bin hundemüde, Shirin.«

»Es könnte lebenswichtig für dich sein!«

Auch das war ihr schon fast egal. Sie hatte einfach keine Energie mehr. Erst als Shirin noch mal energisch wurde, rappelte sie sich auf. Ihre Beine fühlten sich an wie Pudding und diesmal lag es nicht am Kreislauf.

»Ich glaube, wenn ich nicht bald was zu essen bekomme, klappe ich wirklich zusammen.«

»Wenn sie nächstes Mal die Tür öffnen, bleibst du reglos liegen. Ich werde ihnen erzählen, du bist vor lauter Hunger ohnmächtig geworden. Sie werden mich dafür schlagen, aber dir hoffentlich etwas Nahrung bringen, damit du bis zum Verkauf durchhältst.«

»Danke, Shirin. Das ist mehr als nett von dir. Nachdem das mit meinem Gesicht passiert ist, hatte ich keine Freunde mehr.« – Und ganz bestimmt hätte sich keine ihrer Freundinnen für sie schlagen lassen!

Arabella hatte es bis zu Shirin geschafft und ließ sich auf dem nackten Boden vor ihr nieder.

»Dann waren es aber keine echten Freunde, Arabella. Echte Freunde schauen nicht nur aufs Äußere und sie gehen mit dir durch dick und dünn.«

Sie wollte es nicht, aber ihr liefen schon wieder Tränen herunter.

Shirin tätschelte ihre Hand.

»Dich hat wohl lange keiner mehr in den Arm genommen?«

»Meine Mama ist vorletztes Jahr gestorben.«

»Und dein Vater?«

»Meine Mama ist genauso chaotisch wie ich und das war ständig ein Streitthema. Als mein Vater uns nach seiner Soldatenzeit mit nach Amerika nahm, wurde es noch schlimmer. Nach der Armee fand er keinen befriedigenden Job mehr und meine Mama passte nicht in die Kleinstadtgesellschaft vor Ort. Sie hatten sich in Deutschland mal geliebt, aber am Ende war das Zusammenleben wie ein Krieg. Meine Mama hat die Notbremse gezogen und ist mit mir zurück in ihre Heimat. Seitdem hatten wir keinen Kontakt mehr zu ihm.«

»Und wo bist du zu Hause?«

»Eigentlich bin ich auf der ganzen Welt zu Hause, habe dort Wohnungen gehabt, wo es am meisten Aufträge gab. Aber eigentlich war meine Heimat früher immer da, wo meine Mama gewohnt hat.«

Die Ketten rasselten, als Shirin ihre Arme für sie öffnete, ein Arm hatte einen Verband mit dem Stoff ihres Kleides.

»Komm her, Arabella. Ich bin zwar nicht deine Mutter, aber ich habe das Herz einer Mutter.«

Es war sicher kindisch, aber genau das brauchte sie jetzt: mütterliche Nähe und Trost. Und hier war niemand, der sie deswegen verachten würde. Sie warf sich in Shirins Arme und heulte sich das ganze Leid der letzten Monate von der Seele, erzählte von der Verachtung voriger Freunde, von der Ausgrenzung und ihrem Rückzug aus dem öffentlichen Leben, soweit das möglich war. Es änderte nichts an der Situation, aber es tat trotzdem unglaublich gut.

»Das sind dumme Menschen, wenn sie den Wert einzig nach dem Äußeren bemessen. Es gibt auch eine Schönheit des Wesens, die nach außen strahlt.«

»Aber was soll ich denn machen, wenn ich nicht mehr modeln kann? Das ist alles, was ich kann.«

»Ich sehe zwei gesunde Augen, gesunde Hände, ein Paar gesunder Beine und einen wachen Verstand. Wie viele Arbeiten kann man damit als Frau in der heutigen Zeit ausüben?«

Ara sah Shirin an, als hätte sie ihr erklärt, die Erde sei keine Scheibe.

»Du bist nicht mehr schön – *im Gesicht* –, aber du bist gesund. Denk mal drüber nach. Aber jetzt zeig mir dein Muttermal.«

»Es ist hier auf meinem rechten Schulterblatt. Warte, ich öffne das Kleid ein Stück.«

Shirins Augen wurden groß, als sie ihr Muttermal betrachtete. Mit etwas Fantasie sah es aus wie zwei Blättchen. Doch es war nicht braun oder rot, wie die üblichen Male, sondern glich optisch eher feinen, regelrecht grazilen Narbenlinien.

»Raven, sieh her, Arabella hat die Blüte der Ewigkeit. Sie ist eine Symbiontin.«

»Soll ich ihr mein Blut geben?«

»Was?!«

»Nein, nicht, solange sie nicht in akuter Lebensgefahr schwebt. Sie ist schwanger und unsere Legenden raten davon ab, etwas so Natürliches durch etwas Übernatürliches zu stören.«

Shirin bedeckte ihre Schulter wieder.

»Du hast keine Ahnung, was das für dich bedeutet, oder Arabella?«, fragte Shirin sanft.

Sie schüttelte den Kopf.

»In unserer Welt bist du etwas ganz Besonderes. Du bist die Eine unter Zehntausenden, nein, unter Hunderttausenden. Wenn du einen Vampir berührst, dann kann er für kurze Zeit normale Nahrung zu sich nehmen.«

»Ach, deswegen hat mich dieser widerliche Typ vorhin die ganze Zeit betatscht. Seitdem fühle ich mich sogar innerlich beschmutzt. Hoffentlich isst er etwas Verdorbenes.«

»Und wenn du dich in einen Vampir verliebst und er sich in dich, dann könnt ihr eine Symbiose eingehen und Kinder bekommen. Er wird dir sein Blut schenken und du wirst für immer jung bleiben.«

»Aber mein Gesicht wird nie wieder so wie früher.«

Shirin seufzte.

»Ich glaube, dir könnte die ganze Welt offenstehen und du würdest immer nur das Eine sehen, was du nicht haben kannst.«

»Sie kommen«, sagte Raven leise.

»Geh am besten wieder zurück an deine Wand, da bist du sicherer, falls sie wieder auf uns losgehen«, riet ihr Shirin.

Zurück auf ihrer Matratze, hörte sie nun auch die schweren Stiefelschritte. Sie begann zu zittern, Panik ergriff sie. Schützend legte sie die Hände auf ihren Bauch.

War das ihr Käufer?

Oder der schmierige Assistent?

Der hatte ihr nämlich klargemacht, dass es genug hässliche Dinge gab, die man ihr antun könnte, ohne dass es ihren Verkaufspreis mindern würde. »Versteckte Mängel«, hatte er das grinsend genannt und meinte damit zum Beispiel eine Vergewaltigung, Brandnarben auf ihrer ohnehin zerstörten Wange oder Stecknadeln unter ihren Fingernägeln ...

»Lieber Gott, bitte schick mir einen Engel. Hol mich hier raus. Wenigstens für Susi.«

Dann wurde auch schon die Metalltür aufgerissen.

Ein Zucken ging durch ihren Körper.

Sie kauerte sich zusammen und schloss die Augen.

Den Mut, noch einmal aus eigenem Antrieb zur Tür zu gehen, besaß sie nicht mehr.

Ihr Herz galoppierte.

Was würde jetzt passieren?

Die Gestalt verharrte im Türrahmen, war durch das Licht im Flur nur schemenhaft zu erkennen. Etwas flog vor ihre Füße und sie schrie leise auf.

Nicht schreien!, ermahnte sie sich sofort im Geiste.

»Das ist für dich! Die da bekommen nichts davon, hörst du?«

Starr vor Angst nickte sie, war zu keiner anderen Handlung fähig. Dann wurde die Tür wieder zugeworfen und verriegelt.

Erst jetzt öffnete sie vorsichtig die Augen.

Zwei Packungen Toastbrot lagen vor ihren Füßen.

Die Stiefelschritte entfernten sich. Dieses Geräusch würde sie bis in ihre Träume verfolgen.

Erst nachdem draußen alles still war, ließ ihre Angst nach. Als sie aus ihrer mentalen und äußerlichen Starre wieder herausfand, wurde sie sauer und ein Aufflackern von Rebellion ergriff von ihr Besitz.

Sie schnappte eine Packung Toast und marschierte zu Shirin.

»Hier, das ist für euch. Lasst euch nur nicht erwischen – und guten Appetit.«

»Setz dich zu uns, lass uns gemeinsam essen«, schlug Shirin vor. »Nur weil das Barbaren sind, müssen wir uns nicht genauso verhalten.«

Ara nahm gern an und setzte sich zu ihr.

»Dein Gesicht ist ja verheilt, Shirin.«

»Ja, das liegt an Ravens Blut. Es heilt mich zwar nicht so schnell wie ihn, aber es tut seine Wirkung. Ständig finden diese Gesetzlosen einen Grund, um uns zu schlagen. Dann warten sie, bis wir wieder einigermaßen hergestellt sind, und prügeln erneut auf uns ein.«

»Aber warum tun sie euch das immer wieder an? Und weshalb machen sie von dir keine Fotos und versteigern dich?«

»Ramón verfolgt ein Ziel mit uns. Entweder er will uns nur brechen oder er hat darüber hinaus Pläne mit uns. Aber jetzt lass uns das für einen Moment vergessen. Während wir Toastbrot essen, werde ich dir von den köstlichen Speisen Byzanz' erzählen. Du wirst sehen, dann schmeckt der Toast gleich viel besser ...«

Und für eine kleine Weile kam es Arabella so vor, als würde sie in einer Welt wie in Tausendundeine Nacht versinken. In ihrer Fantasie verschwanden die feuchten, kalten Wände und die prächtigen Bauten Byzanz' erstrahlten im Sonnenschein. Die reich gedeckten Tafeln mit erlesensten Gerichten tauchten vor ihrem inneren Auge auf ...

Als Vinz aus dem Augenwinkel die Pistole sah, war es zu spät. Kugeln waren unfassbar schnell und aus der kurzen Distanz würde sogar dieser Mensch seinen Kopf oder sein Herz treffen.

War das die Nacht, von der er seit Jahrhunderten wusste, dass sie irgendwann kommen würde? Die Nacht, in der sein Leben für immer in der Dunkelheit erlosch?

Der Wirt hätte nur sofort abdrücken müssen, als er ihm noch den

Rücken zugewandt hatte – doch das tat er nicht. Nein, er legte die Pistole mit einem Seufzen wieder auf den Tisch.

»Dachten Sie, ich knall Sie ab?«

»Der Gedanke lag nahe.«

»Zum Donnerwetter, ich bin nur nervös! Und das nicht grundlos. Schauen Sie nur, was die mit mir angestellt haben!«

Sein rechter Arm hing mit einem Gips in einer Armschlinge. Ein Auge war gänzlich zugeschwollen, die Augenbraue auf der anderen Seite frisch genäht und unter dem offenen Hemd sah er eine Bandage um dessen Brustkorb.

»Sind Sie aufgeflogen?«

»Nein«, presste der Mann hervor.

»Stellen Sie sich vor, das haben die nur gemacht, weil ich die Frechheit besessen habe, sie unüblicherweise direkt zu kontaktieren.«

»Haben Sie etwas für mich? Einen Ort?«

»Nein, aber ich habe etwas anderes. Und ich verdiene jeden einzelnen Geldschein, den wir ausgehandelt haben! Es hätte nicht viel gefehlt und die hätten mich umgebracht! Also her mit der Kohle!«

Der Wirt wischte mit seinem heilen Arm eine leere Whiskeyflasche vom Tisch, sodass sie am Boden zersprang, und winkte ihn heran.

Vinz stellte den Aktenkoffer auf den Schreibtisch und öffnete ihn so, dass der Wirt das Bargeld sah. Der wollte danach greifen, doch Vinz klappte den Deckel sofort wieder zu, legte seine Hand darauf und blickte ihn scharf an.

»Erst die Information.«

»Klar, kann ich verstehen bei so viel Kohle«, stammelte der Mann, wischte sich den Angstschweiß von der Stirn und rieb sich den Nacken. »Der Typ hat mir eine Telefonnummer gegeben und ein Passwort. Sagte, das ginge alles über Computer und ich müsste mich über ein Modem in eine Mailbox einwählen.«

Vinzenz runzelte die Stirn.

»Ja, so ging's mir auch. Verstand nur Bahnhof, hab mir aber alles haarklein aufgeschrieben. Da wäre ein Bild hinterlegt, sagte der Typ, und man könnte ein Gebot für die Frau abgeben.«

»Und das soll ich Ihnen abnehmen und dafür diese horrende Summe hinlegen?«, fragte er skeptisch.

Der Mann rieb sich wieder den Nacken.

»Kennen Sie keinen Computerfuzzi? Hier rufen Sie ihn an.«

Der Wirt schob ihm das Telefon hin, das auf dem Schreibtisch stand.

»Wo sind die Nummer und das Passwort?«

»Ich geb sie Ihnen, aber ich werde meine Knarre auf Sie richten, damit Sie nicht mit meiner schwer verdienten Kohle abhauen, sobald es funktioniert hat. Einverstanden?«

Vinz nickte. Was blieb ihm denn auch anderes übrig, wenn er Ara retten wollte? Allerdings wäre es sogar für einen Vampir kritisch, wenn nicht gar unmöglich, aus unter einem Meter Entfernung einem Kopfschuss auszuweichen, selbst wenn man sich darauf einstellte.

Wie weit wirst du für diese Frau noch gehen?, mahnte ihn eine gehässige Stimme in seinem Kopf. *Du stehst schon an der Kante des Abgrunds. Gehst du noch einen Schritt weiter?*

Er fasste den Griff seines Dolches, ohne dass es der Wirt sah.

Nur so komme ich endlich an diesen Blutfürsten heran. Ich springe sogar in den Abgrund, wenn ich diesen Ramón mit mir reißen kann! Und wenn es das Letzte ist, was ich tue!

Dass es darüber hinaus etwas in seinem Inneren gab, das ihn mit aller Macht drängte, die Frau zu retten, ignorierte er für den Moment. Dabei vermisste jede seiner Fasern die Wärme, die Arabella in ihm ausgelöst hatte, und das, obwohl es nur ein einziges Mal geschehen war.

Der Wirt hatte ein zerknittertes, blutiges Stück Papier aus seiner Hosentasche gezogen und schob es ihm zu. Vinz ließ die Pistole in seiner Jackentasche los und wählte Elias Nummer im Hauptquartier. Er gab dem Computergenie die Anweisungen auf dem Zettel durch.

»Es dauert einen Moment«, erklärte er dem Wirt, dem der Schweiß von der Stirn tropfte, obwohl es eher kühl in dem Raum war. »Mein Freund muss eine Datei herunterladen und ausdrucken. Erst dann können wir sicher sein.«

»Ja, es ist die Frau aus der Parfümwerbung«, bestätigte Elia am anderen Ende. »Obwohl sie – na ja, sagen wir mal, nicht mehr ganz so gut aussieht.«

Der Hörer in Vinz' Hand zerbrach vor lauter Wut, die Verbindung brach ab.

»Stimmt was nicht?«, fragte der Wirt alarmiert.

Vinz biss die Kiefer zusammen und schob dem Mann den Koffer mit dem Geld zu. Sobald der Wirt die Pistole zur Seite legte, um den Aktenkoffer zu öffnen, griff Vinz blitzschnell nach der Waffe. Der Mann dachte wohl, sein letztes Stündchen habe geschlagen, doch er holte nur das Magazin und die Patrone im Lauf heraus und ließ beides auf den Boden fallen.

Der Kneipenbesitzer wischte sich erneut den Schweiß von der Stirn und sagte: »Noch ein guter Rat von mir: Um glaubwürdig zu sein, habe ich ihm erzählt, Sie seien ein steinreicher Mann, der eine besondere Gespielin für sein abgedrehtes Privatvergnügen sucht. Der Drahtzieher ist ein skrupelloser Menschenhändler. Wenn der merkt, dass Sie die Frau kennen, dann verlieren Sie nicht nur Ihr Leben, sondern er wird Sie vorher auch zu Brei schlagen und das meine ich wortwörtlich. Also spielen Sie Ihre Rolle besser überzeugend.«

»Danke für den Tipp, aber ich weiß genau, auf wen ich mich einlasse. Sie sollten jedoch am besten noch heute das Land verlassen. Und ändern Sie Ihren Namen, wenn Sie auf Hawaii die Kneipe aufmachen.«

Der Wirt zog die große Schublade seines Schreibtisches auf und Vinz hatte sofort seine Smith & Wesson auf ihn gerichtet.

»Ganz cool bleiben. Nur eine kleine Aufmerksamkeit von mir.« In Zeitlupentempo holte der Wirt eine Magnumflasche Dom Perignon heraus und reichte sie ihm. »Für Sie. Den hab ich mir immer für einen besonderen Augenblick aufbewahrt. Jetzt geht mein Traum in Erfüllung und ich will Ihnen damit Glück für Ihren wünschen, denn Sie riskieren Kopf und Kragen. Entweder Sie sind verrückt oder Sie lieben diese Frau mehr als Ihr eigenes Leben.«

»Vermutlich beides«, murmelte Vinz, schnappte sich die Flasche und ging.

Wieder in seinem Pontiac, raste er zurück zum Hauptquartier und dachte über die Worte des Wirtes nach.

War er verrückt? Und konnte man tatsächlich eine Frau lieben, der man nur einmal kurz begegnet war?

Arabella – er sehnte sich danach, sie wiederzusehen, sie zu berühren ... Sein Blick fiel auf ihren Walkman. Er könnte sich zumindest die Lieder anhören, die sie selbst hörte. Um nicht mehr den Songtext zu hören, der ihn so wütend gemacht hatte, spulte er etwas vor und drückte dann auf Play. Das Lied »Something's gotten hold of my heart«[5] erklang.

Auf der Fahrt drangen einige Textfetzen wie sanfte Druckwellen in sein Herz: … »Aber dann bist Du mir begegnet und ein unbekanntes Gefühl erschütterte mein Herz, ich wollte, dass Du bleibst … Etwas hat mein Herz in Besitz genommen … Zerrt meine Seele an einen schönen Ort … Ja, etwas ist in meine Nacht eingedrungen … Ich muss erfahren, ob das wahre Liebe ist. Ich muss es erfahren …«[5]

Kapitel 11

Vinz rannte in Höchstgeschwindigkeit durch die unterirdischen Gänge, bis er in »Elias Reich« – so verkündete das Schild an dessen Tür – angekommen war. John und Alva, ihre Ärztin, waren ebenfalls dort.

»Was meintest du um Gottes willen mit ›Sie sieht nicht mehr ganz so gut aus‹?«, donnerte Vinz' Stimme, untermalt von einem mörderischen Knurren.

Alle im Büro starrten ihn für einen Moment wortlos an.

»Hier, sieh selbst«, sagte Elia schließlich und zeigte auf einen Ausdruck, der sogar in Farbe war.

Es stimmte. Sein Engel, der ihn auf dem Dach des Hauses und auf der Straße fasziniert hatte, sah nun völlig anders aus.

Der Ausdruck zeigte eine Frau, die wirkte, als hätte man sie durch den Dreck gezogen. Ihr Kleid war nicht mehr blütenweiß, hing wie ein nasser Lappen an ihr herab. Ihre Flügel waren schmutzig, einer sogar gebrochen. Ihre Augen, die er noch nie zu Gesicht bekommen hatte, sahen ihn voller Angst an und die schwarzen Schlieren, die ihre Wangen hinabgelaufen waren, verliehen der einst himmlischen Gestalt voller Esprit einen Ausdruck von tiefster Verzweiflung.

»Sie haben ihr nicht nur den Flügel gebrochen«, murmelte er in Gedanken, während seine Hand sich um den Griff seines Dolches verkrampfte. »Und ihre wunderschönen Haare – diese Bastarde haben sie regelrecht geschoren.«

Vinz presste die Kiefer aufeinander, denn heiße Wut brodelte nun direkt unter einer immer dünner werdenden Oberfläche aus Beherrschung.

Sie hielt die Hände über ihrem Bauch, versuchte wohl instinktiv, ihre kleine Tochter Susi zu beschützen, dieses winzige, unschuldige Wesen, das er auf dem Bild gesehen hatte. Doch sein Engel hatte gegen diese Vampire nicht den Hauch einer Chance, sie würden seine Ara zerbrechen wie ein Streichholz. Wenn er sie doch nur irgendwie vor diesen Vergewaltigern und Mördern schützen könnte! Und dann entdeckte er auf dem Ausdruck etwas …

Ohne nachzudenken, stieß er seinen Dolch neben dem Ausdruck in die Tischplatte.

Es wurde mucksmäuschenstill im Raum.

»Vinz?«, hörte er John fragen.

Doch was auch immer ihm John damit sagen wollte, drang nicht mehr zu ihm durch, denn er versuchte zu begreifen, was mit Aras Gesicht nicht stimmte.

»Elia! Was ist mit ihrem Gesicht passiert?«

»Das hat Alva auch schon gefragt. Ich hab versucht, es zu vergrößern, so gut es ging. Hier.«

Elia reichte ihm einen zweiten Ausdruck.

»Diese Schweine haben ihr Gesicht verbrannt!«

Die dünne Oberfläche seiner Beherrschung riss und blinde Wut explodierte.

Er schmetterte seine Faust auf den Schreibtisch, packte den Monitor und schleuderte ihn mit so viel Wucht an die Wand, dass die Splitter wie Geschosse zurückflogen. Vor Zorn außer Kontrolle, bekam er nur am Rande mit, dass John sich innerhalb eines Wimpernschlages als lebender Schutzschild vor Alva stellte. Er selbst griff nach dem nächsten freien Stuhl, um ihn ebenfalls in rasendem Zorn durch den Raum zu donnern. Aber da wurde er von Elia mit einem Stoß an die nächste Wand katapultiert. Elia mochte übernatürlich stark sein, aber nicht stärker als er! Er war im Begriff, sich auf ihn zu stürzen, da kam John dazu und sie pressten ihn gemeinsam an die Wand. Er kämpfte gegen sie an, musste doch etwas unternehmen! Jeden bekämpfen, der seiner Ara etwas antat! Er verstärkte seine Anstrengungen.

»Ruhig!«, befahl John und die Autorität des jahrhundertealten Vampirs traf ihn wie eine gewaltige Druckwelle. Seine Glieder wurden starr, sogar die Luft wurde aus seinen Lungen gedrückt.

Sein Verstand klarte sich wieder. Das hier waren seine Freunde!

Er hörte auf, gegen die beiden anzukämpfen.

»Du hast die Kontrolle verloren und beinahe Alva verletzt.«

Eine weitere Welle der Autorität ging von Johns Stimme aus. Seine

Worte klangen jedoch nicht anklagend, sondern besorgt und das half ihm, seine Wut endgültig in den Griff zu bekommen.

Ein Vampir außer Kontrolle war eine gefährliche Kreatur. Seine Kraft gepaart mit Wut konnte verheerend sein. Als Wächter hätte ihm so etwas nicht passieren dürfen!

»Es tut mir leid, Alva.«

Die Ärztin atmete nur tief durch, das war alles, und meinte: »Dann hätten wir das ja geklärt. Dein Engel hat übrigens eine Verbrennung im Gesicht«, erläuterte sie, als ginge es lediglich um einen ärztlichen Befund.

»Diese Schweine!«

Ohne es bewusst zu steuern, kämpfte er für einen Moment erneut gegen den Griff seiner Freunde an.

»Die Verbrennung ist aber schon älter, hat daher nichts mit ihrer Entführung zu tun.«

»Hast du das verstanden, Vinzenz?«, fragte John und fixierte ihn mit seinem Blick.

Vinz spürte die ausgefahrenen Fangzähne in seinem Mund und hörte sein eigenes, mörderisches Knurren, doch er nickte.

»Dein Körper ist voller Adrenalin, du atmest, als ob du einen Güterzug anschiebst«, bemerkte Alva so sachlich, als würde sie eine Diagnose stellen.

»Hast du dich trotzdem wieder unter Kontrolle?«, hakte John nach. »Können wir dich loslassen?«

Er versuchte sich zu entspannen – das gelang ihm nicht wirklich, er nickte jedoch erneut.

»Noch so einen Ausbruch, und ich kette dich in unserem Verlies an«, versprach ihm John in ruhigem Ton und schenkte ihm einen letzten, musternden Blick, bevor er und Elia ihn freigaben.

»Verstanden.«

Alva gab ihm einen weiteren Ausdruck und erklärte: »Sie ist übrigens eine Symbiontin. Siehst du die Blüte der Ewigkeit? Da auf ihrem rechten Schulterblatt.«

Wieder wurde der Raum still, alle Blicke lagen auf ihm.

»Lächelst du etwa?«, fragte Elia ihn sichtlich verblüfft.

»So ein Quatsch!«

Alva legte den Kopf leicht schief und musterte ihn.

»Elia sagte, du hättest ein Bild von dem Baby. Zeig es mir«, forderte die Ärztin.

Für sensible Höflichkeiten war sie nicht bekannt. Er hatte Elia eine Kopie des neuesten Ultraschallausdruckes machen lassen. Dieses Bild von Susi trug er nun stets mit sich herum und reichte es der Ärztin, die es eingehend betrachtete.

»Der Entwicklung und dem Datum auf dem Ultraschallbild nach zu urteilen, kann die Geburt kurz bevorstehen.«

»Ich kenne das errechnete Datum, wann Susi auf die Welt kommen soll.«

»Susi?«, wiederholte Alva erstaunt.

Alle sahen ihn schon wieder so seltsam an. Das ging ihm allmählich auf den Keks!

»Das war Recherche, zum Donnerwetter! Ich habe ihr Tagebuch gelesen. Sie bekommt eine Tochter, die sie Susi nennen wird.«

»Und was hast du jetzt vor, Vinzenz?«, fragte John. »Agnus hat schließlich befohlen, dass es keine Alleingänge gibt, während er weg ist.«

»John, das werden wir entscheiden, wenn es so weit ist«, sagte Alva plötzlich mit eiserner Miene, die Hände in die Hüften gestemmt.

John blickte sie überrascht an. Kein Wunder, denn Agnus hatte ihm die Befehlsgewalt übertragen, solange er wegen Angelegenheiten des Tribunals nicht im Land war, und verließ sich auf die Einhaltung seiner Order. Normalerweise mischte sich die Frau des Chefs nicht in die Aufgaben der Wächter ein. Na ja, eigentlich mischte sie sich sehr wohl ein, und bot dem hünenhaften Anführer der Wächter selbst dann furchtlos die Stirn, wenn er in Rage war, allerdings nur, wenn es um ihre Patienten ging.

»Also, Vinzenz?«, fragte ihn nun auch die Ärztin, »Was willst du wegen der Schwangeren unternehmen?«

»Er muss ein Gebot abgeben«, erklärte ihr Elia. »Ramón versteigert sie.«

Vinz bemerkte, dass zur Abwechslung mal alle die Ärztin anstarrten und nicht ihn. Sie hatte die Hände zu Fäusten geballt und ihre kalte Wut war für jeden im Raum nahezu greifbar.

»Das derzeit höchste Gebot liegt bei 730 000«, erklärte Elia weiter. »Vinz muss also mindestens 740 000 bieten.«

Sein Freund sah ihn abwartend an.

»Biete eine Million für mich! Ich will, dass das endlich ein Ende für Arabella hat und sie nicht weiter unter diesen blutgierigen, sexbesessenen Arschlöschern verschachert wird.«

»Vinz, du musst das Geld aber in bar haben, direkt nach der Auktion. Die warten nicht. Wie willst du auf die Schnelle so eine riesige Summe Bargeld auftreiben? Dein Vermögen ist überwiegend fest angelegt oder in Immobilien investiert. Das zu liquidieren dauert ein paar Tage.«

Vinz schluckte und presste die Kiefer aufeinander.

»Dann werde ich eben meine Kaffeerösterei an diesen Kaffeemogul verkaufen müssen. Der lauert schon die ganze Zeit auf eine Gelegenheit, meine Immobilie am Hafen zu übernehmen und eine große Fabrik zur Röstung von Discounterkaffee daraus zu machen. Als ich das letzte Mal in seinem Büro war, um ihm höchstpersönlich eine Abfuhr zu erteilen, hat er den Tresor vor meinen Augen geöffnet und damit geprahlt, dass er mir die Scheine sofort in die Hand drücken könnte. Hat wohl gedacht, dass Geldscheinpakete mich schwach machen.«

»Aber du hängst doch an deiner Rösterei«, meinte Elia. »Du hast über die Jahrzehnte so viel Herzblut da hineingesteckt und bist ständig dabei, die Qualität zu verbessern und neue Mischungen zu kreieren.«

Sein Freund kannte ihn ziemlich gut.

»Elia hat recht«, stimmte Alva zu. »Verkauf deine Rösterei nicht. Die Summe, die dir in bar fehlt, werde ich auftreiben – gemeinsam mit Sarah. Darauf hast du mein Wort. Und du bist uns dafür nichts schuldig.«

»Warum?«, fragte Vinz perplex.

Alva trat ganz nah an ihn heran und baute sich förmlich vor ihm auf. Unwillkürlich zog er seine Lippen zurück und zeigte seine Fangzähne, sein Knurren war auch noch nicht verstummt. Dennoch zeigte sie keine Spur von Angst, obwohl die Scherben, die wegen seines Wutausbruchs in Johns Hals gesteckt hatten, genauso gut in ihrem Gesicht hätten landen können.

»Wie du weißt, war ich auch mal eine Gefangene und Lucius hat Sarah und mich ...« Sie stockte mitten im Satz und fuhr dann fort: »Wir wären froh gewesen, wenn uns damals einer hätte freikaufen können.«

Aber für keine Summe hätte Lucius die beiden im 14. Jahrhundert freigegeben, das wusste er sehr wohl. Sarah hatte das Tribunal sogar um den Freitod angebettelt, aber selbst das wurde ihr verwehrt. Am gleichen Tag forderte William diesen Vampir damals im Zweikampf heraus und schlug ihm den Kopf ab, um seine Gefährtin Therese vor ihm zu schützen. Per Vampirrecht fielen Lucius' unfreiwillige Ehefrauen Alva und Sarah damit an William, doch der gab beide frei.

»Sarah, Therese und ich würden unser letztes Gewand geben, um eine Frau aus der Gefangenschaft freizukaufen, die mit Sicherheit missbraucht werden wird. Dass du dich in sie verliebt hast, spielt für uns keine Rolle.«

Alvas tougher Gesichtsausdruck hatte sich verändert; neben der Wut, die sich abzeichnete, wirkte sie nun auch verletzt. So hatte er Alva noch nie erlebt.

Und kaum war sie mit ihrer Ansage fertig, fegte sie aus dem Raum, wobei sie John noch zurief: »Wir müssen unter vier Augen reden, komm in mein Quartier!«

Und es glich einem Befehl, nicht einer Bitte.

John atmete tief durch und wandte sich ein weiteres Mal an ihn: »Ich bin Taktiker, Vinz, aber ich bin auch ein Ehemann und ich sehe, was diese Frau dir bedeutet. Ich kann mir kaum ausmalen, wie es mir gehen würde, wenn Elisabeth in Ramóns Gewalt wäre. Deshalb gebe ich dir einen Rat, für den Agnus mich ungespitzt in den Boden stampfen würde: Dieser Ramón ist unberechenbar – außer in einem: seiner Gier nach Geld und Macht. Das allein lässt ihn unvorsichtig werden. Biete ihm eine Million, aber verlange, dass du die Frau vorher besichtigen darfst. Denn Ramón verlegt ständig seine Standorte, um nicht von uns erwischt zu werden. Aber du hast diese besondere Gabe: Wenn du von jemandes Blut trinkst, findest du ihn wieder.« Ganz so einfach, wie John das formulierte, war es dann doch nicht. Seine Gabe war räumlich und zeitlich begrenzt, aber darüber würde er jetzt nicht mit ihm streiten. »Ramón wird es verstehen, wenn du für so einen hohen Preis nicht die Katze im Sack kaufen willst. Und so wie Alva reagiert hat, wird sie Agnus bezüglich der Order vielleicht umstimmen. Dann können wir dir mit offiziellem Befehl als Wächter zur Kaufbesichtigung folgen. Während du dort bist, kundschaften wir Ramóns Unterschlupf aus und legen uns auf die Lauer. Anschließend nehmen wir den ganzen Laden hoch und befreien alle Gefangenen.«

»Ich zieh das auf alle Fälle durch, John! Ich will Ara da raushaben! Weißt du denn, wie viele Gesetzlose Ramón im Moment um sich geschart hat?«

John atmete tief durch.

»Nein, und das ist in der Tat ein kritischer Faktor, den ich irgendwie in den Griff bekommen muss. Es gab leider noch nie so wenige Wächter wie in diesem Jahrhundert. – Aber Vinz, bedenke, es wäre vor allem dein Kopf, der bei diesem Plan in der Schlinge steckt. Das muss dir völlig klar sein. Wie gesagt, Agnus würde diesem Plan nicht zustimmen, wenn er wüsste, welche Rolle du darin spielst, deshalb sollten wir dieses Detail für uns behalten.«

»Dieses Risiko gehe ich gerne ein. Ich bin schon so lange hinter diesem Dreckskerl her und mich juckt es in den Fingern, endlich meinen Dolch in sein Herz zu stoßen!«

Heißer Zorn kochte erneut in ihm hoch, aber auch das verzehrende Verlangen, Arabella zu befreien, das ihm keine Ruhe mehr ließ. Vor allem jetzt, wo er vielleicht die einzige Chance in seinem Vampirleben bekäme, eine Gefährtin für die Ewigkeit zu gewinnen. Obwohl das Tribunal ... Aber diese Gedanken schob er jetzt auf die Seite.

Elia marschierte gerade mit einem neuen Monitor aus dem angrenzenden Lagerraum.

»Sorry, dass ich deinen Bildschirm geschrottet habe.«

»Zum Glück habe ich genug auf Lager. Ich gebe dein Gebot ab, sobald ich den Neuen angeschlossen habe. Aber da wäre noch eine Frage, Vinz. Ich sag es ja nicht gern, aber es wäre durchaus möglich, dass ein steinreicher Vampir mitsteigert, der ähnlich tickt wie Lucius. Also: Wie hoch soll ich für dich mitbieten, falls dein Gebot von anderen getoppt wird?«

»Wie viel ist ein Leben wert?«

Elia blickte zu dem gerahmten Foto von Sarah auf seinem Schreibtisch und antwortete: »Ein Leben ist unbezahlbar.«

»Eben.«

»Ich rede mit Elisabeth«, meldete sich John daraufhin zu Wort. »Falls Alva und Sarah nicht so schnell Bargeld auftreiben oder du noch mehr brauchst, können wir dir die fehlende Summe in bar vorstrecken, sobald die Banken morgen öffnen. Zahl es uns irgendwann zurück, wenn du deine Fonds oder Aktien zu vernünftigen Konditionen zu Geld machen kannst.«

Vinz verbrachte noch eine Weile in Elias Büro. Erst nach einigem Hin und Her willigte der Verkäufer, der natürlich nicht unter dem Namen Ramón auftrat, in eine »Besichtigung der Ware« ein.

Nach der ganzen Aktion war Vinz völlig aufgekratzt, sein Brustkorb vibrierte immer noch mit einem leisen Grollen. Aber Elia war mal wieder ein prima Freund und überredete ihn zu einer Runde Autorennen mit dem Amiga. Es schien zuerst nicht richtig, so etwas zu tun, während sein Engel irgendwo gefangen gehalten wurde. Doch er konnte im Moment rein gar nichts unternehmen und wurde schier wahnsinnig bei dem Gedanken, was seine Ara gerade durchmachte. Und Elia wusste anscheinend genau, wie es ihm ging.

In einer Spielpause zog Vinz grinsend das pinkfarbene Stück Spitzenstoff heraus und sagte zu Elia: »Ich weiß jetzt, was das ist.«

Elia war sofort ganz Ohr und legte den Joystick beiseite.

Vinz stand auf und hielt sich das zarte Spitzending – das fast nur aus Spitzenbändern unterschiedlicher Breite und einem kleinen Dreieck bestand – vorn auf die Hüfte.

Genau in diesem Moment platzten Quint und Samuel herein. Bei dem Anblick pfiffen beide durch ihre Zähne und lachten.

»Du und Pink? Da würde ich mich ja lieber rädern lassen!«, scherzte Quint. »Aber im Ernst: Elia hat uns davon erzählt. Sami und ich sind seitdem ständig am Diskutieren.«

Samuel stieß Quint an und grinste. »Ich fand es amüsant, auf welche Ideen mein großer Bruder kam. Zuletzt meinte er, es wäre vielleicht eine Steinschleuder für Mädchen. Ich hab ihn in dem Glauben gelassen, ich weiß nämlich, was das ist. Meine Freundin hat …« Samuel stoppte mitten im Satz, sein Grinsen verschwand und er wurde kreidebleich.

»Ja, stellt euch vor, er hat 'ne Freundin!«, grölte Quint und schlug ihm spielerisch auf den Hinterkopf. »Wenn Vater das erfährt, dann wird er ihm die Hölle heißmachen!«

Elia und Vinz sahen Samuel erstaunt an.

»Haltet alle eure Klappe!«, rief Samuel. »Mir ist es ernst mit ihr!«

Elias Rücken wurde kerzengerade, er fixierte Samuel mit seinem Blick und sagte zu ihm: »Sprich nie wieder über so etwas. Das ist gefährlich.

Nicht nur für dich, auch für deine Freundin. Du weißt, eine enge Beziehung ist gegen unsere Gesetze, also erwähne niemals ihren Namen und lass dich nie, nie mit ihr erwischen. Was das Tribunal sonst mit ihr macht, ist dir doch klar, oder? Sie löschen ihr Gedächtnis und du wirst verbannt – falls du gut davonkommst. Ansonsten wartet die Mittagssonne im Turm auf dich. Und das sage ich als ein Freund, Samuel. Denn der Schreiber des Tribunals hat schon Feierabend und ist so in das Spiel auf dem Amiga vertieft, dass er nichts von alledem gehört hat. Verstanden?«

Quint stieß Elia an der Schulter an. »Hey, Elia, bleib auf dem Teppich. Das ist doch nichts Ernstes. Samuel, komm schon, sag ihm, dass es nur ein oberflächliches Geplänkel ist.«

Samuel antwortete nicht, sondern verließ fluchtartig den Raum. Das Lachen war erst mal jedem vergangen und unangenehmes Schweigen breitete sich aus. Es war geradezu eine Erlösung, als Elia die beklemmende Stille durchbrach. »Jetzt spann mich nicht länger auf die Folter, Vinz! Sag mir endlich, wozu das Spitzending da ist!«

Vinz hielt es sich noch mal vorn an die Hüften.

»Siehst du, so trägt man das. Es ist eine«, er wurde leiser, »Unterhose für Frauen. Hab sogar den Namen herausbekommen: Es nennt sich Stringtanga.«

»Das Ding da?«, fragte Quint, legte seinen Kopf schief und beäugte das zarte Stück Spitzenstoff skeptisch. »Das wärmt ja kein bisschen.«

Vinz und Elia schauten sich gegenseitig an und schüttelten mitleidig den Kopf.

»Dafür ist es auch nicht gedacht, Quint. Schließlich gibt es Zentralheizungen in diesem Jahrhundert. Ich denke, es soll nur ... na, du weißt schon.«

»Oh, ja! Das tut es ganz sicher«, meinte Elia mit einem anzüglichen Grinsen. »Gibt es die auch in Blau? Von den Teilen kaufe ich Sarah gleich ein Dutzend. Gib noch mal her, ich will wissen, wie sich das anfühlt.«

Elia streckte seine Hand nach dem pinkfarbenen Tanga aus, doch Vinz zog ihn blitzschnell mit einem Knurren weg und steckte ihn sich wieder in seine Hosentasche.

»Das ist von Arabella! Und das packt niemand außer mir an! Besorg dir gefälligst deine eigenen.«

Kapitel 12

Vinz sah zu, wie John und Elia seinen Pontiac verwanzten. An ihm selbst war nur ein einziger Peilsender, gut verborgen im Absatz seines Schuhs, da er womöglich gefilzt werden würde. Und weil sie ihn auch auf Waffen durchsuchen würden, musste er auch die zurücklassen.

»Nimm Bargeld mit, vielleicht ist es nötig, einen Wächter zu bestechen, damit er dich auch mit ihr allein lässt«, riet ihm John, dessen taktisches Talent mal wieder von Vorteil war.

Eine Stunde nach Sonnenuntergang fuhr er wie vereinbart in das Parkhaus eines großen Einkaufszentrums. John und William hatten sich zuvor bereits mit ihren Wagen im Parkhaus postiert. Sie würden Vinz unauffällig folgen, sobald er in seinem eigenen oder einem fremden Wagen das Parkhaus wieder verließ. Der Betreiber der Auktion – also Ramón oder ein Hintermann – hatte nach seinem Kennzeichen und der Fahrzeugmarke gefragt. Damit würde man ihn wohl identifizieren.

Als er an der Schranke zum Parkhaus hielt, um ein Ticket zu ziehen, stieg ein Mann mit gezogener Pistole ein, die dieser ihm sofort an die Schläfe drückte. Normalerweise war er derjenige, der den Finger am Abzug hatte und es nervte ihn, dass schon zum zweiten Mal innerhalb von 24 Stunden aus kürzester Entfernung eine Mündung auf seinen Kopf gerichtet wurde!

»Sie wünschen einen Besichtigungstermin?«, fragte der Mann im Anzug, der eine große Aktentasche bei sich trug.

»Ja«, knurrte Vinz und hatte Mühe, seine aufkommende Wut zu zügeln.

»Dann fahren Sie zum obersten Parkdeck.«

Mit stählernem Griff umklammerte Vinz sein Lenkrad und gab Gas.

»Ist der Interessent eingetroffen?«, dröhnte eine Stimme von irgendwoher.

Der uneingeladene Beifahrer griff mit seiner freien Hand zu einem Funkgerät.

»Ja. Ich bin auf dem Weg.«

»Durchsuch ihn gründlich und mach ja keinen Fehler, sonst schicken wir dir zwei Finger deiner Tochter!«

»Verstanden«, antwortete der Mann mit grimmiger Miene.

Neben ihm saß nur ein Mensch, das hatten ihm seine Sinne sofort verraten. Und der Blutfürst hatte offensichtlich dessen Tochter als Geisel. Seine Wut verflog, denn er begriff, dass sie in einer ähnlichen Situation steckten. Ramón hatte auch von diesem Mann einen geliebten Menschen in der Gewalt.

Sollte er das Risiko eingehen und versuchen, den Mann auf seine Seite zu ziehen?

Eine falsche Entscheidung könnte tödlich enden.

Er atmete tief durch und setzte alles auf eine Karte.

»Wir können Ihrer Tochter helfen. Sagen Sie uns nur, wo wir Ihr Kind und Ramón finden.«

Der Mann wirkte ziemlich überrascht und starrte ihn an.

Ein Zucken des Fingers am Abzug, und sein Vampirleben wäre vorbei. Selbst seine Art überlebte nicht alles.

Hatte er gerade den größten Fehler seines Lebens begangen?

Die Kieferknochen seines Beifahrers mahlten regelrecht und seine kalte Fassade schien für einen kurzen Moment zu bröckeln. Doch der Moment ging vorüber.

»Ramón heißt dieser Bastard also?« Er nickte. »Nachname?«

»Er hatte viele, unter welchen Namen er jetzt gerade seine Geschäfte abwickelt, weiß ich nicht.«

»Verstehe. Danke für Ihr Angebot. Aber sie halten meine ganze Familie an einem unbekannten Ort gefangen. Und ich habe keinen blassen Schimmer, wo dieser Ramón sich aufhält oder wo der Ort ist, an dem sie was auch immer besichtigen wollen. Anderenfalls hätte ich ihm meine Kollegen vom Geheimdienst längst auf den Hals gehetzt.«

Ramón hatte also wieder mal einen Spezialisten in seine Dienste gezwungen. Für so etwas war der Blutfürst berüchtigt.

»Sie wissen also noch nicht einmal, was ich überhaupt besichtigen will?«

Der Mann schüttelte den Kopf.

»Bis eben kannte ich nicht mal den Namen meines Erpressers.«

»Ramón ist unter anderem ein Menschenhändler und es geht bei der Besichtigung um eine schwangere, unschuldige Frau, die verschachert werden soll wie eine Ware.«

»Meine Familie ist auch unschuldig. Meine kleine Tochter ist gerade mal sechs Jahre alt.« Sein Beifahrer musterte ihn von oben bis unten. »Wenn Sie wollen, können Sie aus der Sache noch aussteigen. Ich sage, Sie sind abgesprungen, weil Sie Schiss bekamen.«

»Nein. Ich muss das tun.«

Der Mann nickte ansatzweise.

»Und Sie werden verstehen, dass ich ebenfalls tun muss, wozu dieser Verbrecher mich zwingt. Und wenn Sie Dummheiten machen oder mich überwältigen, wird keiner kommen, um Sie wo auch immer hinzubringen, und der Deal ist geplatzt, kapiert?«

»Kapiert.«

»Letzte Warnung: Falls Sie Waffen oder Sender bei sich tragen, lassen Sie sie im Wagen.«

Vinz nickte.

Das oberste Parkdeck war unter freiem Himmel. Der Mann im Anzug ließ ihn aussteigen und tastete ihn danach mit äußerster Gründlichkeit ab. Sogar sein Gürtel wurde auf versteckte Waffen untersucht und die Schuhe musste er auch ausziehen, weil der Kerl hineinsehen wollte. Er dachte schon, es wäre geschafft und er würde mit dem Peilsender durchkommen. Aber der Mann war leider ein Profi und holte aus seiner Aktentasche ein Gerät, mit dem man Wanzen aufspürt. Vinz wahrte sein Pokerface, doch als er mit dem Sensor zu seinen Schuhen kam, schlug es natürlich mit einem Piepsen an.

Bevor der Mann auch nur einmal blinzeln konnte, hatte Vinz ihn am Boden festgenagelt und eine Hand um seine Kehle.

»Sie dämliches Arschloch!«, keuchte der. »Dieser Ramón ist äußerst vorsichtig. Dort, wo er Sie hinbringen lässt, wird sicher nicht nur einer auf Sie warten und da werden Sie ein zweites Mal durchsucht. Dann sind Sie ein toter Mann und meiner Tochter werden zwei Finger abgeschnitten!«

»Wo bleibt Ihre Rückmeldung?! Ist der Kerl sauber?«, dröhnte es wie aufs Stichwort aus dem Funkgerät.

»Wir haben ungefähr die gleiche Größe. Wenn Sie zu dieser Frau wollen, dann nehmen Sie jetzt meine Schuhe, und zwar sofort! Wenn ich ihm nicht antworte, wird er misstrauisch und dann sind wir beide geliefert.«

»Und woher weiß ich, dass Sie mich nicht verpfeifen?«, fragte Vinz.

»Das wissen Sie nicht! Aber er hat gedroht, meiner Tochter zwei Finger abzuschneiden! Und glauben Sie mir, ich will, dass Sie diesen Dreckskerl zur Hölle schicken. Wir haben keine Zeit mehr! Entscheiden Sie sich!«

Es war ein Risiko, aber der einzige Weg, zu Arabella zu gelangen. Also ließ er von dem Mann ab und sie tauschten in aller Eile die Schuhe. Der Mann übermittelte sein Okay durchs Funkgerät und Sekunden später landete ein Hubschrauber auf dem Parkdeck.

Ein Hubschrauber!

Damit hatten weder John noch er gerechnet!

Keiner würde ihm folgen können.

Er war auf sich allein gestellt.

Keine Rückendeckung. Kein Befreiungsschlag.

Während er mit einem Sack über dem Kopf im Heli saß, ging er seine Tarnung noch einmal durch …

Ich darf Ramóns Namen nicht erwähnen! Der ist bei der ganzen Transaktion nie genannt worden. Ich bin ein stinkreicher Vampir, der skrupellos genug ist, eine Frau zu kaufen und sie als Gefangene zu halten. Vielleicht will ich ständig ihre Haut berühren, um normale Nahrung verdauen zu können. Oder ich bin so verrückt zu glauben, eine eingesperrte Frau würde sich in mich verlieben und es würde eine Symbiose zwischen uns entstehen. Aber vermutlich will ein Käufer nur gewaltsame Sexorgien mit Arabella feiern und seine Reißzähne sooft und so lange in sie schlagen, bis kein Funken Leben mehr in ihrem Körper ist.

Ohne es zu wollen, drang ein wütendes Knurren aus seiner Kehle.

»Hey! Ganz cool bleiben«, drang eine Stimme an ihn heran.

»Cool bleiben mit einem Sack über dem Kopf und unbekanntem Ziel?!«, rutschte es aus ihm heraus, bevor er nachdachte.

»Keine Sorge, der Boss behandelt Käufer mit Ihren finanziellen Ressourcen zuvorkommend. Außer natürlich, Sie spielen ein falsches Spielchen mit uns.«

Seine Rolle! Er musste seine Rolle spielen!

»Spielchen? Hier geht es um einen Haufen Geld! Und ich habe nicht die ganze Nacht Zeit, also drücken Sie mal aufs Gas!«, gab er so arrogant wie möglich zurück.

Der Mann vom Geheimdienst behielt recht: Beim Eintreffen durchsuchte man ihn erneut und auch ein Detektor für Wanzen kam zum Einsatz.

Gott sei Dank war er sauber!

»Sind Sie der Verkäufer?«, fragte er einen Glatzkopf mit Schlangentattoo, doch der schüttelte den Kopf und schickte ihn mit anderen Typen los.

Dessen schmierige Art, unterstrichen mit ekelhaft sexuellen Kommentaren, widerte ihn an. Ebenso wie seine Rolle, die verlangte, sich auf dem Weg mit ihm zu unterhalten, als wäre er selbst auch ein perverses Arschloch, das eine Frau kaufen und sie vorher besichtigen wollte wie eine Zuchtstute.

Damit Ara ihn nicht wiedererkannte und ihn versehentlich auffliegen ließ, solange Ramóns Handlanger noch bei ihnen stand, verstellte er seine Stimme und achtete darauf, dass sein Gesicht für sie erst mal nicht zu erkennen war.

»Hier«, sagte der Mann und reichte ihm vor einer Metalltür eine Taschenlampe. »Die Birne drinnen ist bei der letzten Prügelei kaputt gegangen.«

Sein mühsam unterdrückter Zorn explodierte. Er packte den Typ an der Kehle und donnerte ihn an die nächste Wand. Erst dann kam er wieder zur Besinnung und besann sich auf die Rolle, die er zu spielen hatte.

»Ihr habt meine Ware doch nicht beschädigt, oder?«

»Nein, da sind noch zwei andere drin, die auf Befehl vom Chef eine Abreibung bekommen haben. Aber keine Sorge, der eine ist zwar ein Vampir, aber beide sind angekettet und können deinem Engelchen nichts tun.«

Es kostete ihn Überwindung, den Dreckskerl wieder loszulassen.

»Dann ist ja gut«, presste er hervor und riss ihm die Taschenlampe aus der Hand.

Wie John vermutete hatte, musste er den Mann auch noch bestechen, um mit Ara allein zu sein.

Wie gelähmt kauerte Arabella im Dunkeln, unter der schmutzigen Decke. Irgendwann war nämlich der bullige Glatzkopf mit zwei Kerlen wiedergekommen. Der brutale Glatzkopf hatte einen Grund gefunden, um Raven und Shirin erneut zu verprügeln. Es war grauenhaft gewesen, die Schläge zu hören und das Aufschreien von Shirin. Am Ende ging sogar die einzige Glühbirne im Raum kaputt. Als sie wieder allein waren, brachte Arabella den beiden Wasser, konnte im Dunkeln aber kaum etwas für die beiden tun.

»Bitte, bitte hol mich hier raus«, murmelte Arabella verzweifelt. »Schick mir einen Engel oder, wenn du keinen frei hast, irgendjemanden, den du gerade entbehren kannst.«

Vermutlich stehe ich nicht auf Gottes Hitliste, so oft, wie ich dieses Gebet in den letzten Tagen bereits gesprochen habe. Kein Wunder, bin ja wirklich keine Heilige, aber einen Versuch war es wert.

»Und so wie ich aussehe, werde ich auch auf niemandes anderen Hitliste mehr landen«, flüsterte sie gedankenverloren und inspizierte fühlend die zwei Fingernägel ihrer rechten Hand, die abgebrochen waren. Der Zustand ihres Nagellacks ließ sicherlich auch zu wünschen übrig, aber in dieser Zelle gab es ja kein Licht, niemand würde es sehen. Hier war nicht mal ein Spiegel, der ihr den größten Makel vor Augen gehalten hätte.

Diese Verbrennung und die daraus resultierten Narben waren ihr Todesurteil als Spitzenmodel gewesen. Es schien geradezu passend, dass sie bei ihrem letzten Auftrag als Model in einer Zelle gelandet war. Denn angesichts ihrer derzeitigen Zukunftsaussicht würde es definitiv ihr letzter Auftrag gewesen sein.

Die Gedanken daran schüttelten ihren Körper mit einem Schluchzen und neue Tränen liefen ihre Wangen herab. Aus reiner Gewohnheit versuchte sie sofort, die Tränen mit ihrem Finger aufzufangen, was völlig sinnlos war, denn ihr Make-up war bestimmt hoffnungslos verschmiert. Außerdem fühlte sie, dass ihre Haare total fettig waren. Und ihr super Outfit als Engel war teils zerrissen und mittlerweile ebenso schmutzig wie die Zelle. Im selben jämmerlichen Zustand befanden sich auch ihre Flügel mit den echten Federn, von denen welche wie ausgerupft neben ihr am Boden lagen.

Sie begann wieder zu zittern, denn die Zelle war nicht nur feucht, sondern obendrein erbärmlich kalt.

Obwohl die verdreckte Decke sie ekelte, ebenso wie die dünne Matratze, zog sie das Ding enger um sich. Schließlich durfte sie nicht krank werden. Shirin hatte sie ermahnt, ans Überleben zu denken, und allein schon wegen ihres Babys musste sie unbedingt gesund bleiben. Bald wäre ihr Geburtstermin. Sie schluchzte laut auf und heulte noch mehr.

»Was soll ich nur machen, wenn mein Baby kommt, während ich in diesem Loch gefangen bin!«

»Ich kann dir helfen«, tröstete Shirin sie im Dunkeln. »Ich bin selbst eine Mutter und habe schon einigen Frauen während der Geburt beigestanden.«

»Ich höre sie kommen«, keuchte Raven.

»Sind – sind wir jetzt - verkauft worden?«, stammelte Arabella in Panik. »Werden sie uns jetzt wegbringen? Oh Gott, was werden sie mit mir anstellen? Was wird aus meinem Baby?«

»Denk an dein Baby und versuch zu überleben«, riet ihr Shirin erneut mit sanfter Stimme, die im krassen Gegensatz zu ihrem brutal behandelten Körper stand.

Dann hörte sie auch selbst die schweren Schritte von Männern.

Ihr Herz begann zu rasen.

Nein, nicht zu mir! Bitte kommt nicht zu mir!

Geht vorbei an dieser Zelle!

Sie setzte sich auf und wurde mucksmäuschenstill, zog die Beine an, so weit das mit ihrem Babybauch möglich war, und machte sich ganz klein.

»Du willst deine Ware also schon mal auspacken und vorkosten, ehe du dein letztes Gebot abgibst, was?«

»Das ist ein Haufen Kohle und ich kaufe nicht die Katze im Sack!«

Der erste Mann brach in hässliches Gelächter aus.

Arabella wurde schlecht, als sie registrierte, dass die beiden Männer direkt vor ihrer Zelle stehen geblieben waren.

Vielleicht haben sie nur eine Pause eingelegt und gehen weiter. Wenn dieser Mann da draußen mein Gesicht sieht, wird er eh keinen Penny mehr für mich ausgeben. Aber dann verschachern sie mich womöglich an den übelsten Zuhälter irgendwo im Ausland. Mit viel Glück lande ich nur als Arbeiterin auf einer Drogenplantage.

Der Schlüssel wurde in ihre Zellentür gesteckt.

Grauenhafte Angst befiel sie.

Die Metalltür wurde aufgestoßen.

Ein Mann trat ein und versperrte einem anderen den Zugang.

Bei dem Gegenlicht, das vom Flur in die finstere Zelle drang, erkannte sie fast nichts.

»Ich will mit ihr allein sein!«, fordert der potenzielle Käufer in so hartem Ton, dass ihr ein Schauer über den Rücken lief.

»Na schön, ich warte vor der Tür. Aber dafür will ich fünfhundert!«, forderte der Bewacher.

Wenn er mein Gesicht sieht, wird er bereuen, so viel Geld ausgegeben zu haben.

»Tausend, aber dann gehst du um die Ecke.«

Dem Geräusch nach übergab der Käufer, ohne mit der Wimper zu zucken, diese Summe.

»Aber wehe, du hinterlässt Spuren, wenn du sie dir vornimmst! Sonst krieg ich Ärger.«

»Keine Spuren«, hörte sie den Käufer ohne jegliche Emotion sagen.

Überleben! Ich muss mich so verhalten, dass ich überlebe und dem Baby in meinem Bauch nichts geschieht!

Sie vermied krampfhaft, darüber nachzudenken, was »vornehmen« für sie bedeutete, und versuchte sich abzulenken.

Tausend nur für ein Casting, bevor mich jemand überhaupt bucht! Das kam in meiner Karriere noch nie vor.

Als die Zellentür zuschlug, zuckte sie zusammen.

Es war wieder stockdunkel.

Ein Schlüssel verriegelte von außen die Tür.

Kein Entkommen.

Schritte näherten sich.

In blinder Panik fuhr sie hoch, wich an der Wand bis zur hintersten Ecke zurück und schloss die Augen.

Was wird er mit mir anstellen?

Wird er mir wehtun?

Unvorstellbare Angst ließ ihren ganzen Körper zittern.

Mein Baby! Egal was, aber meinem Baby darf nichts passieren!

Schützend legte sie beide Hände auf ihren Bauch und hielt den Atem an.

Sie hörte ein Klicken, als schalte der Käufer eine Taschenlampe an. Ohne nachzudenken, wandte sie den Kopf zur linken Seite, damit man ihre entstellte Gesichtshälfte nicht sah. Dann hörte sie das Rascheln von Kleidung.

Oh Gott, jetzt zieht er sich aus.

»Lass die Frau in Ruhe, du Stück Scheiße!«, schrie Raven.

Sie hörte das Zerren an dessen Ketten, aber er konnte ihr nicht helfen, die Ketten waren viel zu kurz.

»Raven, bitte sei still«, flehte Shirin leise. »Du kannst nichts für sie tun. Aber wenn die Wärter dich hören, werden sie uns beide wieder zusammenschlagen.«

»Hier, nimm meinen Mantel«, hörte sie den Mann direkt vor ihr sagen. »Du zitterst ja am ganzen Körper.«

Seine tiefe Stimme klang dieses Mal ganz anders und unglaublich sanft.

Kapitel 13

Diese Stimme! Irgendwo hatte sie diese Stimme schon mal gehört. Sie öffnete die Augen, sah durch ihren Tränenschleier aber zunächst nur, dass man ihr einen Kaschmirmantel hinhielt. Der Mantel wurde geöffnet, damit sie hineinschlüpfen konnte.

Sie wagte nicht, ihrem potenziellen Käufer ins Gesicht zu sehen, aber ihr Blick fiel unweigerlich auf das Etikett im Futter, direkt vor ihren Augen. Mit teurer Kleidung kannte sie sich aus. Dieser Mantel stammte von einem exklusiven Designer aus London. Ein sehr kostbares Stück, das mit Sicherheit eine vierstellige Summe wert war.

»Der – der ist viel zu schade für mich«, stammelte sie. »Ich – ich bin doch ganz schmutzig. Das würde ihn ruinieren.«

Die abgrundtiefe Furcht, die sie befallen hatte, machte sie völlig fertig. Sie war kaum mehr in der Lage, normal zu sprechen oder klar zu denken.

Aber eines war ihr trotzdem sonnenklar, denn das hatte sie in ihrem Job zu oft erfahren: Wenn man teure Geschenke von Männern annahm, erwarteten sie hinterher etwas dafür.

Denk an dein Baby! Du musst warm bleiben!

Zitternd und mit vor Angst steifen Gliedern wich sie ein paar Zentimeter von der Wand ab und der Mann half ihr wie ein Gentleman in den himmlisch warmen Mantel. Der ging ihr bis zu den Waden und war weit genug, damit sie die Knöpfe vorn zubekommen würde. Jetzt reichte er ihr noch ein blütenweißes Stofftaschentuch mit eingestickten Initialen und einem Wappen. Sie wischte sich mit dem edlen Tuch zunächst die Tränen vom Gesicht.

Das Klicken vorhin stammte tatsächlich von einer Taschenlampe, die mit einer angebrachten Schlaufe an der Fassung der kaputten Glühbirne befestigt worden war. Und nun erkannte sie auch den Mann vor sich wieder. Kein Wunder, er sah ja auch aus wie ein italienisches Model aus einer Werbung für Aftershave oder Duschgel. Und mit seinem maskulin-erotischen Aussehen hätte er locker das aktuelle Spitzenmodel aus Italien abgelöst. Es war der gleiche Mann, der sie vor Kurzem beinahe über den Haufen gefahren hätte! Die gnadenlose Härte in seinem Gesicht war heute jedoch einer – wenn auch kantigen – Sanftheit gewichen.

Von seinen schwarzen, glatten Haaren waren ihm wieder ein paar Strähnen ins Gesicht gefallen, was irgendwie gleichermaßen charmant wie verführerisch wirkte. Die makellose Haut mit dem mediterranen Ton und seine dunkelblauen Augen würden wohl jede Frau in seinen Bann ziehen. Sein perfekt gebügeltes Seidenstickerhemd passte zu der sicherlich maßgeschneiderten Hose. Nur die Schuhe, die er heute trug, wirkten vergleichsweise billig.

Als er seine gepflegte, womöglich manikürte Hand nach ihr ausstreckte, riss sie das jedoch mit Wucht aus ihrer Betrachtung. Sicher wollte er jetzt gleich einen Gefallen von ihr haben. Alles in ihr krampfte sich zusammen.

Sie war drauf und dran, ihn anzubetteln, er solle ihr nicht wehtun, da sagte er leise: »Du bist also mein Engel.«

Von Angst gelähmt, spulte sie irrsinnigerweise den Spruch ihrer letzten Werbekampagne herunter: »Der Duft, der sogar die Engel an das Paradies erinnert.«

So stand es auf den riesigen Plakaten, auf denen sie als Engel posiert hatte.

»Ich war nie dort, aber mit dir wäre das Paradies eine schöne Vorstellung.«

Ihre beklemmende Angst, dazu dieser sexy Mann direkt vor ihr und dann so ein Spruch: Selbst sie wusste für einen Moment nicht, was sie darauf antworten sollte.

»Hat mein Engel auch einen Namen?«

Seine Frage und die Wärme in seiner angenehm tiefen Stimme bahnten sich einen Weg durch ihre Angst, denn darin schwang weit mehr mit als oberflächliche Neugierde oder Small Talk. Wüsste sie es nicht besser, hätte sie Zuneigung gesagt. Aber jetzt neigte er seinen Kopf ein klein wenig zur Seite und musterte sie. Reflexartig legte Arabella eine Hand auf ihre vernarbte, linke Wange und senkte den Blick zu Boden.

Hatte er ihr nicht gerade eine Frage gestellt?

»Ich – ich heiße Arabella Violet«, antwortete sie endlich und aus reiner Nervosität plapperte sie weiter: »Aber ich bin nur zur Hälfte ein Engel.«

Er hatte schließlich das Recht, es zu erfahren. Bestimmt wäre er gleich sauer, auf die »Katze im Sack« hereingefallen zu sein. Beinahe hätte sie vergessen, dass er ihr mutmaßlicher Käufer war und sie gerade vorhin noch Ware und Katze im Sack genannt hatte. Und er hatte den Wärter mit einer hohen Summe bestochen, um sie sich jetzt vorzunehmen – höchstwahrscheinlich indem er seinem Schwanz ein kurzes Vergnügen bot. Seinem Auge hatte sie schließlich nichts zu bieten, und warum sollte er sie mit diesem Gesicht noch kaufen wollen? Immerhin war er ein reicher Mann mit dem Aussehen eines italienischen Spitzenmodels, das jede Frau haben könnte. Sie hingegen war lediglich ein für immer entstelltes Ex-Model, das rein gar nichts zu bieten hatte. Diese ganze »Besichtigung« konnte also nur schlecht für sie ausgehen.

Von neuer Furcht gepackt, kniff sie die Augen zusammen.

»Bitte«, flehte sie verzweifelt. »Bitte, tun Sie mir nicht weh.«

Sie hatte oft genug erlebt, dass »Mann« einer unwiderstehlich schönen Frau keine Bitte abschlug, aber sie war nicht mehr schön. Sie war abstoßend und ihm völlig ausgeliefert!

Wie sollte sie ihrer Bitte nur Kraft verleihen?

Durch Mitleid?

»Bitte! Ich bin hochschwanger und habe eine kleine Tochter in meinem Bauch.«

Sie suchte nach mehr Worten, aber Panik schnürte ihr die Kehle zu. Tränen rannen unhaltbar über ihre Wangen.

»Hässliche Menschen werden hässlich behandelt!«, hatte ihre Modeltrainerin stets gepredigt. Und sie war inzwischen hässlich, ja mehr als das: scheußlich, ekelerregend. Mit diesem Gesicht ging sie nicht mal mehr zum Essen aus. Seit ihrem Unfall war sie nur ein einziges Mal in ihrem Lieblingsrestaurant gewesen, einem Drei-Sterne-Etablissement. Keine ihrer Modelfreundinnen hatte mitgehen wollen und dann hatte man ihr dort den Personaltisch eingedeckt, der hinter einer Sichtschutzwand direkt an der Tür zur Küche stand. Seitdem war sie nirgendwo mehr essen gegangen. Und auch sonst waren die Blicke und das Getuschel anderer Menschen ein immerwährendes Spießrutenlaufen für sie.

Der Mann nahm nun ihr Kinn in die Hand, nicht so brutal wie dieser Ramón, sondern sanft. Sie traute sich nicht, Widerstand zu leisten, als er ihren Kopf auf die rechte Seite drehte und mit seiner anderen Hand ihre eigene vom Gesicht wegschob.

»Nein, bitte nicht«, flehte sie abermals, doch er ließ nicht von ihr ab.

Den angewiderten Gesichtsausdruck dieses vollkommen perfekten Mannes würde sie nur schwer ertragen, deshalb kniff sie ihre Augen noch fester zu. Ihr Kinn wurde losgelassen und sie spürte zwei warme Hände, die ihr Gesicht so behutsam hielten, als wäre es ein Fabergé-Ei.

»Sieh mich an.«

Seine tiefe Stimme klang so warm und Vertrauen einflößend, dass sie tatsächlich ihre Augen öffnete.

»Hab keine Angst. Ich werde dir nichts tun.«

Sie schaute in seine Augen und erkannte die Wahrheit darin. Das war kein Blabla unter Partygästen, kein oberflächlicher Small Talk zwischen Kunde und Model. Nein, dieser Mann hatte ihr gerade ein reines, wahres Versprechen gegeben. Und seine dunkelblauen Augen blickten dabei nicht voller Mitleid oder Abscheu auf ihre Narben, sondern tief in ihre eigenen Augen – in sie hinein, bis in ihre Seele, in das, was sie im Inneren ausmachte. Unter seiner Berührung entspannte sich ihr ganzer Körper und sie holte endlich wieder tief Luft.

Seit ihrem Unglück hatte sie keiner mehr liebevoll berührt. Nur Ärzte hatten ab und zu, mit einem Ausdruck des Mitleids und Gummihandschuhen, ihre Narben inspiziert und ihr verkündet, dass sie trotz kosmetischer OPs nie wieder eine Schönheit sein würde.

Ohne nachzudenken, löste sie die Hände von ihrem Bauch und legte sie auf seine Brust. Unter dem edlen Hemd spürte sie, wie seine stahlharten Brustmuskeln erzitterten.

Seine Hände ließen ihr Gesicht los und sie vermisste sofort das angenehme Gefühl. Dafür legte er aber seine Arme um ihren Körper und zog sie an sich. Zuerst versteifte sie sich, doch dann umfing sie sein herrlicher Duft nach Mokka und Amber, und er flüsterte ganz leise in ihr Ohr: »Mein Name ist Vinzenz. Und ich werde dich hier rausholen.«

Sein Waschbrettbauch war genauso stahlhart wie seine Brust, doch im nächsten Moment wurde die harte Mauer an Muskeln beinahe einladend weich, so als würde sie ihr ein Willkommen zuflüstern. Sie wollte mehr von ihm spüren und im Schutz seiner Arme versinken, deshalb legte sie ihr Gesicht an seine Brust, und er streichelte beruhigend über ihre Wange und ihren Rücken. Und mitten in dieser kalten, dunklen Zelle, fühlte sie sich bei Vinzenz geborgen, fasste Vertrauen zu ihm und gewann neue Hoffnung.

»Wir haben nicht viel Zeit«, flüsterte er in ihr Ohr. »Und ich brauche etwas, um dich wiederzufinden.«

»Und was?«, hauchte sie.

»Dein Blut.«

Ruckartig zog sie ihren Kopf von seiner Brust zurück.

»Oh Gott, ich – ich…«

Er legte seinen Zeigefinger auf ihre zitternden Lippen und flüsterte erneut in ihr Ohr: »Nur ein wenig, falls er dich hier wegbringt, bevor ich dich holen kann.«

»Werde ich dann zu einem – einem Vampir?«

»Hab keine Angst, du bleibst der Engel, der du bist.«

Ravens Ketten rasselten im Dunkeln und er keuchte, anscheinend unter Schmerzen: »Sie ist schwanger, vergiss das nicht!«

Vinzenz drehte seinen Kopf zu ihrem Mitgefangenen.

»Wie ist dein Name und warum bist du hier?«

»Mein Name ist Raven. Sie haben meinen Vater ermordet und meine Mutter und mich entführt.«

Ohne darauf einzugehen, wandte sich Vinzenz wieder flüsternd zu ihr: »Ich höre von Weitem Schritte, wir müssen uns beeilen.«

Er fasste jetzt mit einer Hand ihren Hinterkopf, behutsam, aber fest, und auch sein anderer Arm um ihren Körper wurde zu einem Stahlband, obwohl es sich wie Samt anfühlte. Dann öffnete er den Mund, und bevor er ihren Kopf zur Seite neigte, erhaschte sie einen Blick auf seine Fangzähne.

Ja, er hatte in der Tat Fangzähne!

Und sie sahen so scharf aus wie ein Rasiermesser!

Ihr Herz begann zu galoppieren.

»Ganz ruhig«, hauchte er.

Sie spürte bereits seine weichen Lippen an ihrem Hals. Das Gefühl von Seide und Federn streichelte ihre Haut. Sie hätte dahinschmelzen können, wenn da nicht die Erwartung von Rasiermessern gewesen wäre.

Rasiermesser – stell dir vor, es ist ein Bikiniwaxing, damit du bei der Präsentation der Frühjahrskollektion von Victoria's Secret mitlaufen darfst.

»Schlimmer als ein Bikiniwaxing kann das auch nicht werden«, murmelte sie nervös.

Vinzenz ließ kurz locker und sah sie mit einem Stirnrunzeln an.

»Von was redest du da?«

Bis sie ihm das erklärt hätte! Stattdessen straffte sie ihre Schultern und legte die Hände auf seine spürbar durchtrainierten Oberarme.

»Egal, jetzt mach schon! Ich will's hinter mich bringen.« – *Wie beim Waxing: Die Sache schnell abziehen!*

Aber zunächst zog er sie wieder an sich und sie fühlte seinen durch und durch männlichen Körper überdeutlich und die Wärme, die von ihm ausging, lullte sie regelrecht ein. Dann lagen seine Lippen – wie Federn und Seide – erneut auf ihrer Haut. Wäre er eine Droge, sie würde freiwillig abhängig werden!

Als Nächstes spürte sie zwei Stiche, aber nur für einen kurzen Augenblick. Dann verschwand der kleine Schmerz und es wirkte geradezu erregend, als er tiefer in ihr weiches Fleisch eindrang. Nun begann er an ihrem Hals zu saugen und ihre Finger krallten sich unwillkürlich in seine Oberarme, denn es fühlte sich unerhört erotisch an. Ehe sie es zurückhalten konnte, drang ein leises Stöhnen aus ihrer Kehle. Gleichzeitig triumphierte sie in dem Wissen, dass ein so mächtiges, schier ewig lebendes Wesen ihr Blut begehrte, ja sogar brauchte, um seine Stärke und Schönheit zu erhalten. Woher sie dieses Wissen nahm, konnte sie nicht logisch erklären, es war wie eine tiefe Gewissheit, als hätte sein Inneres eine Verbindung zu ihr aufgebaut.

Sie war so hin und weg von ihren Gefühlen und der Intensität dieses Aktes, dass sie ihm vermutlich ihren letzten Blutstropfen überlassen hätte. Aber da hörte auch sie, dass sich schwere Stiefelschritte näherten, und ihre kleine Tochter fing an, Kickboxen zu spielen, wollte wohl endlich wieder im Mittelpunkt stehen. Vinzenz leckte gerade genüsslich über ihren Hals, wie eine Katze, die Sahne leckte, rückte jedoch mit einem Ausdruck des Staunens von ihr ab und blickte auf ihren Babybauch hinunter.

»Ja, das ist meine Kleine«, bestätigte sie.

Er streckte seine Hand nach ihrem Bauch aus, verharrte aber darüber, bis sie nickte.

Aus einem Impuls heraus legte sie ihre Hand auf seine und gerade dann traten die Babyfüßchen wieder kräftig zu.

»Eine kleine Kämpferin«, bemerkte Vinzenz.

Zum ersten Mal lächelte er, sogar seine Augen nahmen einen liebevollen Ausdruck an, ja sein ganzes Gesicht verzauberte sich auf wunderschöne Weise. Doch da hämmerte draußen schon der Wärter gegen die Metalltür.

»Macht Schluss da drin, ich komme rein!«

Vinzenz' Gesichtszüge wurden schlagartig hart und seine Augen kalt, blickten mit einem tödlichen Versprechen zur Tür. Falls er sie jemals so ansah, würde ihr das Blut in den Adern gefrieren.

Die Tür schwang auf.

»Und? Wie ist die Kleine?«, fragte der Wärter und vollzog eine widerlich sexuelle Geste mit den Hüften.

Sie sah, wie Vinzenz' Kiefer mahlten, bevor er ihr den Rücken zuwandte.

»Die Ware ist in Ordnung und ich will, dass das so bleibt! Wenn außer mir sie noch jemand anfasst, dann ziehe ich was vom Kaufpreis ab.«

Hätte sie Vinzenz nicht gerade anderes erlebt, wäre ihr bei seinen gefühlskalten Worten der Angstschweiß ausgebrochen.

Der Wärter grinste anzüglich in ihre Richtung und leckte sich über seine ekelhaften Lippen.

»Hey, du kriegst sie noch früh genug. Wann hat man denn schon mal einen Engel zum …«

Ehe Arabella begriff, was passierte, hatte Vinzenz den Wärter schon bei der Kehle gepackt und ihn an die Wand gedonnert. Seine mit Sicherheit auch zum Töten geeigneten Reißzähne schwebten direkt über dem Gesicht des anderen.

»Denk nicht mal dran! Und wenn sie deinetwegen auch nur einen klitzekleinen, blauen Fleck bekommt, werde ich dir den Schwanz scheibchenweise abschneiden und dich damit füttern. Haben wir uns verstanden?«

»Reg dich ab und nimm deine Pfoten von mir!«

Mit einem Knurren ließ Vinzenz vom Wärter ab und schob ihn mit sich durch die Tür nach draußen.

»Und bring der Frau gefälligst ein sauberes Leintuch und etwas Warmes zu essen!«

»Das kostet dich aber was!«, hörte Arabella den Wärter noch fordern, dann knallte die Tür ins Schloss.

Später wurde die Zellentür erneut aufgerissen, eine geöffnete Dose mit einem Löffel wurde vor ihr abgestellt und ein Leintuch neben sie geworfen, das sicher nicht frisch gewaschen, aber wenigstens sauberer als ihre Matratze war.

»Was musste er dafür zahlen?«, fragte sie und wunderte sich selbst über ihren Mut. Vielleicht lag das ja an Vinzenz und der Hoffnung, die er ihr gegeben hatte.

Der Wärter grinste hämisch, während er die Glühbirne austauschte.

»Fünfhundert.«

»Fünfhundert? Für«, sie blickte in die Dose, »lauwarme Ravioli und ein benutztes Laken?«

»Ich bin ein Geschäftsmann«, erwiderte er und dann fiel sein Blick auf das edle Stofftaschentuch von Vinzenz, das neben ihr auf der Matratze lag. Ehe sie es verhindern konnte, riss er es an sich und musterte die Stickerei.

»Ich kenne dieses Wappen! Ich wusste doch gleich, dass mit dem was faul ist! Na warte, dem wird Ramón alle Gliedmaßen einzeln herausreißen, wenn er wieder hier auftaucht!«

Kapitel 14

Vinzenz betrat Arabellas Verlies, und wenn er ein Herz – im übertragenen Sinn – besaß, dann war es wohl das, was sich in diesem Moment schmerzhaft zusammenkrampfte.

Sie so wiederzusehen, in diesem Zustand, in diesem kalten, dunklen Drecksloch, sprengte das, was er ertragen konnte. Doch er musste unbedingt die Kontrolle behalten und durfte jetzt nicht ausrasten, wenn er sie retten wollte! Außerdem drängte sie sich sowieso schon in Todesangst in eine Ecke. Ihr Herz schlug so schnell, dass er fürchtete, es würde sie umbringen.

Ihm war es möglich, sie auch im Dunkeln zu sehen, Arabella aber nicht, deswegen schaltete er zunächst die Taschenlampe ein und hängte sie auf. Dann trat er näher, überlegte, wie er ihr die Angst nehmen sollte. Vor lauter Frucht hatte sie sogar ihre Augen zugekniffen, die er so gern gesehen hätte, nicht nur wie bisher auf Bildern. Die Tränen, die ihr gerade herunterliefen, taten ihm fast körperlich weh und sie zitterte zum Erbarmen. Sofort zog er seinen Mantel aus und nach anfänglichem Zögern schlüpfte sie hinein. Er reichte ihr auch sein Taschentuch und gab ihr ein wenig Zeit, um sich zu beruhigen. Währenddessen glitt sein Blick über ihren Körper, er wollte sich jedes Detail von ihr einprägen. Leider beruhigte sich Arabella nicht und es drängte ihn intuitiv, sie zu berühren. Nicht nur, weil es ihn danach sehnte, nein, er spürte in seinem Inneren, dass es ihr helfen würde. Sein Verstand wusste nur, dass Hautkontakt zwischen Gefährten – was sie ja nicht waren – ganz besondere Effekte hatte.

Aber leider geriet sie beim Anblick seiner Hand wieder in Panik. Sein Herz krampfte sich erneut zusammen und er wusste, dass er Arabella so schnell wie möglich hier herausholen musste. Man hatte seinen Engel in die Hölle gesteckt, und was auch immer in dieser Zelle geschehen war, noch ein paar Tage länger, und sie wäre restlos gebrochen.

Vielleicht wäre es gut, mit ihr zu reden? Aber was?

Er hatte zwar Übung darin, eine Smith & Wesson blind auseinander- und wieder zusammenzubauen, aber darin ganz sicher nicht!

»Du bist also mein Engel«, sprudelte es schließlich aus ihm heraus und sie ratterte als Antwort einen Werbespruch herunter.

Ihre bodenlose Furcht war beinahe greifbar, ihr ganzer Körper verkrampft, ihre Stimme bebte. Das musste er unbedingt ändern! Er kannte zwar ihren Namen, fragte sie aber trotzdem danach, einfach um mit ihr zu reden und ihre Stimme zu hören.

Aber selbst beim Reden zitterte sie und wandte entweder den Blick ab oder machte die Augen gleich ganz zu. Sie wirkte, als würde sie zerbrechen, sobald er sie zu fest anfasste. Deshalb legte er seine Hände so behutsam wie möglich an ihr Gesicht. Er bat sie, ihn anzuschauen, und sagte ihr, dass sie keine Angst vor ihm zu haben brauche.

Endlich, endlich sah sie ihn an!

Und ihre Augen waren faszinierend, die Farbe ihrer Iris war unglaublich! Nie zuvor in seinem langen Leben hatte er so etwas bei einem Menschen gesehen. Sie waren nicht blau, sondern regelrecht violett, mit schwarzen und weißen Nuancen, die wie ein Sturm darin tobten. So eine Färbung und dieses regelrecht aufgewühlte Muster hatte er bisher nur bei einem Edelstein, dem Charoit, gesehen.

Er hätte in ihren Augen versinken können wie in einem anderen Universum, hätte er sich nicht Sorgen darum gemacht, ob ihre verbrannte, linke Wange ihr Schmerzen bereitete. Aber nach einem prüfenden Blick war klar, dass ihre Verbrennung in der Tat älter und längst abgeheilt war, wie Alva bereits erklärt hatte.

Ihr Gesicht unter seinen Händen zu spüren, ließ sein Inneres warm werden, Hass und Rache traten auf einmal in den Hintergrund. Und mit ihr geschah auch gerade etwas, denn er registrierte, dass ihr Körper sich entspannte. Als sie ihre Hände auf seine Brust legte, durchlief ihn ein Zittern und ohne sein Zutun sorgte sein Instinkt für zwei Dinge: Sein Muskelpanzer wurde für sie nachgiebig, damit sie sich besser anschmiegen konnte, und seine Arme schlossen sich wie von selbst sehr behutsam um sie. Sein Instinkt gebot ihm, sie schützend zu bergen, und er kam nicht dagegen an, wollte es auch gar nicht. Nach einem Moment, in dem Arabella sich bei seiner Umarmung erneut verkrampfte, löste sich ihre

Angst endlich spürbar auf. Sie erlaubte ihm auch, die Blüte der Ewigkeit auf ihrem linken Schulterblatt zu sehen. Es gab keinen Zweifel: Die Blüte war echt und sie eine Symbiontin.

Ihr Duft – er sehnte sich danach, ihn wieder einzusaugen, also legte er seine Nase an ihren Nacken. Und unter all den anderen Gerüchen in diesem Drecksloch nahm er ihn wahr: Granatapfel, Orangenblüte, Vanille, Sandelholz ... und so vieles mehr. Er atmete ihn tief in sich hinein.

»Du duftest himmlisch«, murmelte er.

»Ich rieche nach Paradise von Lili Bermuda, eines meiner Lieblingsparfüms«, flüsterte sie.

»Ja, du riechst tatsächlich nach dem Paradies.«

Entgegen jeder Vernunft und unter Missachtung jeden Risikos verriet er ihr seinen echten Namen und versprach: »Ich werde dich hier rausholen.«

Was Arabella nämlich dringend brauchte, war Hoffnung, sonst würde ihre empfindsame Seele in dieser finsteren Zelle vielleicht noch heute zerbrechen. Aber es war kein billiger Trost, sondern ein Versprechen, für das er bis zu seinem letzten Blutstropfen kämpfen würde!

Es fiel ihm nicht leicht, sie auch noch um ihr Blut zu bitten, denn wie vermutet ließ es ihre Angst vor ihm neu aufflammen und das gefiel ihm gar nicht. Aber er würde so behutsam zu ihr sein wie noch nie zu einem Menschen.

Mit seinen Lippen streifte er sanft ihren Hals, bevor er – einer Liebkosung gleich – seine Fangzähne in sie versenkte.

Als sie ihre zarten Fingernägel in seinen Oberarm krallte, drang ein leises, zufriedenes Schnurren aus seiner Kehle.

Ein Schnurren! Es war für ihn neu, dass er zu so einem katzenhaften Laut überhaupt fähig war. Aber so vieles war neu, seit er Arabella zum ersten Mal begegnet war.

Ihr gedämpftes, geradezu erotisches Stöhnen ließ sein Glied steinhart werden und ihr Blut rauschte wie pures Aphrodisiakum durch sein System. Es fühlte sich so an, als ginge wie in einer Kettenreaktion überall in seinem Inneren ein Licht an, das eine Wärme ausstrahlte, die nichts mit äußerlicher Hitze zu tun hatte. Leider war dies hier der falsche Ort, um im Hochgenuss ihres Blutes zu schwelgen und Arabella mit sich auf eine erotische Reise zu nehmen. Die Eindrücke waren so überwältigend, dass er etwas anderes, ebenfalls Neues, beinahe nicht wahrgenommen hätte: Das Raubtier in ihm war vollständig zur Ruhe gekommen und hatte sich Ara regelrecht zu Füßen gelegt.

Ich bitte Gott um einen Engel, der dich aufhält, geisterten Benedikts Worte durch seinen Geist. – Ja, diese Frau hatte tatsächlich Macht über ihn, allerdings nicht mit göttlicher Kraft oder Schwert, sondern durch etwas anderes, von dem er nicht mutig genug war, um es auszusprechen. Etwas, das er gefunden hatte, ohne es gesucht zu haben. Oder war er schon immer auf der Suche danach gewesen, ohne es zu wissen? Aber wie auch immer: Für ihn war Arabella Violet einfach zu seinem persönlichen Engel geworden.

Er leckte über ihren Hals, denn der verhasste Wärter näherte sich bereits wieder. Im gleichen Augenblick überraschte ihn etwas, das sich wie ein zartes Klopfen anfühlte. Er rückte ein Stück von Arabella ab und sie erlaubte ihm, seine Hand auf ihren Bauch zu legen. Und da spürte er sie, die kleine Susi, die noch in ihrem Bauch verborgen war. Hätte er dieses niedliche, zarte Wesen nicht schon längst in sein Herz geschlossen, dann wäre es wohl in diesem Augenblick geschehen.

Wieder eroberte ein bislang unbekanntes Gefühl sein Inneres: Ihm war danach, gleichzeitig zu weinen und zu lachen. Und er konnte es nicht erwarten, das kleine Wesen bald zu sehen und zu halten. Außerdem hätte das Raubtier in ihm als Liebesbeweis am liebsten zärtlich über ihren Bauch geleckt. – Er erkannte sich selbst kaum wieder. Ara weckte Seiten in ihm, von denen er gar nicht wusste, dass sie überhaupt existierten.

Aber warum zum Henker musste das alles in einer dunklen, schmutzigen Zelle geschehen: sie eine Gefangene, die ihm hilflos ausgeliefert war, und er ein vermeintlicher Käufer, der sie wie eine Ware prüfen wollte, bevor er sie durch Geld zu seinem Besitz machte?

Aber würde Ara unter normalen Umständen denn überhaupt zulassen, dass er sie in den Arm nahm? Sich an ihn schmiegen? Auf der Straße hatte sie ihn ohne einen direkten Blick einfach stehen gelassen und sich kein einziges Mal nach ihm umgedreht, obwohl er ihr zur Hilfe gekommen war.

Eine beklemmende Angst vor der Antwort auf diese Frage wuchs gerade in seinem Inneren.

Die Tür schwang auf und er musste sich bremsen, um das miese Schwein mit den perversen Sprüchen nicht sofort abzuschlachten ...

Noch nie im Leben war Vinzenz etwas so schwergefallen, wie Arabella in diesem Drecksloch zurückzulassen!

Sein Instinkt hatte getobt – ihn schier verrückt gemacht –, sie sofort dort herauszuholen und jeden zu zerfleischen, der sich ihm dabei in den Weg stellte. Aber er war unbewaffnet und im Hauptquartier des Feindes durch deren Überzahl absolut chancenlos. Wäre er seinem Instinkt gefolgt, hätte er die einzige Chance verspielt, sie tatsächlich zu retten. Allein aus diesem Grund war er ohne sie gegangen.

Mit einem Sack über dem Kopf ging es per Hubschrauber zurück. Leider setzte man ihn woanders ab, sonst hätten sich John und William womöglich den Hubschrauberpiloten schnappen können.

»Blutfürst, seht her!«, rief Ramóns Lakai.

Der riss ihm das Taschentuch aus der Hand, betrachtete das Wappen eingehend und ließ sich genau berichten, was geschehen war.

»Tatsächlich! Das Wappen der Familie del Verrocchio!«, stieß Ramón aus. »Es hieß, diese Familie wäre im 14. Jahrhundert durch einen Blutfürsten ausgelöscht worden und der einzig Überlebende hätte sich den Wächtern angeschlossen.«

»Dann ist er kein Käufer, sondern ein Wächter?«

»Richtig, und damit steht er automatisch auf meiner schwarzen Liste. Dann war der Fund der Mädchen im Containerhafen auch kein Zufall, die Wächter sind mir auf der Spur!«

»Aber wie geht es denn jetzt weiter, Fürst? Der Hubschrauber hat diesen del Verrocchio schon längst wieder abgesetzt. Die Versteigerung läuft noch und er ist mit Abstand der Höchstbietende!«

Normalerweise hätte Ramón jetzt jemanden blutig geschlagen oder etwas zertrümmert, aber ihm kam ein genialer Einfall, der seine Laune erheblich verbesserte.

»Ich werde ihn töten, so viel steht fest, aber vorher werde ich ihn auch finanziell ausbluten lassen!«

»Was … ähm wie …«

»Die Versteigerung läuft weiter! Und du wirst zum Mitbieter.«

»Ich? Ähm … ich habe gar nicht so viel Geld, und selbst wenn, dann würde ich …«

»Dummkopf! Doch nur zur Tarnung! Wir werden das Gebot durch dich in die Höhe treiben und diesen del Verrocchio rupfen wie eine Weihnachtsgans!«

»Aber, aber – was, wenn uns durch ihn die Wächter hier finden?«

»Natürlich werden wir diesen Standort zur Sicherheit räumen! Ich gehe doch kein Risiko ein!« Er hätte schließlich nicht so lange überlebt und wäre den Wächtern immer entkommen, wenn es so wäre! »Und darüber hinaus werden wir hier eine unwiderstehliche Venusfalle für ihn aufstellen. Das gefällt mir schon jetzt.«

»Ähm, was – was ist eine Venusfalle?«

»Hast du noch nie von der Venusfliegenfalle gehört? Sie lockt ihre Beute mit Geruch und Farbe an, und sobald die eintritt, schnappt das Ding zu und verdaut das Insekt. – Ragna!«, rief Ramón ungeduldig und sein glatzköpfiger Leibwächter trat herein.

»Hier wird alles geräumt! Die Wächter kleben an unseren Fersen«, erklärte er und breitete seinen Plan dann vor Ragna aus.

»Eure Ware wird das aber nicht überleben«, meinte Ragna beiläufig, denn der wusste es besser, als seinem Fürsten zu widersprechen.

»Ja, aber es ist in diesem Fall bereits bezahlte Ware zu einem Wucherpreis«, sagte Ramón grinsend. »Und jede Falle braucht nun mal ein adäquates Lockmittel. Was ist mit diesem Raven und seiner Mutter? Hast du die beiden inzwischen weichgeprügelt?«

»Die Frau ist unbeugsam.«

»Das wusste ich schon zu Beginn. Zum Verkauf taugt sie nicht, aber das war auch nicht mein Ziel. Und der Junge?«

»Der hat einen unglaublichen Beschützerinstinkt und für seine Mutter würde er alles tun.«

»Und eine Mutter für ihren Sohn, darauf ist immer Verlass. Deshalb funktioniert dieses Spielchen ja jedes Mal wieder.«

»Er wird aber nicht ewig unter Eurer Kontrolle bleiben.«

Ramón winkte mit der Hand ab. »Ich weiß, ich weiß. Aber gute 20 Jahre könnte es hinhauen, wenn die Frau wirklich so hart im Nehmen ist, wie du sagtest. Und sobald er zum Sicherheitsrisiko wird, werde ich ihn töten und suche mir wieder einen Neuen.«

Zurück im Hauptquartier ging Vinz schnurstracks in Elias Büro. Dort warteten auch John und Quint.

»Mensch, Vinz!«, brach es aus Elia heraus. »Du warst völlig von der Bildfläche verschwunden und dein Sender im Schuh inaktiv.«

»Das hätte dich deinen Kopf kosten können!«, rief John stinksauer. »Du hättest abbrechen müssen! Wir konnten dir keine Rückendeckung geben. Bis du dich vorhin mit dem Autotelefon wieder unter den Lebenden gemeldet hast, wussten wir noch nicht mal, ob sie dich inzwischen geköpft haben.«

»Und?«, fragte Elia. »Hast du das Blut dieser Frau getrunken?«

»Ja, genau! Können wir jetzt los und diese Mistkerle hochnehmen?«, wollte Quint wissen.

»Agnus hat befohlen, dass wir keine riskanten Angriffe unternehmen, bevor er zurück ist«, warnte John.

Vinz sah John grimmig an.

»Ich brauche Alva nur zu erzählen, was da los ist, und sie regelt das bei Agnus für uns. Ramón hat noch eine Gefährtin und ihren Sohn entführt. Die sitzen zusammen mit Arabella in diesem Drecksloch und werden beide misshandelt. Die Zelle stank nach ihrem Blut.«

Er berichtete kurz, wie es dort aussah und was passiert war.

»Es ist also höchstwahrscheinlich eine militärische Anlage«, spekulierte John.

»Ich habe von dem Gebäude leider nur einen Teil eines unterirdischen Stockwerks gesehen. Wäre möglich, dass es auch ein altes Gefängnis ist.«

»Wo, Vinzenz? Wo?«, fragte Quint ungeduldig.

»Da dir Arabella ihr Blut geschenkt hat, wäre es uns doch möglich, zumindest schon mal ihren Standort zu lokalisieren und die Gesetzlosen zu beobachten«, überlegte John.

Vinz fuhr sich wieder durch die Haare.

»So einfach ist das nicht. Ich habe auf die Uhr gesehen, bevor sie mir einen schwarzen Sack übergestülpt haben, daher weiß ich, dass wir eine

Stunde und 13 Minuten unterwegs waren. Kann natürlich sein, dass sie nur Kreise geflogen sind ...«

»Und wenn man bedenkt, wie schnell ein Hubschrauber fliegt, ist der Radius, in dem wir suchen müssten, enorm groß«, führte John den Satz zu Ende. »Ist das ein Problem für dich, Vinzenz?«

»Ja, denn das Gebiet, in dem Arabella stecken könnte, ist riesig. Aber sie müsste relativ nah sein, damit ich in der Lage bin, sie zu orten. Ich habe nämlich nicht viel Übung darin und nur wenig von ihr getrunken, weil sie schwanger ist. Arabella ist eh schon zu dünn, und so wie es aussah, bekam sie da auch nichts Richtiges zu essen! Wenn ich dran denke, dann könnte ich ...«

Seine Hände ballten sich zu Fäusten und ein dunkles Knurren drang aus seiner Kehle.

John fasste ihn an beiden Schultern und beschwor ihn: »Verlier nicht wieder deine Kontrolle, sonst nützt du ihr nichts! Du willst sie retten, dazu brauchst du unbedingt einen kühlen Kopf.«

»Ja, und einen Hubschrauber, um sie zu finden!«

»Oder um dir Rückendeckung zu geben, wenn wir den Aufenthaltsort deines Engels nicht bis zum Ende der Versteigerung aufgespürt haben«, meinte Elia.

»Aber keiner von uns kann fliegen!«, erklärte Quint frustriert.

»Und einen Menschen dürfen wir nicht in unsere Angelegenheiten hineinziehen. Nicht, wenn es um eine Konfrontation mit einem Blutfürsten geht«, konterte John.

»Doch! Einer kann fliegen: Ambrosius«, stieß Vinz hervor und wusste, was jetzt kommen würde.

»Der gehört nicht zu uns und sitzt im Kerker, weil er ständig Mist baut!«, erklärte Quint. »Mein Vater hat gesagt, er habe mal wieder den Vogel abgeschossen und das Tribunal sei außer sich. Säße sein Vater Leonardo nicht im Tribunal, dann wäre er längst fällig gewesen.«

»Das ist so nicht richtig, Quint«, korrigierte ihn Elia. »Aber das muss unter uns bleiben. Sein Vater Leonardo hat mal wieder den Kopf hingehalten und die Strafe für ihn verbüßt. Er hat wie immer für Ambrosius hinter verschlossener Tür und ohne dessen Wissen *Victima vicaria* – das stellvertretende Opfer – beantragt. Dieses Recht hat er als Vater. Aber

Ambrosius denkt immer noch, sein Vater biege das jedes Mal für ihn beim Tribunal wieder gerade.«

»Macht er ja dann in gewisser Weise«, meinte Quint.

»Ambrosius stellt diesen Blödsinn nur an, weil er seinen Vater hasst und ihn im Tribunal unmöglich machen will«, erklärte John. »Er verzeiht ihm den Tod seiner Mutter nicht.«

»Wie auch immer. Er sitzt nicht in unserem Verlies, weil er eine Strafe des Tribunals verbüßt«, erläuterte Elia. »Leonardo hat Agnus lediglich darum gebeten, ein Auge auf ihn zu haben und ihn eine Zeit lang als Gast zu beherbergen, damit er endlich zur Besinnung kommt.«

»Der doch nicht!«, stieß Quint abfällig aus. »Der lebt in den Tag hinein und verwettet das Geld seines Vaters.«

»Auf ihn ist leider kein Verlass. Für etwas Verantwortung zu übernehmen, ist ihm fremd«, ergänzte Elia.

»Dann wird er uns sicher nicht helfen, oder?«, fragte Vinz frustriert und strich sich erneut eine Haarsträhne zurück.

»Vielleicht bekomme ich ihn doch dazu«, ergänzte John. »Ich kenne nämlich seinen wunden Punkt.«

Einen Taktiker auf seiner Seite zu haben, zahlt sich aus, dachte Vinz und wandte sich an Elia: »Kannst du inzwischen die Versteigerung weiter beobachten und für mich mitbieten? Ich schwöre, wenn sie ein anderer in die Hände kriegt, dann werde ich zum Berserker.«

Elia grinste auf einmal. »Davon könnte ich dir ein Lied singen.«

»Du?«, hakte er nach.

»Vinzenz, du hast ja keine Ahnung«, sagte John ohne jeglichen Humor und klopfte ihm auf die Schulter. »Los, lass uns keine Zeit verlieren. Die Nacht währt nicht ewig.«

Kapitel 15

Kaum waren Vinzenz und John im untersten Geschoss des Hauptquartiers vor der entsprechenden Zelle angekommen, maulte Ambrosius auch schon: »Aha, der Taktiker und der Perfektionist. Hat mein Vater euch geschickt, um mich zu Tode zu quatschen, oder komm ich endlich hier raus?!«

Ambrosius' üppige, schwarze Locken, hingen offen und schulterlang herunter, waren ebenso ungebändigt und rebellisch wie er selbst. Sein Gesicht hatte trotz seiner schlechten Laune immer noch diesen schalkhaften Ausdruck, der ihn wie einen jungen Erwachsenen wirken ließ, der nicht erwachsen werden will.

»Ob du hier rauskommst, liegt ganz bei dir. Dieses Appartement ist jedenfalls noch lange frei«, erklärte John mit einem gelassenen Grinsen.

»Appartement?« Aufgebracht zog Ambrosius an den verstärkten Metallketten, die im Boden verankert waren und an den Manschetten um seine Handgelenke endeten. »Ich bin hier angekettet wie im finsteren Mittelalter! Und genauso ist auch diese Zelle aus grob behauenen Steinen: finster, feucht und arschkalt!«

»Das würde sich ändern, wenn du uns helfen würdest«, sagte Vinz, um die Sache zu beschleunigen, aber John blickte ihn strafend an.

»Euch helfen?«, spie Ambrosius förmlich aus. »Ihr seid Wächter! Ich hasse das Tribunal und alles, was damit zu tun hat. Hätte Vater für diesen Haufen nicht gearbeitet, wäre er zu Hause gewesen und Mutter noch am Leben! Ihr könnt mich mal! Sucht euch einen anderen!«

»Okay.«

Was? Hatte John gerade Okay gesagt? Aber sie brauchten Ambrosius doch dringend!

John zog den Ausdruck mit Arabella von der Versteigerung aus seiner Hosentasche, entfaltete ihn und schob ihn durch die Gitter.

»Schau dir diese Frau genau an. Sie wird an einen Vampir verkauft, der sie missbrauchen und früher oder später töten wird. Mit deiner Hilfe hätten wir sie retten können. Sie bräuchte nicht zu sterben wie deine Mutter damals. Aber du spielst ja lieber beleidigte Leberwurst.«

»Los, wir gehen, Vinz«, sagte John scharf und sein Gesichtsausdruck mahnte ihn, jetzt nicht zu widersprechen.

Meinte John tatsächlich, diese Taktik würde aufgehen? Er hoffte es inständig und wandte sich mit ihm ab, um zu gehen.

Hinter ihnen rasselten Ketten.

»Wartet!«, rief Ambrosius kleinlaut.

Aus den Augenwinkeln sah er, dass Ambrosius den Ausdruck mit Arabella in Händen hielt.

John drehte sich aber nicht um, sondern hielt nur kurz inne.

»Es war eine dumme Idee von mir, dich um Hilfe zu bitten. Wir bräuchten für diese Rettungsmission nämlich jemanden, auf den man sich hundertprozentig verlassen könnte. Immerhin geht es hier um Leben oder Tod dieser Frau, und wie du siehst, ist sie auch noch schwanger.«

»Ihr könnt auf mich zählen!«, rief Ambrosius und fügte leiser hinzu: »Zumindest für dieses eine Mal.«

Sie drehten sich um und er wollte schon die Zelle aufsperren. John hielt ihn jedoch mit einer Hand an der Schulter zurück und verschränkte dann die Arme vor der Brust: »Ich wette, du vergeigst das.«

»Ich halte dagegen!«, protestierte Ambrosius und richtete sich kerzengerade auf. »Um was wetten wir?«

»Überzeug mich bei dieser Aktion! Wenn du das hinbekommst und dich als verlässlich und nützlich erweist, darfst du uns bei Gelegenheit wieder helfen und musst nicht mehr zurück in dieses kuschlige Quartier. Aber wenn du deinen Einsatz verspielst, dann kannst du hier schmoren, bis es Sommer ist.«

»Das sind noch Monate!«, rief Ambrosius, griff zwei Gitterstäbe und rüttelte wütend, aber erfolglos daran.

»Richtig«, meinte John. »Also verlier die Wette besser nicht.«

John, der Taktiker hatte gerade wieder eine Meisterleistung vollbracht. Vinz hätte am liebsten breit gegrinst, verkniff es sich aber und schloss lieber die Zelle auf.

»Welchen Typ Hubschrauber kannst du eigentlich fliegen und wie gut?«, fragte er.

»Im Gegensatz zu meinem Vater, der immer nur Entwürfe von Flugapparaten gezeichnet hat, kann ich sie alle fliegen. Alles, was in der Luft bleibt.«

Vinz hob skeptisch eine Augenbraue und blickte zu John, doch der nickte und meinte: »Ambrosius ist der Beste.«

»Nennt mich gefälligst Ambi!«, intervenierte ihr zukünftiger Pilot. »Ambrosius klingt verstaubt und uralt wie die griechischen Mythen.«

Leider verging der Rest der Nacht, bis sie einen Hubschrauber organisiert und auf dem Gelände des Hauptquartiers stehen hatten. Vinz machte sich große Vorwürfe, dass er auf den Heli gewartet und nicht sofort mit seinem Wagen losgefahren und zumindest in der Nähe bereits mit der Suche angefangen hatte. Jetzt, da die Sonne aufgegangen war, hing er, ebenso wie Ambi und die anderen Wächtervampire, im Hauptquartier fest.

Überraschenderweise tauchte Sarah auf, als er mit Ambi im lichtgeschützten Hangar beim Helikopter stand.

Erst betrachtete Elias Gefährtin mit gebührendem Abstand von allen Seiten fasziniert den Hubschrauber, dann knetete sie ihre zarten Hände und trat näher. Zunächst blickte Sarah Ambi und ihn an, doch sie wandte den Blick schnell wieder ab. Es war offensichtlich, dass sie etwas auf dem Herzen hatte und sich schwertat, es auszusprechen.

Sarah war die liebenswürdigste Person, die er je kennengelernt hatte. Leider hatte Lucius sie damals schwer traumatisiert, was sich auch heute noch in Befangenheit gegenüber Männern bemerkbar machte. Darüber hinaus war sie eine sehr zarte, sanfte Person mit einem sensiblen Gespür, der nie ein böses Wort über die Lippen kam. Oft ahnte sie, wenn es jemand nicht gut ging, und half, wann immer es ihr möglich war – still und ohne Dank zu erwarten. Häufig bereitete sie dann mit viel Liebe und noch mehr Zeitaufwand für denjenigen ein Essen zu. »Sarah kocht für die Seele«, hatte Alva mal gesagt.

Um es Sarah leichter zu machen, fragte er sie deshalb: »Gibt es etwas, was wir für dich tun können?«

»Ich – ich hätte eine Frage.«

Sie blickte scheu zu Ambi und dann sofort wieder auf den Boden.

»Was möchtest du denn wissen?«

»Ist – ist es schwer, so ein modernes Fluggefährt zu steuern? Das Tageslicht macht es euch doch unmöglich, nach deiner Arabella zu suchen. Und falls es mir gelingen würde, es zu beherrschen – ich meine …«

Sie brach den Satz ab, als Ambi begann, sie von oben bis unten zu mustern. Was der sah, war eine sehr zart gebaute, langgliedrige Frau in einem himmelblauen Kleid aus hauchzartem Gewebe, die sich kaum traute, eine Frage zu stellen.

Als Ambi gerade den Mund aufmachte, rammte Vinz ihm vorsorglich einen Ellenbogen in den Magen. Er wollte nämlich verhindern, dass Ambi mit einem dämlichen Spruch Sarahs seltenen Mut in Grund und Boden stampfte. Leider hatte Ambis abschätziger Blick wohl schon gereicht.

»Bitte vergesst, was ich gesagt habe. Es war töricht«, stieß Sarah hastig aus, wandte sich um und war im Begriff zu gehen.

»Sarah! Bitte bleib doch. Ambrosius hier würde dir sicher mit Vergnügen alles im Helikopter zeigen und erklären. Und seit dem letzten Jahrhundert gab es schon viele Frauen, die Flugapparate geflogen haben.«

Sarah drehte sich um und für einen Moment flackerte Freude in ihren Augen, aber dann knetete sie erneut ihre Hände und meinte sie: »Ich bin aber nicht sehr stark und das muss man sicherlich sein, wenn man so schnell durch die Luftmassen gestoßen wird.«

Er beugte sich an Ambis Ohr und flüsterte: »Sag jetzt ja irgendwas Aufbauendes zu ihr und sei gefälligst nett. Wenn du auch nur ein einziges, abfälliges Wort äußerst, schlage ich dir deine Reißzähne aus, verstanden?«

»Okay, du kriegst eine Besichtigungstour«, bot Ambi daraufhin an. »Und zum Fliegen eines Helis braucht man weniger Muskeln, sondern mehr Verstand und Fingerspitzengefühl.«

»Ich kann lesen und schreiben, sogar rechnen!«, erwiderte Sarah eifrig.

Für eine Frau im Mittelalter – aus dem sie stammte – war das etwas Außergewöhnliches und zeugte von hoher Bildung. Ambi hätte das eigentlich wissen sollen, doch dessen Miene zeugte eher von Belustigung, deswegen sagte er schnell: »Das sind genau die richtigen Grundlagen, Sarah. Stimmt doch, oder Ambi?«

Er stieß dem Piloten kräftig in die Seite, danach nickte der mit schmerzverzerrtem Lächeln – immerhin.

»Und was das Fingerspitzengefühl angeht«, fuhr Sarah zögerlich fort. »Nun ja, ich sticke die kompliziertesten Muster, und im Häkeln und Klöppeln bin ich unübertroffen.«

Ambi war drauf und dran, laut loszulachen, tarnte es nach einem warnenden Blick von ihm aber mit einem Husten. Anscheinend waren ihm seine Reißzähne doch etwas wert.

»Ich werde Elia sagen, er soll dich mit einem Joystick üben lassen«, bot er an und reichte ihr ritterlich seine Hand. »Darf ich dir in den Hubschrauber helfen, Sarah?«

Elias Frau zeigte sich äußert interessiert und ihre detaillierten Nachfragen zu technischen Bestandteilen überraschten sogar Ambrosius. Am Ende meinte sie zu Ambi: »Dein Vater hat nur Konstruktionspläne gezeichnet und vom Fliegen geträumt. Du hingegen bist tatsächlich ein Himmelsflieger geworden.«

»Ja, was das angeht, steck ich ihn in die Tasche«, erwiderte Ambi stolz, aber ihr Kompliment reichte wohl nicht aus, um ihn seine Zweifel vergessen zu lassen. »Wenn du wirklich Fliegen lernen willst, dann lies das durch und zieh dir Hosen an.«

Ambi lud ihr zwei dicke Handbücher auf die Arme, bei denen sie fast in die Knie gegangen wäre. Jeden anderen hätte das völlig frustriert, doch Sarah strahlte übers ganze Gesicht.

Beim Aussteigen mit ihrem knöchellangen Kleid wurde ihr anscheinend bewusst, dass Hosen in der Tat praktischer wären, und sie fragte leise: »Das mit den Hosen ist in diesem Zeitalter doch schicklich, nicht wahr, Vinzenz?«

»Ja, es ist schicklich, Sarah. Alva trägt auch oft welche und sogar Elisabeth tut dies zu besonderen Anlässen.«

Draußen fiel tagsüber weiter Schnee und der Wetterbericht sagte für den nächsten Tag sogar den Schneesturm des Jahrhunderts voraus.

In der Versteigerung waren sie nur noch zu dritt, alle anderen hatten das Handtuch geworfen. Im Laufe des Nachmittags sprang auch noch

Bloody Sex Southafrica ab. Allein schon der Name des Bieters beschwor seinen Zorn herauf! Dann boten nur noch er und ein sogenannter *King of Spain*.

Vinzenz hatte Elisabeth eine Vollmacht ausgestellt, um seine Konten leer zu räumen. Doch das meiste Geld würde erst in ein paar Tagen zur Verfügung stehen, wenn Elia für ihn einige Fonds und Aktienanteile in Bargeld verwandelt hätte. Er war steinreich, hatte neben Wertpapieren auch Luxusimmobilien, aber für Bargeld hatte er bislang wenig Verwendung gehabt und daher alles investiert oder angelegt. Sein einziger Lebensinhalt war eben die Jagd nach Gesetzlosen gewesen.

Sarah und Alva schenkten ihm beide die Bargeldreserven aus ihrem Tresor. Therese steuerte ungefragt hunderttausend zu. Aber als das Gebot immer höher und höher stieg, lieh er sich auch noch von Elisabeth, dann sogar von Amalia Geld. Wobei er von der uralten Sirene ein Kästchen mit Goldmünzen erhielt, doch Gold zählte für jahrhundertealte Vampire sowieso mehr als Papier.

Um Mitternacht endete die Auktion und er wurde für 2,8 Millionen Besitzer seines Engels. Jetzt wartete Elia auf die Anweisungen zur Übergabe im Austausch für die Ware. *Ware* – nichts weiter war seine Ara für diese Mörder! Als dieses Wort auf dem Monitor erschien, hätte er mit seiner Faust beinahe auch Elias neuen Bildschirm zertrümmert.

Während das Computergenie für ihn an der Versteigerung teilgenommen und später alles abgewickelt hatte, war er selbst auch nicht untätig herumgesessen. Bereits kurz nach Sonnenuntergang war er mit Ambrosius in den Hubschrauber gestiegen und, mit dem Parkhaus als Ausgangspunkt, exakt eine Stunde und 13 Minuten in Richtung Süden geflogen. Von dort aus wollten sie – auf Johns Rat hin – in immer enger werdenden Kreisen, mit dem Parkhaus als Mittelpunkt, ein systematisches Suchmuster fliegen. Mit dieser Methode und seiner Gabe hofften sie, Arabella aufzuspüren.

Er hatte nie ausgetestet, wie nah er seinem letzten Blutspender kommen musste, damit sein inneres Radar anschlug. Auf alle Fälle näher als 73 Minuten, denn sonst hätte er Ara bereits vom Parkhaus oder sogar vom Hauptquartier aus gespürt.

Nicht lange, nachdem sie abgehoben hatten, waren sie jedoch gezwungen, die Suche abzubrechen. Am Anfang empfand Ambrosius den

Schneesturm noch als »geilen Kick« und absolvierte alles im Blindflug – sprich nur mit den Instrumenten –, weil vor ihren Augen lediglich eine weiße Wand zu sehen war. Doch der heftige Wind und vor allem die Böen wischten sogar bei Ambrosius das Grinsen aus dem Gesicht.

»Sorry, Mann«, hatte Ambrosius schließlich gesagt. »Wir müssen zurück zum Hauptquartier und landen. Ich bin zwar verrückt, aber trotzdem hänge ich an meinem Leben.«

Vinz drehte fast durch bei der Vorstellung, was Ramón und seine Bande Arabella alles antun könnten, *bevor* er sie mit dem Geld auslöste. Und so wurde das Warten bis fast zum Ende der Nacht eine regelrechte Folter für ihn. Erst dann kam endlich die Anweisung, wo er mit der riesigen Summe Bargeld und Gold warten sollte.

»Alva hat mit Agnus telefoniert und ihn rumgekriegt«, erklärte ihm John. »Wir sind alle bis an die Zähne bewaffnet und geben dir Rückendeckung.«

»Ich danke dir.«

John legte ihm eine Hand auf die Schulter.

»Wir stehen füreinander ein, Vinzenz. So war das von je her bei den Wächtern. Ich war nur an Agnus' Order gebunden. Aber ob Befehl oder nicht, jeder Einzelne wäre dir auch als Freund gefolgt, glaube mir. Sogar Ambrosius hat sich eine Pistole geben lassen und will ebenfalls mit.«

»Hoffentlich schießt er sich nicht ins Bein oder uns in den Rücken.«

»Ja, hoffentlich. Und du denk an das, was wir besprochen haben: Falls alles nach einer planmäßigen Übergabe aussieht, holst du zuerst Arabella da raus, bevor wir losschlagen, dann gerät sie nicht ins Kreuzfeuer.« Immerhin war sie nur ein Mensch. Ein einziger Schuss oder ein heftiger Schlag könnte ihr Todesurteil sein. John atmete tief durch und blickte ihn ernst an. »Den Hubschrauber als unseren Trumpf haben wir leider verloren, weil der Sturm noch schlimmer geworden ist. Und die Zeit arbeitet gegen uns, Vinzenz. Die Sonne geht bald auf, dann bist du auf dich allein gestellt.«

»Ich weiß. So hatte ich mir das auch nicht vorgestellt.« Und Gott meinte es anscheinend gar nicht gut mit ihm, wenn er ausgerechnet heute den Schneesturm des Jahrhunderts entfesselte! »Zumindest hat Elia in diesem elektronischen Chat darauf bestanden, dass mir nach Abschluss des Kaufes ein UV-geschützter Transport an einen Ort meiner Wahl zur Verfügung gestellt wird.«

»Eigentlich ist die Mission zu riskant, Vinzenz. Aber da ich dich wohl nicht davon abhalten kann ...«

John sparte sich den Rest. Bestimmt hatte ihr Taktiker dabei ein ebenso ungutes Gefühl wie er selbst.

Kurz bevor er mit seinem Pontiac losfuhr, brachte ihm Sarah noch eine Decke, eine Thermoskanne mit süßem Tee und ein Paket sehr lecker aussehender Sandwiches.

»Wer weiß, wie kalt ihr ist und wann sie das letzte Mal etwas gegessen hat?« Und flüsternd fügte Sarah hinzu: »Ich wünsche dir, dass sie dich genauso mag wie du sie. Arabella ist ja eine Symbiontin, vielleicht findet ihr ja zueinander.«

An ihm sollte es nicht scheitern, aber das Tribunal würde sicher darauf bestehen, Arabellas Gedächtnis zu löschen ...

Wieder war der Treffpunkt in einem Parkhaus, allerdings war es diesmal ein anderes. Niemand war an der Schranke, also fuhr er weiter, bis zur obersten Ebene. Dort stand nur ein einziges Fahrzeug: ein Kühltransporter mit offener Ladeklappe, die wie eine Rampe fungierte. Weil sonst keiner zu sehen war, fuhr er dorthin. Kaum dass er anhielt, tauchte wie aus dem Nichts wieder der Mann im Anzug auf, die Waffe abermals auf seinen Kopf gerichtet.

Schon wieder! Er hatte die Nase gestrichen voll davon, in die Mündung einer Waffe zu sehen. Er war doch der Scharfschütze, zum Donnerwetter nochmal!

»Hände weg vom Autotelefon!«

Der Mann reichte ihm ein Funkgerät.

»Hier, der Verkäufer will mit Ihnen sprechen.«

Vinz nahm das Gerät entgegen.

»Ich gratuliere ihnen zum Kauf und würde Ihnen die Ware gern persönlich übergeben. Bitte haben Sie Verständnis dafür, dass mein Assistent die Summe schon jetzt von Ihnen entgegennimmt. Er wird Sie sofort nach Übergabe des Kaufpreises direkt zu mir fahren. Ich weiß, das erfordert ein gewisses Maß an Vertrauen, doch wenn es um meine Sicherheit geht, mache ich keine Kompromisse. Falls Sie jedoch Bedenken haben, blasen wir die Sache ab und ich veräußere die Ware anderweitig.«

Anderweitig?! Nur das nicht!

Außerdem würde er Ramón höchstpersönlich treffen! Kein Wächter hatte bisher das Gesicht des Blutfürsten gesehen.

»Nein, ich will die Frau! Aber ich fordere einen Beweis, dass sie unversehrt ist.«

»Das steht Ihnen zu. Mein Assistent wird Ihnen einen Beweis aushändigen. Wir sehen uns ja gleich, ich beende jetzt den Funkkontakt.«

Vielleicht hätte er noch heute die Gelegenheit, diesem skrupellosen Blutfürsten endlich das Herz herauszuschneiden! Dann wären die anderen Gesetzlosen, die ihnen entkommen könnten, vorerst ohne Führung und würden sich in alle Winde zerstreuen. Aber er würde ihre Spur aufnehmen und einen nach dem anderen zur Strecke bringen!

Uralter Hass kochte in ihm hoch und er bedauerte, seinen Dolch nicht dabeizuhaben.

Der Mann im Anzug überreichte ihm derweil ein Kuvert, das er aufriss. Es enthielt ein Polaroidfoto von Arabella, die auf einen Stuhl saß. Neben ihr war ein transportables Fernsehgerät zu sehen, das gerade die Nachrichten mit Datum und Uhrzeit ausstrahlte.

»Das ist aber schon eine ganze Zeit her! Woher weiß ich, dass sie immer noch am Leben ist?«, fragte er den Mann vom Geheimdienst, denn auf dem Funkgerät meldete sich niemand mehr.

»Das kann ich Ihnen nicht sagen. Und fragen Sie mich ja nicht, ob Sie dem Kerl vertrauen können. Er ist ein Menschenhändler, von dem Sie gerade eine Frau kaufen.«

»Ich versuche doch, sie zu retten! Das ist etwas anderes.«

»Dann stellt sich für Sie doch nur die Frage, ob Sie bereit sind, dieses hohe Risiko für diese Frau einzugehen.«

Er wollte nicht nur Arabella, sondern unbedingt auch diesen Ramón schnappen!

»Lassen Sie mich telefonieren!«, verlangte er von dem Mann.

»Nein! Es ist möglich, dass wir von seinen Leuten beobachtet werden, und er hat versprochen, meine Frau ganz langsam zu töten, wenn ich Sie telefonieren lasse. Und in diesem Fall glaube ich ihm aufs Wort.«

»Dann sagen Sie mir wenigstens, wie Ihre Anweisungen lauten!«

»Hören Sie: Ich muss erst den Koffer mit dem Geld von Ihnen entgegennehmen und die Tür des Anhängers schließen, sobald Sie reingefahren sind. Danach habe ich mich hinters Steuer zu setzen und erst dann bekomme ich die Anweisung, wo ich mit Ihnen hinfahren soll. Der Kerl ist gerissen. Sie haben keine andere Chance, als sein Spiel mitzuspielen.«

Vinzenz versuchte, wieder einen klaren Kopf zu bekommen und Zeit zu schinden, damit die Wächter, die alle weiter weg postiert waren, Gelegenheit hatten, sich zu nähern.

»Da soll ich mit meinem Wagen reinfahren? Sehe ich etwa aus wie Knight Rider? Und werde ich heute nicht gründlich von ihnen gefilzt?«

Der Mann vom Geheimdienst war aber nicht dumm und ließ sich auf keine Verzögerung ein.

»Der Anhänger ist innen mit Blei verkleidet, da kommt kein Signal durch«, sagte er Mann, als Vinzenz einstieg. »Wenn Sie den Kühlraum verlassen, bevor wir am Ziel sind, oder die Summe nicht stimmt, dann ist der Deal geplatzt und ich soll Ihnen sagen, in diesem Fall schneiden sie der Frau, die Sie gekauft haben, jeden Finger einzeln ab.« Der Mann sah ehrlich bedrückt aus. »Tut mir leid. Also machen Sie keinen Blödsinn. Wenn alles glattläuft, bekommen Sie Ihre Frau und ich zumindest meine Tochter und meinen Sohn zurück.«

Kein Wunder, dass der Mann sich auf nichts einließ!

Vinz fühlte sich wirklich ein bisschen wie in Knight Rider, während er schnittig mit seinem Pontiac Firebird in den Transporter fuhr. Doch als die Metalltür hinter ihm verriegelt wurde, kam es ihm vor, als hätte man ihn in einen Sarg eingesperrt. Und entgegen einiger Ammenmärchen schlief er in einem weichen und bequemen Bett – wie fast alle Vampire.

Kapitel 16

Arabella hatte Shirin gelöchert, über Vampire, die Symbiose und alles drumherum. Auch von den Wächtern hatte ihr die Frau aus dem alten Byzanz erzählt. Normalerweise war dieses Wissen geheim, aber da sie sowieso schon von Vampiren wusste, hatte Shirin offensichtlich kein Problem damit.

»Dieser Vinzenz könnte ein Wächter sein«, überlegte Shirin laut. »Dann hätte er Verstärkung, um uns mit Gewalt zu befreien. Aber vielleicht ist er bloß ein einzelner Mann, dessen einzige Möglichkeit darin besteht, dich freizukaufen.«

Knurrend meinte Raven: »Und wenn das alles lediglich eine Masche ist, damit sie ihm nachher aus lauter Dankbarkeit aus der Hand frisst?«

»Tja, so oder so, sie wird es bald erfahren.«

Arabellas Herz wusste, was es bei Vinzenz gefühlt hatte, und vertraute ihm, aber die Stimme ihres Verstandes bombardierte sie mit Zweifeln. Und als ob das nicht reichte, spannte sich ihr Bauch immer wieder unangenehm an.

Sie würde hier noch ausflippen!

Um sich abzulenken, fragte sie Ravens Mutter: »Shirin – diesen Namen habe ich noch nie gehört. Woher stammt er? Hat er eine Bedeutung?«

Shirin lächelte. »Mein Name ist sehr alt. Ihn trug die Tochter des byzantinischen Kaisers Maurice im 6. Jahrhundert, nach ihr bin ich benannt worden. Shirin bedeutet: die Schöne, die Angenehme und Charmante.«

Ravens Mutter sah sie mit einem Stirnrunzeln an. »Arabella, ist alles in Ordnung mit dir? Du hältst dir immer wieder den Bauch. Hast du Schmerzen?«

»Na ja, es ist eher so ein Ziehen und Spannen. Aber es nervt total! Erst ist es da, dann ist es wieder weg. Ich werde noch irre!«

»Arabella, das sind vermutlich die Wehen. Lass mich mal deinen Bauch fühlen.«

»Wehen?!«

Vor Schreck wich Arabella zwei Schritte zurück.

»Nein, Shirin! Das ist unmöglich! Meine Susi soll erst in drei, nein, zweieinhalb Wochen kommen. Ich weiß auch nicht genau, je nachdem, wie lange ich schon hier bin. Jedenfalls hat mein Frauenarzt das ganz genau ausgerechnet.«

»Arabella, die Situation, in der du dich befindest, erzeugt viel Stress und das ...«

»Das weiß ich selbst! Aber ich glaube kaum, dass mich jemand wegen zu viel Stress hier rauslässt!«, unterbrach sie Shirin, denn ihre Nerven waren zum Zerreißen angespannt.

»Arabella, hör jetzt auf zu plappern und sieh endlich der Wahrheit ins Gesicht.«

Ins Gesicht sehen – wie passend! Auf diese Wahrheit konnte sie gern verzichten!

»Zum einen kommen Babys sicher nicht an einem bestimmten Tag, nur weil irgendein Arzt das so ausgerechnet hat. Und diese Umstände sorgen wahrscheinlich für vorzeitige Wehen.«

»Vorzeitige Wehen?!«

Als wäre dies das Stichwort, spannte sich ihr Bauch dermaßen heftig an, dass sie sich krümmte.

»Aber das geht nicht! Nicht hier! Und Susi darf auch nicht früher kommen! Sie ist dann doch noch nicht fertig! Shirin, das darf nicht sein!«

»Arabella«, Shirin klang jetzt sanft, aber bestimmt, »du musst der Wahrheit ins Gesicht sehen.«

Schon wieder dieser Ausdruck! Sie wollte ihre linke Gesichtshälfte nie mehr sehen!

Panisch rannte sie in der Zelle auf und ab.

Dann überrollte sie erneut ein Krampf, diesmal heftiger. Sie kapitulierte schließlich und ließ Shirin ihren Bauch befühlen.

»Ja, es sind die Wehen. Ich spüre, wie sich alles anspannt. Dein Baby macht sich auf den Weg.«

»Wie lange habe ich noch?«

»Wenn es dein Erstes ist, dauert es für gewöhnlich länger, aber niemand kann eine Stoppuhr stellen oder eine Zeit angeben. Die Wehen werden immer heftiger und in kürzeren Abständen kommen. Hast du denn im Laufe der Schwangerschaft schon mit deiner Hebamme gesprochen, wie das heute üblich ist? Rechnet sie mit Komplikationen?«

»Komplikationen?! Oh, Mist! Und nein, Hebamme kontaktieren stand noch auf meiner To-do-Liste. Ich sollte auch so einen Geburtsvorbereitungskurs besuchen, aber mit diesem Gesicht wollte ich nicht mehr unter die Leute; das ertrag ich nicht. Stattdessen habe ich mir ein Buch darüber gekauft.«

»Immerhin ein Buch. Und?«

»Na ja, es sah total langweilig aus, lauter Fachchinesisch und dann diese blutigen Bilder. Also hab ich's schnell wieder zugeschlagen. Außerdem habe ich ja einen erstklassigen Gynäkologen, der alle Prominenten behandelt. Er sagte, ich solle mir keine Sorgen machen, bisher hätte er noch jedes Kind auf die Welt geholt.«

Shirin seufzte.

»Dann werde ich dir wohl jetzt etwas über die Geburt erzählen müssen ...«

Shirin war noch nicht zu Ende, da sprang die Tür wieder auf. Arabella wich zurück an die nächste Wand.

Ramón kam, gefolgt von dem Glatzkopf. Beide stellten sich weit genug von Raven auf, damit seine Ketten ihn zurückhielten.

»Ich bin Geschäftsmann«, sagte Ramón an Shirin gerichtet. »Sag mir, ob du dich willig jedem Wunsch deines Käufers beugen wirst.«

»Nie! Nie im Leben!«

Ramón seufzte in einer deutlichen Geste.

»Das dachte ich mir. Vermutlich würdest du deinem Käufer bei erster Gelegenheit die Kehle durchschneiden.«

Und ja, genau das stand Shirin im Gesicht geschrieben!

»Du musst einsehen«, sagte Ramón, als wollte er sie um Verständnis bitten. »dass du dann für mich keinen Nutzen hast. Frauen, die ich nicht verkaufen kann, werden als Beute unter meine Leute verteilt. Das ist nichts Persönliches, aber ich bin schließlich auch gezwungen, meine Untergebenen bei Laune zu halten. Zu meinem Bedauern ist das keine schöne Perspektive, denn du würdest meine Männer sehr lange unterhalten, in jeder Hinsicht. Wir gehen nämlich nicht verschwenderisch mit Ressourcen um und da du eine Symbiontin bist, würde man dir immer wieder Vampirblut geben, wenn du zu ruppig behandelt wurdest. Beklagenswerterweise besitzen sie nämlich nicht die nötige Etikette, die bei einer Frau wie dir angebracht wäre. Ich fürchte, sie werden sich darauf beschränken, ihre rohen Triebe auszuleben.«

Welches falsche Theater veranstaltete dieser brutale Kerl denn da mit Shirin? Vordergründig heuchelte er Mitgefühl und bat um Verständnis, aber im Grunde manipulierte er die arme Frau nach Strich und Faden! So was hatte sie in ihrem Geschäft häufig erlebt und durchschaute diese miese Masche sofort.

Raven tobte inzwischen, riss an seinen Ketten, konnte aber rein gar nichts ausrichten.

»Ich werde mir lieber selbst das Leben nehmen, bevor diese Dreckskerle über mich herfallen!«

»Ja, genau das dachte ich mir. Du hast eben einen starken Charakter. Aber dafür haben wir ja deinen Sohn hier. Falls du dich den Wünschen meiner Männer auf irgendeine Art entziehst, wird er hundertfach dafür büßen. Wobei das schade wäre, denn er ist ein kräftiger, junger Vampir. Was gäbe ich darum, ihn als Leibwächter in meine Dienste zu stellen.«

Regelrecht theatralisch schüttelte Ramón bedauernd den Kopf.

Oh, oh! Arabella ahnte, auf was das hinauslief.

»Raven, nein!«, rief sie noch, denn sie konnte sich denken, was er für seine Mutter tun würde, und wollte ihn warnen.

Doch da stand plötzlich Ramón direkt vor ihr; der Glatzkopf war hinter ihr und zwang ihre Hände auf den Rücken.

Ramón stand mit dem Rücken zu Shirin und Raven, sodass die beiden nicht sahen, dass er einen langen, dünnen Dolch herauszog. Innerhalb eines Sekundenbruchteils öffnete Ramón ihren Mantel, hielt den Dolch senkrecht über ihren Bauch, die Spitze lag auf. Seine Hand müsste nur ein Mal zustoßen und Susi wäre durchbohrt! Dieser Dreckskerl war ebenso kaltblütig wie manipulativ und seine Absichten standen im krassen Gegensatz zu seinen zuvorkommenden Worten.

»Arabella Violet«, sagte Ramón mit ausgesuchter Höflichkeit. »Es entspricht nicht den guten Sitten, mich zu unterbrechen.« Er tippte die

Spitze an. Das Stechen ließ sie zusammenzucken, und als sie hinunterschaute, färbte ein kleiner roter Fleck ihr weißes Kleid. Völlig ungerührt fuhr er mit derselben Höflichkeit fort: »Würdest du mir den Gefallen tun, dich hinzulegen und kein Wörtchen mehr zu unserer Unterhaltung beizusteuern? Etwas Ruhe würde bestimmt auch deinem Baby guttun, nicht wahr?«

Ramón schlug ihren Mantel zu und nickte mit dem Kinn zur ihrer Matratze an der anderen Wand. Der Glatzkopf ließ sie los.

Stille Tränen rannen ihr über die Wange, aber sie legte sich wortlos dort hin. Als würde es etwas helfen, rollte sie sich schützend zusammen und schloss die Augen.

»Also, wo waren wir stehen geblieben? Oder waren wir hier schon fertig?«, fragte Ramón nonchalant, als hätte er nicht gerade den Dolch ein Stück in den Bauch einer Schwangeren gerammt!

»Lasst Ihr meine Mutter frei, wenn ich Euch als Leibwächter diene?«, knurrte Raven und Arabella war klar, dass Ramón ihn nun genau da hatte, wo er ihn von Anfang an haben wollte.

»Weißt du, ich würde sie wirklich gern gehen lassen. Diese Zelle ist kein Ort für eine Frau«, heuchelte Ramón. »Aber leider hegt mein Leibwächter Zweifel daran, dass du nach ihrer Freilassung noch genügend motiviert wärst, dich der harten Ausbildung als Leibwächter zu unterziehen.«

Ramón, dieser falsche Hund, klang doch tatsächlich, als würde er das bedauern!

»Und weißt du, selbst ich muss auf den Rat meiner Fachleute hören. Aber wenn du dich gut machst, werden wir deine Mutter anständig unterbringen, keiner wird sie anrühren und sie wird mit allem Nötigen versorgt, nicht wahr?«

Arabella öffnete unter dem Schutz ihrer langen Wimpern ein klein wenig die Augen und sah, dass Ramón zu dem Glatzkopf blickte, als hätte der die Entscheidung in der Hand, wobei selbst ihr klar war, dass Ramón hier der unantastbare Machthaber war.

Der Glatzkopf musterte Raven: »Aber nur, wenn er herausragende Leistung zeigt, sonst lohnt sich die Ausbildung nicht.«

Ramón legte den Kopf leicht schief und schaute Raven fragend an.

»Das würdest du für deine Mutter doch bestimmt tun, oder nicht?

Ich würde es bedauern, so eine hübsche Frau der Willkür ungebildeter Männer zu überlassen, die von Charme und Etikette nichts verstehen.«

Charme und Etikette? Ramón würde sie von seinen Männern brutal vergewaltigen und töten lassen! Das war doch die eigentliche Botschaft!

Ara kochte vor unterdrückter Wut, obwohl sie zugleich furchtbare Angst hatte.

Es kam, wie es kommen musste.

Raven kapitulierte innerlich und leistete Ramón noch in der Zelle einen Treueschwur. Und dieser Bastard ließ Raven dazu sogar vor ihm auf die Knie gehen.

Mit gesenktem Kopf wurde Raven direkt im Anschluss samt Shirin aus der Zelle geführt. Sicher würden diese skrupellosen Monster seine Mutter als Faustpfand behalten und sie bei jedem Aufmucken seinerseits misshandeln.

Arabella war nun ganz allein in der Zelle. Immer wieder verkrampfte sich ihr Bauch. Falls es zur Geburt käme, wäre niemand da, um dem Baby auf die Welt zu helfen.

Irgendwann hörte Arabella viele, schnelle Stiefelschritte draußen und fragte sich, was das zu bedeuten hatte.

Rannten die vor irgendetwas weg?

Mit einem Ruck schwang die Tür auf. Das hellere Licht aus dem Flur blendete sie.

Man zerrte sie raus, durch lange Flure, bis sie schließlich in eine große Kapelle gelangten, wo Ramón bereits auf sie wartete. Vor dem Altar aus Granit stand ein Monstrum von Stuhl aus massivem Holz. Man zwang sie die Stufen hoch und dort Platz zu nehmen.

Während der schmierige Assistent mit Klebeband ihre Hände und Füße bombenfest an diesen Stuhl fesselte, erklärte Ramón: »Hier wird dein Käufer dich abholen, Arabella Violet, und du sollst ihm ja nicht davonlaufen. Wir schießen noch zwei Fotos von dir, damit er sich auch beeilt.«

»Wer?«, fragte sie mit trockener Kehle. »Wer hat mich gekauft?«

Lieber Gott, bitte lass es Vinzenz gewesen sein! Bitte, bitte, bitte!

»Dein galanter Besucher.«

Ich bin gerettet! Mein Baby ist gerettet!

Noch bevor sie über alles andere nachdenken konnte, fragte Ramón: »Und willst du auch wissen, wie viel du ihm wert warst, damit dein Lächeln für unser Foto entsprechend hübsch ausfällt?«

Neugierig, wie sie war, nickte sie natürlich.

»2,8 Millionen wird er in Scheinen und Goldmünzen für dich hinblättern. So und jetzt gibt uns dein schönstes Lächeln.«

2,8 Millionen?!

Und das trotz ihres zerstörten Gesichts?

Ihr wäre beinahe der Kiefer heruntergeklappt. Aber es war weiser, Ramón nicht zu verärgern, und so lächelte sie.

Der Assistent mit der Polaroidkamera machte eine Nahaufnahme von ihr, mit einem tragbaren Fernseher auf Höhe ihres Gesichtes. Dann trat der schmierige Typ weiter zurück, wohl um sie im Ganzen aufs Bild zu bringen.

»Jetzt darfst du aufhören zu lächeln, Arabella Violet, denn zum nächsten Bild passt das nicht mehr.«

Ramón spielte wieder Spielchen – wie gefährlich, wurde ihr klar, als er ihr eine Handgranate in die gefesselte Hand drückte, ihre Finger sorgsam darum schloss und sagte: »Brav zudrücken, sonst wirst du zerfetzt und dein Baby mit dir.«

Nach diesen Worten zog er den Splint aus dem Ding heraus und war innerhalb eines Wimpernschlages hinter den Assistenten getreten. Feige war er also auch noch!

In bloßem Horror klebte ihr Blick auf der todbringenden Granate in ihrer Hand und ihr wurde speiübel.

»So gefällt mir ihr Gesichtsausdruck«, hörte sie Ramón sagen und nahm aus den Augenwinkeln sein diabolisches Grinsen wahr. »Los, knips jetzt das zweite Foto! Er soll seinen Verstand verlieren, während er sie hier sucht, sonst ist er zu vorsichtig.«

Ramón spielte Spielchen und sie war seine Schachfigur! Aber welche und zu welchem Zweck?

Sobald das Foto geknipst war, steckte Ramón den Splint wieder hinein. Es sei ihm zu ungemütlich, so mit ihr zu reden, hatte er gemeint. Sie kochte innerlich und musste sich bremsen, ihm nicht die schlimmsten Verwünschungen an den Kopf zu werfen. Aber sie spürte instinktiv, dass dieses Monster ihr den spitzen Dolch gemächlich und grinsend in den Bauch stechen würde, sollte sie sich im Ton vergreifen.

»Ich sehe, du fragst dich, was deine Rolle ist, Arabella Violet. Dann sag mir: Was braucht man, wenn man eine Falle aufstellen will, dem ein Raubtier nicht widerstehen kann? Na?«

Sie hätte am liebsten stur die Kiefer aufeinandergepresst und geschwiegen. Sein Spielchen verbal mitzumachen, widerte sie an. Aber um Susis willen ...

»Sie brauchen einen Köder – mich in diesem Fall, oder?«

»Richtig.«

Sie war also das Bauernopfer auf seinem Schachbrett!

»Und wäre ich eine dankbare Person, würde ich mich jetzt bei dir bedanken, Arabella Violet, denn du bist nicht nur eine unwiderstehliche Beute – und das, obwohl du abstoßend aussiehst –, sondern du wirst mir auch noch ein Vermögen einbringen.«

Diese ganze Aktion und seine Worte schärften ihren Verstand und zeigten Ramón in all seiner Grausamkeit. Und nun fiel auch die kultivierte, höfliche Maske von ihm ab und sein Gesicht verwandelte sich in eine böse Fratze.

»Leider kann ich diesen Vinzenz nicht höchstpersönlich unter meinem Stiefel zermalmen! Aber dafür werde ich ihn nicht nur töten, ich werde ihn quälen, und zwar bis in sein Inneres! Denn sobald dein Retter durch diese Tür stürmt, löst er eine Explosion aus, die euch beide unter den Betonmassen begräbt. Ihn tötet das vermutlich nicht sofort, er soll schließlich noch zusehen, wie du völlig zerquetscht und blutend unter den Brocken liegst, während er qualvoll in der Sonne verbrennt, weil das Dach nicht mehr da sein wird, um ihn vor dem Licht zu schützen. Genial, oder? Und falls er es doch bis zur Tür schafft, wird die wegen der Explosionen so zugeschüttet sein, dass noch nicht mal ein Vampir herauskommt.«

Sie würde sterben und Susi mit ihr!

Und Vinzenz würde zu allem Überfluss ihretwegen in diese Falle tappen und ebenfalls sterben, ohne sie retten zu können.

Was für ein teuflischer Plan!

Jetzt verstand sie auch, was die anderen Leute in dieser Kapelle getan hatten: An der Tür war ein Gerät aufgestellt worden, das einen

Laserstrahl aussandte, und Kabel führten zu mehreren grauen Päckchen an der Decke.

»Dieser Vinzenz denkt, er könnte herkommen und mich vernichten! Aber ich werde bereits weit, weit weg sein. Du siehst also, ich gewinne immer!« Mit einem Ausdruck des Triumphes wandte Ramón sich an den Assistenten: »Wenn alles fertig ist, kleb ihr den Mund gut zu, wir wollen ja nicht, dass sie die Überraschung vorher verrät. Und vergiss nicht, den Splint wieder herauszuziehen. Sonst fehlt dem Ganzen doch die Würze und mir wäre vorzuwerfen, ein Käufer bekäme nicht, was ich ihm auf den Fotos zeige.«

»Getreu dem Motto: You get what you see«, stieß der Assistent höhnisch grinsend aus.

Bevor Ramón sich zum Gehen wandte, schaute er kurz auf einen Punkt über ihr und zu ihrem Erstaunen zeigte sein Gesicht plötzlich Furcht. Verwundert folgte sie seinem Blick. Direkt hinter ihr, über dem Altar, hing ein riesiges Kreuz.

»Ich hasse Kreuze!«, stieß er aus und wich sogar einen Schritt zurück. »Selbst ihren Anblick kann ich kaum ertragen.«

Es war ebenso offensichtlich wie interessant, dass dieses Kreuz Ramón eine Heidenangst einjagte. Und er wirkte nicht gerade wie jemand, der sich leicht Angst einflößen ließ.

»Jesus soll an einem Kreuz krepiert sein und dieses da wurde aus den Bahnschienen gefertigt, die in ein KZ geführt haben. Ich verstehe beim besten Willen nicht, warum jemand den Inbegriff von Tod und Niederlage zur Verehrung aufhängt.«

Seltsam – für sie hatte das Kreuz immer etwas mit Vergebung und Hoffnung zu tun gehabt ...

Kapitel 17

Minuten später war es in der Kapelle totenstill.

Sie saß da, mutterseelenallein, mit einer Granate in der Hand, deren Splint herausgezogen war.

Ihre Handgelenke waren so unbeweglich mit Klebeband an die Stuhllehne gefesselt, dass sie die Granate niemals weit genug werfen könnte, ohne selbst davon zerrissen zu werden.

Aber Vinzenz war ein Vampir. Vielleicht gab es für ihn ja doch irgendeine Möglichkeit, sie zu retten. An etwas anderes wollte sie gar nicht denken! Sie müsste nur durchhalten und dieses tödliche Ding am Explodieren hindern, bis er hier wäre. Was hatte Shirin nochmal gesagt? *Durchhalten und überleben, bis sich eine Chance für die Freiheit ergibt.*

Ihre Gedanken wurden jäh von einer Wehe unterbrochen. Unfähig, sich zu bewegen, stöhnte sie in ihren Knebel und krallte die Finger ihrer freien Hand um die Stuhllehne.

Atmen!, hatte Shirin gesagt, also tat sie wenigstens das. Als die Wehe endlich vorbei war, schluchzte sie und ließ ihren Tränen freien Lauf.

Irgendwann wurde es schwerer, den Hebel an die Granate zu drücken, denn ihre Muskeln verkrampften sich und der wiederkehrende Wehenschmerz wurde immer schlimmer.

Stell dir vor, es sei ein Fotoshooting!, ermahnte sich Ara im Geiste. *Und du bekommst einen riesigen Batzen Geld dafür, still zu sitzen und dieses Ding zu halten, während du Krämpfe wegen deiner Tage hast. Das wäre machbar! Beiß einfach die Zähne zusammen!*

Zähne zusammenbeißen.

Atmen.

Zähne zusammenbeißen.

Nach einer Weile schmerzten ihre Finger- und Handmuskeln extrem und die nicht enden wollenden Wehen taten ihr Übriges. Egal welches Shooting! Egal wie viel Geld! Sie hätte längst das Handtuch geworfen!

Ich muss durchhalten! Für mein Baby! Für meine Susi!, ermahnte sie sich nun.

Durchhalten.

Für Susi!

Durchhalten!

Irgendwann hatten die Wehen aufgehört.

War das nun ein gutes oder ein schlechtes Zeichen?

Vermutlich spielte es keine Rolle mehr, denn ihre Hand war mittlerweile taub. Und sosehr sie die scharfe Granate auch halten wollte, wusste sie, dass sie jeden Moment aus ihrer Hand fallen würde.

Tränen liefen über ihre nassen Wangen.

Sie war hier ganz allein.

Was sollte sie nur tun?

Was konnte sie überhaupt tun, an diesen Stuhl gefesselt?

Lieber Gott, ich kann nicht mehr! Bitte hilf mir! Wenn schon nicht meinetwegen, dann wegen Susi! Sie ist doch noch so klein und unschuldig!, schrie sie im Geiste und hörte nicht mehr auf, denn ihr war klar, dass das ihre letzten Sekunden sein würden.

Als der Transporter endlich anhielt, sah Vinz auf seine Rolex.

»Scheiße, die Sonne steht schon am Himmel!«

Wenn der Kühlwagen jetzt mitten im Tageslicht stand und jemand ihn öffnete, sah er alt aus - beziehungsweise recht schnell verkohlt.

Die Ladeklappe begann sich langsam zu senken.

Er hörte Schritte, die sich fluchtartig entfernten.

Kein gutes Zeichen.

Wie könnte er sich hier vor dem Sonnenlicht verbergen?

Gar nicht!

Und der Innenraum des Kühlwagens war so eng, dass sich nicht mal die Türen seines Firebird öffnen ließen!

Er starrte auf den Spalt über der Ladeklappe, der von Sekunde zu Sekunde breiter wurde. Doch zu seiner großen Erleichterung drang kein Sonnenstrahl herein. Kurz darauf erkannte er, dass man das Fahrzeug in einer unterirdischen Halle geparkt hatte. Als die Klappe den Boden berührte, fuhr er mit seinem Wagen rückwärts hinaus und schaute sich zunächst um. Ein paar Meter vor ihm lagen ein Kuvert und ein Funkgerät auf dem Boden. Blitzschnell stieg er aus und riss das Briefkuvert auf. Ein Foto lag darin.

Arabella, an einen Stuhl gefesselt. Und als Waffenexperte erkannte er sofort die scharfe Granate in ihrer Hand. Sobald sie den Griff losließ, würde die Explosion sie in Stücke reißen!

Er griff nach dem Funkgerät und schrie hinein: »Wo? Wo ist sie? Ich habe für sie bezahlt!«

»Du bist spät dran, Wächter.«

Wie Ramón das herausgefunden hatte, war ihm im Moment völlig egal.

»Wo ist sie? Ich bring dich um!«

»Du willst mich umbringen? Dann komm doch und hol mich! Du hast die Wahl: Wir sind beide hier, in diesem Gebäudekomplex. Aber der hat unzählig viele Türen, nicht wahr? Du kannst sie suchen und retten oder mich finden und töten. Aber du kannst nicht uns beide haben und musst dich schnell entscheiden, ich werde nämlich nicht auf dich warten.«

Diabolisches Gelächter dröhnte aus dem Funkgerät und er zermalmte es in seiner Faust.

Dieser Blutfürst war für so viele Morde, für so viel Leid verantwortlich! Es gierte ihn seit Langem danach, seinen Dolch in Ramóns Blut zu baden, sein Herz damit aufzuspießen! Vielleicht könnte Arabella diese Granate ja noch ein wenig länger halten, damit er diesen Scheißkerl erledigte, bevor der sich aus dem Staub machte? Was wäre schon eine halbe Stunde?

Ein Risiko!, schrie sein Inneres auf.

Ramón hatte in einem recht: Er musste sich hier und jetzt entscheiden: Wollte er Rache oder Arabella, von der er gar nicht wusste, ob sie seine Gefühle je erwidern würde, sobald er sie gerettet hätte?

Wenn er Ramón umbrächte, wäre dessen Menschenhändlerring zerstört und das würde für die Zukunft unzählige andere Leben retten – nur eben nicht Arabella.

So viele Jahre hatte er nur seinem Rachedurst nachgegeben, sie war sein einziger Lebensinhalt gewesen – bis ein Engel aufgetaucht war und sich ihm regelrecht in den Weg gestellt hatte. Auch wenn sie kein echter Engel war, hatte sich durch sie etwas Fundamentales in seinem Inneren verändert. Auf einmal gab es mehr, es gab Licht, Wärme und Liebe.

Liebe - nun war das Wort heraus und mit einem Mal fühlte er sich ziemlich verwundbar.

Auf recht eigenartige Weise war Benedikts Gebet wohl doch erhört worden. Aber ließ er sich von diesem Engel, der gar keiner war, wirklich aufhalten?

Es blieb seine Entscheidung.

Hier und jetzt.

Er schloss die Augen, konzentrierte sich und öffnete sich für sein besonderes Gespür wie nie zuvor. Arabellas Blut verriet ihm, dass sie tatsächlich an diesem Ort war. Außerdem hatte sie Schmerzen und Todesangst! Warum er auch das spürte, verstand er nicht, doch er begann zu rennen, schneller und immer schneller. Jede Tür, die ihm im Weg stand, riss er aus den Angeln. Sein Innerstes leitete ihn, mit jedem Schritt kam er ihr näher.

Das muss eine Falle sein!, schrie sein Verstand, als er vor der letzten verschlossenen Tür stand, die ihn von Arabella trennte. Er wollte gerade vorsichtig prüfen, ob sie verdrahtet war, da hörte er von innen den Aufschlag eines Metallgegenstandes und ein Rollen.

Die Handgranate! Falls Arabella die hatte fallen lassen, gab es nur ein paar kostbare Sekunden, die ihren Tod noch hinauszögerten!

Er warf alle Vorsicht über Bord und trat mit brachialer Gewalt die Tür ein.

Arabella saß gefesselt auf einem Stuhl, die kullernde Handgranate kam ein paar Meter von ihr zum Stillstand. Absolut tödlich!

Obwohl hinter ihm ein verdächtiges Piepen an seine Ohren drang, hatte er keine Zeit, einen Gedanken daran zu verschwenden. Er raste zur Granate, schnappte sie und warf sie mit aller Kraft durch eines der schwarz übermalten Fenster nach draußen. Das Piepsen wurde zum Dauerton und ein Blick zur Tür verriet den Grund. Beim Hereinstürmen hatte er einen Laserstrahl durchbrochen, der in diesem Moment mehrere Detonationen auslöste.

Wie in Zeitlupe sah er die Decke über Arabella einstürzen und eine Wand, die in dieser Sekunde bereits den Eingang verschüttete. Die

Lage war aussichtslos, sie würden nicht mehr entkommen, trotz seiner übernatürlichen Geschwindigkeit als Vampir. Dennoch würde er alles versuchen.

Mit einem Hechtsprung warf er Arabella samt dem Stuhl von der Seite her um – sodass sie mit dem Rücken am schützenden, steinernen Altar zum Liegen kam – und bedeckte gleichzeitig ihren restlichen Körper mit seinem. Ein kurzer Blick nach oben verriet ihm, dass sich das schwere Metallkreuz durch die Explosion gelöst hatte und direkt auf sie zuraste.

Er schloss die Augen.

Nimm mich, aber lass Arabella leben!

Es gab zwei laute Einschläge, Metall auf Stein, von denen seine Ohren dröhnten. Durch seine geschlossenen Lider registrierte er, dass es dunkel wurde. Hörbar knallten überall Betonbrocken mit Wucht auf den Boden, der davon heftig erschüttert wurde. Aber er selbst spürte nur kleinere Bröckchen und Staub im Gesicht, sonst nichts.

War sein Genick gebrochen? Spürte er deswegen nichts?

Hatte das Kreuz sie beide durchstoßen?

Schließlich löste Stille den Lärm ab. Er öffnete die Lider und hatte zunächst nur Staub vor Augen. Aber in jedem seiner Glieder war Gefühl.

Dann sah er das riesige Kreuz, dass sich schützend über Arabella und ihn gelegt hatte, ohne ihnen dabei auch nur ein Haar zu krümmen. Das lange, untere Ende des Kreuzes lag über dem steinernen Altar. Das sich kreuzende, obere Metallteil erstreckte sich direkt über ihnen bis hin zum Boden und hatte eine riesige Betonplatte aus der Decke über sich liegen. Zusammen mit dem Altar ergab das einen kleinen, geschützten Raum, dessen seitliche Öffnungen mit Trümmern verdeckt waren. Es war gerade genug Platz für sie zwei und ein bisschen Bewegungsfreiheit. Ein wenig Licht drang durch Ritze, nicht genug, um ihm zu schaden.

Der Staub ließ Arabella husten, jedoch nicht richtig, wegen des Klebebands vor ihrem Mund. Er richtete sich über ihr auf, so weit das ging, und kniete sich dann vor sie.

»Willst du das im Gesicht lieber selbst machen? Ich möchte dir nicht wehtun.«

Sie nickte, also zerriss er so rasch und behutsam wie möglich das Klebeband an ihren Händen und Füßen und löste anschließend in Windeseile die Reste davon ab.

Er half Arabella, sich aus dem Stuhl heraus und in die Hocke zu manövrieren. Dort schloss sie ihre Augen und riss das Klebeband an ihrem Mund mit einem Ruck weg.

Okay, so hätte er das natürlich auch machen können.

»Besser schnell ab damit wie beim Waxing.«

Waxing? Schon wieder dieser Begriff. Was das war, würde er sie später fragen. Jetzt gab es erst mal Wichtigeres. Er musterte sie von oben bis unten, so gut es in dieser Lage ging.

»Hast du Verletzungen? Geht es dir gut?«

Sie hob eine Augenbraue. »Ob es mir gut geht? Im Ernst?«

Er krümmte sich förmlich unter ihrem Blick.

»Na ja, den Umständen entsprechend?«, fragte er vorsichtiger.

Sie sah auf ihren Babybauch.

Okay, das im Speziellen hatte er auch nicht gemeint, aber ...

»Susi scheint alles überstanden zu haben. Aber ich habe seit Tagen weder meine Haare noch mein Make-up richten können. Aus meinem Körperschweiß ist vermutlich schon eine Biowaffe geworden und meine Fingernägel sehen zum Heulen aus. Und erst meine Klamotten ...!«

Okay – das klang für ihn jetzt nicht nach Verletzungen. Allerdings wurde ihr Atmen hektisch, ihr Herz schlug viel zu schnell und Tränen quollen aus ihren Augen. Er musste unbedingt etwas tun, sonst würde ihr Körper aufgrund des posttraumatischen Stresses im Nachhinein doch noch versagen! Schock nannte Alva so etwas.

Er nahm ihr Gesicht sanft in beide Hände, sodass sie ihn ansehen musste.

»Versuch dich zu beruhigen, Arabella.«

»Beruhigen?!«

Ihre Augen weiteten sich empört.

Okay, falscher Ansatz.

»Ich bin jetzt hier, Arabella. Es ist vorbei, hörst du? Versuch tief durchzuatmen.«

Sie wäre frei, sobald er die kleineren Trümmer an einer Seite weggeschafft hätte. Und das müsste bald geschehen, denn vermutlich würde für sie die Luft bald knapp werden.

Seine neuerlichen Worte halfen leider auch nicht viel.

Falsche Taktik, würde John wohl sagen.

Also schloss er Arabella vorsichtig in seine Arme.

Sie legte weinend ihren Kopf an seine Brust und er streichelte über ihre Haare. Das schien die richtige Taktik zu sein.

»Gut so, Arabella, du atmest ruhiger.«

»Dieser Scheißkerl Ramón wollte dich in die Falle locken, er selbst ist längst weg! Aber was ist, wenn von den anderen noch einer da ist?«

Ramón war längst weg?

Hätte er seinem Rachedurst nachgegeben, wäre Ara jetzt tot und er würde sich Vorwürfe bis zum Rest seines langen Lebens machen!

»Falls noch einer von Ramóns Handlangern übrig ist, dann bringe ich ihn um, versprochen.«

Kaum gesagt, wurde ihm klar, dass er hier drin feststeckte. Denn anders als Arabella würde das Tageslicht ihn verbrennen.

»Ich kann also wieder nach Hause?«

Er hätte sie lieber für sich behalten, für immer. Aber das wollte sie anscheinend nicht und er würde sie nie gegen ihren Willen gefangen halten.

»Ja, du kannst wieder nach Hause«, sagte er und küsste ihre Stirn.

In diesem Moment stieg ihm der Geruch ihres Blutes in die Nase. Nicht viel, aber es alarmierte ihn.

Ihre Atmung hatte sich inzwischen normalisiert, also fragte er erneut: »Kannst du mir jetzt sagen, ob du irgendwo verletzt worden bist?«

Sie überlegte einen Moment.

»Ich hatte stundenlang diese nervigen, ziehenden Wehen, die haben mich fast irre gemacht! Und dann waren sie auf einmal weg! Aber verletzt bin ich nicht. Na ja, bis auf die Warnung, die Ramón mir zukommen ließ.«

»Welche Warnung?«, knurrte er.

Sie öffnete ihren Mantel und ein Blutfleck auf ihrem Kleid wurde sichtbar.

»Lass mich das ansehen, ja?«

Er öffnete den Mantel und riss an der blutigen Stelle vorsichtig ihr Kleid ein Stückchen auf.

»Dieses Schwein hat seinen Dolch auf meinen Bauch gedrückt, weil ich verhindern wollte, dass Raven sich vom ihm manipulieren lässt.« Sie schluchzte. »Jetzt muss er diesem Monster dienen.«

»Das ist zum Glück nur eine kleine, oberflächliche Wunde. Das bekomme ich hin.«

Ihre Augen weiteten sich, als er sich hinunterbeugte und mit seiner Zunge darüber leckte.

»Sieh her.«

Vor ihren Augen schloss sich die Haut.

»Warum leben wir eigentlich noch?«, fragte Ara und schaute sich um.

»Das ist ein Wunder«, murmelte er und wischte sich den Staub von den Augen.

»Es ist das Kreuz, oder?«, hauchte sie. »Das Kreuz, vor dem Ramón solche Furcht hatte. Es ist aus den Eisenbahnschienen eines KZ gemacht worden.«

Ara begann zu keuchen und diesmal lag es nicht nur am Staub. Ihr ging langsam, aber sicher die Luft hier drin aus. Besser, er klärte sie darüber nicht auf, sonst würde sie in Panik geraten. Er selbst würde viele Stunden länger überleben als sie, weil sein Körper bei zu wenig Sauerstoff wie bei einem Winterschlaf alles herunterfahren und in eine Art Koma fallen würde. Die Explosion blieb sicher nicht unbemerkt von den Wächtern und sie würden ihn bei Einbruch der Nacht bergen.

»Ich werde an diesem Ende die Trümmer beiseiteräumen, damit du rauskannst.«

Etwas umständlich wegen des beengten Raums zog er aus der Hosentasche seinen Autoschlüssel.

»Hier, der gehört zu meinem schwarzen Pontiac. Er steht hier irgendwo auf dem Gelände, am Eingang einer unterirdischen Halle. Diese Explosion war weiter weg, also ist der Wagen vermutlich noch fahrtüchtig.«

»Und du?«

Das Sonnenlicht war unbarmherzig zu Vampiren. Wenn er Glück hätte, wären nach dem Wegräumen der Trümmer nur seine Hände verkohlt und sein gesamtes Gesicht inklusive der Augen verbrannt – falls man das als Glück bezeichnen würde.

»Denk jetzt an dich und deine Susi«, sagte er jedoch nur und holte einen Kugelschreiber aus seiner Jackentasche. Papier hatte er allerdings nicht dabei. »Gib mir bitte deinen Arm.«

»Was willst du denn mit meinem Arm?«

»Ich schreib dir die Nummer von meinem Freund Elia auf. In meinem Wagen ist ein Autotelefon. Ruf ihn an und sag ihm, wer du bist und wo ich bin. Er wird dir helfen. Seine Frau Sarah hat mir warmen Tee und Sandwiches für dich mitgegeben. Liegt alles im Auto.«

Kapitel 18

Während Vinz auf ihren Unterarm die Telefonnummer schrieb, fragte Ara: »Woher kennst du eigentlich den Namen meines Babys?«

»Nachdem wir uns das erste Mal auf der Straße begegnet sind, habe ich dich überall gesucht, Arabella. Ich befürchtete, dass du genau dem Menschenhändler in die Hände läufst, den ich zur Strecke bringen wollte. Ich fand deinen Modelvertrag in der leer stehenden Kneipe, dort hattest du deine Adresse aufgeschrieben. Ich hoffte so sehr, du wärst in deiner Wohnung, aber da warst du nicht und dann habe ich dort nach Hinweisen gesucht. Dabei ist mir dein kleines pinkfarbenes Buch in die Hände gefallen.«

»Du hast nach mir gesucht?«, fragte sie völlig verblüfft.

»Die meisten anderen Mädchen haben wir zum Glück unversehrt, aber betäubt in einem Container auf dem Hafengelände gefunden. Sie sollten verschifft werden.«

»Die Mistkerle hatten etwas in den Sekt gemischt, um die Mädchen zu betäuben. Bei mir hatten sie diese linke Tour auch versucht, doch ich hatte es rechtzeitig bemerkt. Aber warum hast du ausgerechnet nach mir weitergesucht?«

»Du und dein Baby seid mir nicht mehr aus dem Kopf gegangen. Und ich bin heilfroh, dich endlich gefunden zu haben.«

Er legte die Hand auf ihren Bauch und küsste ihre Stirn, ließ seine Lippen verweilen und versuchte, dieses Gefühl für immer in seinem Gedächtnis zu bewahren.

»Niemand anderer hätte nach mir gesucht«, hauchte Arabella mit Tränen in den Augen.

Gleich darauf holte Ara zischend Luft und er spürte, dass sich ihr Bauch unter seiner Hand veränderte. Er wurde irgendwie hart.

»Was ist los, Ara?«

»Es tut so verdammt weh!«

»Was?«

»Die Wehen! Das müssen die Wehen sein. Sie sind wieder da. In der Zelle und später auf diesem dämlichen Stuhl wurden sie immer schlimmer und kamen häufiger. Dann hörte es auf, bis jetzt.«

Es würde also nicht helfen, nur ein kleines Luftloch für Arabella zu graben und den Sonnenuntergang abzuwarten. Diese Idee war ihm inzwischen gekommen. Nein, sie musste schnellstens hier raus, weil ihr Baby unterwegs war.

Er biss die Zähne zusammen und stählte sich innerlich gegen die grausamsten Schmerzen, die ein Vampir erleiden kann: das Sonnenlicht. Dann begann er, mit seinen bloßen Händen und der übermenschlichen Stärke seiner Art, die schweren Betonbrocken nach draußen ins Tageslicht zu stoßen und zu schieben. Arabellas menschliche Kraft hätte dafür niemals ausgereicht, deshalb musste er das erledigen, selbst wenn er dafür brennen würde.

Als er den ersten, kleinen Durchbruch schaffte, hörte er, wie Arabella die frische Luft in tiefen Atemzügen einsog. Endlich hörte ihr Keuchen auf!

»Gott sei Dank«, murmelte er, strich sich die Haare aus dem Gesicht und hielt einen Moment inne. Erst jetzt begriff er, riss seinen Blick von Arabella weg und schaute auf seine Hände. »Das gibt's doch nicht!«

Sie waren nicht verbrannt, noch nicht einmal bösartiges Rot war darauf zu erkennen! Sprachlos starrte er darauf und drehte sie ungläubig vor seinen Augen.

Hatte er seine Hände instinktiv so unfassbar schnell aus dem Tageslicht gezogen?

Er gab sich keine Zeit, darüber nachzudenken, sondern holte tief Luft, biss wieder die Zähne zusammen und vergrößerte das Loch, indem er einen weiteren, schweren Brocken nach draußen stieß.

Aber auch da: kein Schmerz!

Völlig erstaunt schüttelte er den Kopf.

Aber was auch immer da draußen vor sich ging, er würde es ausnützen und so schnell wie möglich eine Öffnung schaffen, die groß genug für Ara war.

Dank seiner Vampirkräfte dauerte das nicht mehr lange.

Gleich darauf schälte er sich in dem kleinen Raum umständlich aus seiner Lederjacke und legte sie auf die Trümmerreste im Ausgang. Danach wich er aber – so weit es eben möglich war – von der Öffnung zum Tageslicht zurück.

»Sei vorsichtig, wenn du rauskrabbelst, Ara«, warnte er sie. »Da liegen überall scharfkantige Betonstücke.«

»Nicht nur, dass du den Namen meines ungeborenen Babys kennst, nein, du hast mir auch gleich noch einen Spitznamen verpasst«, meckerte sie halbherzig, während sie auf allen vieren aus ihrem Unterschlupf kroch.

Mit einem Lächeln rief er ihr hinterher: »Du warst ja nicht da, um dich zu beschweren.«

Er hatte es geschafft: Sein Engel war frei! Ihm wurde regelrecht warm ums Herz, als er Ara nach allem, was sie durchgemacht hatte, in die Freiheit gehen sah. Aus dem Schutz des Unterschlupfs heraus, folgte er mit seinem Blick jeder ihrer Bewegungen. Nur der Mantel von ihm, den Ara trug, würde sie begleiten, wo auch immer sie hinging, während er selbst im Schutz des Halbdunkels gefangen war.

Einige Meter weiter richtete sich Ara auf. Es hatte fast etwas Mystisches an sich, wie draußen eine Wand aus Schnee um sie herumwirbelte. Sie würde ebenso geheimnisvoll verschwinden wie damals auf dem Dach des Hochhauses. Leider schien sie trotz seines Kaschmirmantels im eisigen Wind zu zittern und er presste seine Kiefer zusammen, weil er sie nicht davor schützen konnte. Außerdem hatte sie Mühe, sich bei diesem Sturm – der noch schlimmer geworden war als bei seinem Aufbruch – überhaupt auf den Beinen zu halten. Tapfer schritt sie vorwärts, aber ihr Fuß glitt in dem Trümmerfeld ab und knickte um.

Kein Wunder, bei diesen Absätzen!

Sie schrie auf, sank auf ihre Knie und kam nicht mehr hoch.

»Mist, Mist, Mist!«, schrie sie gegen den Wind an. »Ich kann nicht mehr auftreten! Und jetzt auch noch so eine blöde Wehe!«

Sie krümmte sich vor Schmerzen und musste sich schwer atmend mit den Händen in den Trümmern abstützen, und das inmitten dieses eiskalten Schneesturms!

Es zerriss sein Herz; sie so zu sehen, ließ ihn schier durchdrehen! Alles in ihm schrie, zu ihr zu eilen, sie zu beschützen und ihr zu helfen. Doch das alarmierende Gespür, dass es Tag war, diese ureigene Angst, die jeden

Vampir mit Macht rechtzeitig in den Schutz der Dunkelheit zog, kämpfte dagegen an. Aber er sah sie in der Kälte leiden und konnte es nicht ertragen, untätig zu sein. Mit einem Knurren bäumte er sich innerlich auf und entgegen jedem Überlebensinstinkt und in Erwartung des Schmerzes, hechtete er hinaus. Draußen stand er auf, wollte eigentlich sofort zu ihr eilen, verharrte aber wie im Schock, denn seine Haut brannte nicht und da war auch kein Schmerz.

Wie konnte das sein?

Er blickte zum Himmel hoch.

Dieser tobende Schneesturm des Jahrhunderts, für den er Gott in den letzten Stunden am liebsten verflucht hätte, sorgte dafür, dass der Himmel nahezu schwarz verfärbt und die Sonne nicht zu sehen war.

»Das ist schon das zweite Wunder heute«, sagte er, während er zu Arabella ging.

Er kniete sich vor sie und begutachtete ihren Fuß.

»Was? Dass ich umgeknickt bin, ist ein Wunder?«

»Nein, das nun wirklich nicht. Dein Knöchel ist verstaucht oder gebrochen, so genau kann ich das leider nicht sagen.«

»Diese Absätze bringen mich noch um!«

»Stimmt. Ich hätte dich beinahe überfahren, weil einer im Gully stecken geblieben ist«, scherzte er. »Für einen Moment dachte ich wirklich, ich fahre einen Engel platt.«

Die Wehe hatte nachgelassen und sie lächelte doch tatsächlich.

Hinter ihnen gab es ein lautes Krachen. Arabella zuckte zusammen und er legte instinktiv einen Arm um sie und zog sie schützend an sich. Sein Blick wandte sich allerdings sofort zu der möglichen Gefahr.

Die Betondecke über dem Kreuz brach auseinander und fiel in den Raum, der ihnen zuvor Schutz geboten hatte. Sein Unterschlupf vor dem Tageslicht wäre also nicht von langer Dauer gewesen.

Ara schaute vorsichtig über seine Schulter auf das nun sichtbare Kreuz aus Eisenbahnschienen.

»Er hat sich geirrt. Es ist kein Zeichen der Niederlage«, flüsterte sie so leise, dass er es ohne seine Vampirohren nicht gehört hätte.

»Komm, ich trage dich zu meinem Wagen.«

»Warte«, bat sie ihn, den Blick auf das Kreuz geheftet. »Bist du stark genug, um es aufzurichten?«

Er musterte kurz die Metallkonstruktion.

»Ja, kein Problem. Wieso?«

»Dieser Scheißkerl von Ramón wollte uns beide durch die Explosion zerquetschen und hat sogar Gott noch verspottet. Aber er hatte Angst vor diesem Kreuz und ich will, dass er es sieht und es ihn bis in seine Träume verfolgt. Er soll wissen, dass er nicht gewonnen hat.«

Ob Arabella noch mehr über Ramón und seine Pläne wusste? Er würde später nachfragen. Jetzt mussten sie schleunigst hier weg. Rasch kam er noch ihrer Bitte nach und richtete das Kreuz inmitten der Trümmer auf. Er lehnte es gegen den steinernen Altar, sodass es stehen blieb. Als er zurück zu Arabella kam, sah er sich um. Sie beide befanden sich in einem Krater, denn diese Kirche gehörte zu einem großen Komplex, dessen restliche Gebäude intakt geblieben waren. Allem Anschein nach war dies eine alte Militäreinrichtung, wie John vermutete hatte. Er war hier früher mal vorbeigefahren, sie befand sich ein Stück außerhalb der Stadt.

Als er Arabella gerade auf die Arme heben wollte, verzog sie das Gesicht.

»Schon wieder eine Wehe?«

Blass und mit Schneeflocken an den schönen Wimpern, schüttelte sie den Kopf.

»Ich weiß nicht. Ich – oje, das ist peinlich«, stockte sie mit einem Mal.

»Was ist denn? Spuck's aus!«

Nicht zu wissen, was mit ihr los war, schürte eine ungewohnte Angst in ihm.

Sie blickte an sich herunter und flüsterte beschämt: »Ich glaube, ich habe mir ins Höschen gemacht.«

Wie aufs Stichwort nahm seine Nase trotz des starken Winds den Geruch auf.

»Das ist etwas anderes, Ara.«

»Was soll das denn sonst sein, hä?«, gab sie keck zurück, aber dann legte sich ihre Stirn in Falten und sie blickte wieder auf ihren Bauch.

»Oje, oje, oje! Dann war das die Fruchtblase! Meine Fruchtblase ist geplatzt! Mist, Mist, Mist!«

»Du musst sofort ins Krankenhaus.«

Ein weiteres Mal schaute er nach oben. Sobald der Sturm nachließ, würde der Himmel heller werden und er anfangen zu verbrennen. Aber Arabella würde mit ihrem Fuß weder laufen noch in ihrem Zustand selbst Autofahren können.

Und die Zeit drängte!

Vinz beugte sich zu Arabella hinunter, hob sie auf seine Arme und trug sie über das Geröll nach oben in Richtung des nächsten erreichbaren Flachdaches.

»So leichtfüßig, wie du gehst, könnte man denken, ich bin leicht wie eine Feder.«

»Ich bin ein Vampir«, erwiderte er, doch bei seinem Kommentar kräuselte sich enttäuscht ihre Stirn. Daher schob er schnell hinterher: »Aber du bist auch leicht wie eine Feder.«

Es musste das Richtige gewesen sein, denn ihr Gesicht hellte sich auf und ihre Stirn glättete sich wieder.

»Warte«, bat sie abrupt, als sie auf dem ersten Dach angelangt waren.

Dabei legte sie ihre Hand auf seinen Oberarm. Die könnte da für immer bleiben, denn es fühlte sich gut an, ebenso wie ihr warmer, weiblicher Körper in seinen Armen.

»Was ist denn, Ara?«

»Ich möchte mir diesen Anblick für den Rest meines Lebens einprägen.« Er folgte ihrem Blick. Unten, mitten im Krater stand hoch aufgerichtet das Kreuz. »Es steht da wie ein Zeichen des Sieges und des Lebens inmitten der ganzen Trümmer. Es ist wirklich ein Wunder, dass wir überlebt haben, genau wie du sagtest.«

Und dass er hier immer noch stand und nicht verkohlte, war ebenfalls ein Wunder! Aber es würde nicht ewig andauern, also beeilte er sich.

Kapitel 19

Während Vinz mit der Geschmeidigkeit einer Raubkatze im Schneetreiben über die flachen Dächer lief und sprang, schaute er immer wieder in ihr Gesicht, konnte sich einfach nicht daran sattsehen.

»Deine Augen sind atemberaubend. Violett wie ein Charoit. Mit schwarzen und weißen Nuancen sieht es aus, als tobe ein Sturm in deinen Augen.«

Ein Sturm, der ihn geradezu in sich hineinsog.

»Du bist wunderschön, Ara.«

»Es ist lange her, dass das jemand zu mir gesagt hat«, erwiderte sie und schniefte dabei.

»Aber du musst in Zukunft unbedingt mehr essen. Ich werde mit dir einkaufen. Und anschließend werfe ich diesen ganzen Diätkram aus deinen Schränken!«

»Woher weißt du denn, was in meinen Schränken ist?«

»Ich hab nachgesehen«, erwiderte er und gab sich keine Mühe, sein leichtes Grinsen zu verkneifen.

»Ich muss nach der Geburt aber unbedingt wieder dünn werden!«

»Size zero was?«

Sie nickte mit gequälter Miene.

»Das ist so ein Quatsch! Ich habe diese dürren Mädchen in der Agentur gesehen. Die waren abgemagert wie nach einer Hungersnot! Das ist unnatürlich. Außerdem hat deine Agentin gemeint, deine Karriere wäre sowieso vorbei.«

Ara brach in Tränen aus. »Das hat sie wirklich gesagt?«

Er bereute sofort seine Worte, doch es war zu spät und er nickte wahrheitsgemäß.

»Aber von was sollen wir denn dann leben?«, schluchzte sie.

»Lass das meine Sorge sein.«

Sie sah ihn mit ihren großen, violetten Augen an.

»Wie meinst du das?«

»Genau, wie ich es sagte. Da hinten müsste mein Firebird stehen, wir sind gleich da.«

Ihre Stirn legte sich schon wieder in Falten.

»Du hast mich gekauft. Ist es das? Ich bin jetzt dein Eigentum, oder?«

Er nahm sie augenblicklich fester in die Arme, seine Handlung betrog seine Worte.

»Du bist frei. Ich bin ein Wächter. Wir beteiligen uns nicht am Menschenhandel.«

»Aber warum hast du mich dann für diese ungeheuer hohe Summe gekauft, und das, obwohl ich wertlos bin?«

Sichtlich beschämt legte sie eine Hand auf ihre vernarbte Wange.

»Du klingst wie deine Agenturchefin. Hast du mal in den Spiegel gesehen?«

»Ja, leider«, presste sie hervor und wandte mit Tränen in den Augen ihr Gesicht ab.

»Hör auf, dich zu verstecken, Ara.« Er schob ihre Hand beiseite und strich sanft über ihre linke Wange. »Du bist viel mehr als diese Narben. Für mich bist du wunderschön. Als du vor meinem Wagen aufgetaucht bist, dachte ich zuerst, du seist ein Engel. Aber ich mag dich auch ohne Flügel, obwohl mir die langen Haare ganz gut an dir gefallen haben.«

»Ich hatte immer lange, bis das mit meinem Gesicht passiert ist. Auf der linken Seite waren meine Haare teilweise angeschmort, deshalb war ich gezwungen, alle radikal abzuschneiden.«

Und so, wie sie wirkte, hatte sie dabei viele Tränen vergossen. Er konnte ihr Unglück nicht ungeschehen machen, aber er versuchte, sie zu trösten.

»Sie werden wieder wachsen, Ara.« Liebevoll strich er dabei über ihre kurzen, blonden Haare, die gerade kreuz und quer abstanden.

Sie waren inzwischen bei seinem Wagen angekommen und er musterte sie besorgt.

»Haben die Schmerzen aufgehört? Geht es dir besser?«

Sie reichte ihm den Autoschlüssel, den er ihr gegeben hatte, und er öffnete für sie die Beifahrertür.

»Mit den Wehen ist das komisch«, erklärte ihm Ara, während er sie behutsam in den tiefen Sitz hinunterließ. »Sie kommen und gehen. Wenn sie da sind, ist es die reinste Hölle. Sobald sie weg sind, fühle ich mich wieder prima, als wenn nichts gewesen wäre.« Kaum war ihr Satz zu Ende, verzog sie vor Schmerzen das Gesicht. »Wo wir gerade davon reden ...«

Sie krallte ihre schlanken Finger in seine Arme und krümmte sich zusammen. Es war, als spürte er ihren Schmerz wie in einem Echo.

Das konnte nicht sein! Er musste sich täuschen!

Das würde nämlich bedeuten, dass sich seine Vampirnatur bereits in einer einseitigen Symbiose mit ihr befand! Was er fühlte, war doch bestimmt nur eine Art tiefes Mitgefühl ...

Anstatt sich hinters Steuer zu setzen, verharrte er reglos, als ihre zarten Finger sich in seine Arme gruben, denn es schien ihr zu helfen. Und während er das tat, wünschte er sich, immer für sie da sein zu können, wenn sie ihn brauchte. Diese Frau ging ihm nicht nur unter die Haut, sie hatte sein ganzes Inneres verändert – und diese Veränderung fühlte sich gut an, auch wenn manches daran schmerzhaft war und ihm Angst machte.

Nach einer Zeit atmete Ara wieder tief durch und ließ ihn los.

»Ist die Wehe vorüber?«

»Ja, aber es wird wohl immer schlimmer werden, wenn Shirin recht hat.«

Arabella war blass und ihre Lippen leicht blau. Rasch griff er nach hinten, holte die Decke und breitete sie über ihren Bauch und die Beine aus. Dann legte er ihr die Thermoskanne und das Paket Sandwiches in den Schoß.

»Hier, von Sarah. Die hat sie mit viel Liebe selbst gemacht. Ich starte schnell den Motor und mach die Heizung an, damit dir warm wird.«

Als er hinterm Steuer saß und Gas gab, sagte Ara: »Dein Mantel hat mich die ganze Zeit warm gehalten.«

Ihm gefiel es sehr, sie in seinem Mantel zu sehen.

»Du kannst ihn gern behalten.«

Ara wirkte bedrückt, aber er verstand nicht, warum.

»Hey, was ist los?«

»Das ist ein sehr kostbares Stück und ich weiß, dass ich ihn völlig ruiniert habe. Es tut mir leid. Ich verstehe, dass du ihn nicht zurückhaben willst.«

»Du redest schon wieder Quatsch, Ara. Es ist ganz egal, was er gekostet hat und ob er ruiniert ist. Wichtig ist nur, dass er dich in diesem kalten Dreckslöch warm gehalten hat, und darüber bin ich wirklich froh. Einen besseren Zweck hätte mein Mantel gar nicht erfüllen können.«

Ara sah ihn an, als suche sie in seinem Gesicht die Antwort auf ein Rätsel.

»Du bist anders, Vinzenz«, murmelte sie.

»Ich bin ja auch ein Vampir.«

»Das meine ich nicht. Und diese Sarah ...« Sie schaute in ihren Schoß. »Ich mag sie schon jetzt. Keine meiner Freundinnen hat je ein Sandwich für mich zubereitet. Einen Drink von der Bar mitbringen wäre das Äußerste gewesen.«

»Dann hast du die falschen Freunde gehabt, Ara. Wobei Sarah auch die liebenswürdigste Frau ist, die ich kenne. Du würdest sie mögen.«

Aber sie würde Sarah vermutlich nie kennenlernen. Und das mit dem gemeinsamen Einkaufen war wohl auch ein Wunschtraum. Denn sobald das Tribunal von dieser ganzen Aktion Wind bekäme, würde man ihr Gedächtnis löschen. Wobei das eigentlich von ihm erwartet wurde. Arabella hatte einfach zu viel gesehen, zu viele Zusammenhänge mitbekommen. Falls das irgendwie an die Öffentlichkeit gelangte, wäre ihre ganze Spezies in Gefahr.

Die Menschen waren ihnen durch die moderne Technik und die neuzeitlichen Waffen eben nicht mehr unterlegen wie früher im Mittelalter. Dort verlief sich das Gerücht um ein blutrünstiges Monster drei Dörfer weiter schon im Sande oder wurde zum Märchen, mit dem man Kinder im Feuerschein das Fürchten lehrte.

Heutzutage ging das Tribunal in solchen Sachen kein Risiko ein und stets rigoros vor. Denn im Krankenhaus würde ihn das Personal sicher nicht bei Arabella bleiben lassen, wobei es tagsüber für ihn sowieso nicht möglich wäre, und sobald sie allein war und irgendjemandem von Vampiren erzählte ...

Natürlich könnte er trotz ihrer gelöschten Erinnerung einfach als Fremder vor ihrer Haustür wieder auftauchen. Theoretisch war eine Beziehung zu einer Symbiontin ja erlaubt. Aber er wäre dann nur irgendein unbekannter Mann, nicht ihr Retter, und vermutlich würde sie ihn genauso wenig eines Blickes würdigen wie bei ihrer ersten Begegnung auf der Straße.

Vielleicht wäre er ja in der Lage, sich irgendwo im Krankenhaus zu verstecken, um sich später im Dunkeln in ihr Zimmer zu schleichen. Dann könnte er Susi wenigstens ein Mal sehen, über ihr Köpfchen streicheln und sich vergewissern, dass es beiden gut ging. – Dennoch: Diese Fahrt in seinem Firebird wäre höchstwahrscheinlich ihre letzte gemeinsame Zeit. Und auch daran würde sich Ara später nicht mehr erinnern, deshalb durfte er hier noch offen über alles mit ihr reden.

Vom Militärgelände herunterzukommen war ein heikler Akt mit Schlingern und Rutschen gewesen, weil der Schnee dermaßen hoch lag. Auf der Landstraße ging es im Moment noch, denn offensichtlich war hier vor Kurzem ein Schneepflug langgefahren. Aber die Schneemassen, die der Sturm mit sich brachte, waren gewaltig und mit jeder Minute wuchs die Schneedecke vor seinen Augen.

»Ich bin bereits auf dem Weg zurück in die Stadt, aber vielleicht haben meine Freunde eine Möglichkeit, dich schneller ins Krankenhaus zu bringen. In welches willst du denn?«

»Ich muss ins St. Joseph. Dort arbeitet mein Gynäkologe.«

»Okay.«

Rasch tippte er die Kurzwahl für das Hauptquartier in sein Autotelefon.

»Elia?«

»Gott sei Dank, du bist am Leben, Vinz! Aber wo zum Teufel steckst du!?«

»Im Auto …«

»Im Auto?«, unterbrach ihn Elia. »Bist du irre oder verbrennst du gerade? Du bist ein Vampir! Was ist in dich gefahren, bei Tageslicht draußen zu sein?!«

»War keine Absicht. Ramón hat das Gebäude in die Luft gejagt, in dem Arabella und ich waren.«

»Ich dachte, Ramón wollte sie verkaufen und nicht in die Luft sprengen?«

»Es war eine Falle. Lange Geschichte. Aber Ara muss sofort ins Krankenhaus. Sie hat Wehen und ihre Fruchtblase ist geplatzt. Kann Ambi den Hubschrauber starten und sie ins St. Joseph bringen?«

»Ich frage ihn. Aber so lebensmüde wie du ist er sicher nicht! Herrje, es ist Tag, Vinz!«

»Ich weiß! Aber Ara braucht dringend Hilfe und sie kann in ihrem Zustand nicht selbst fahren, geschweige denn laufen, denn ihr Knöchel hat etwas abbekommen. Falls Ambi nicht kommt, frag bitte eine der Frauen, ob sie uns entgegenfahren kann. Sobald der Sturm sich nämlich legt …«

»Bist du ruckzuck Asche!«, beendete sein Freund den Satz.

Er gab Elia seine Position durch und die Landstraße, auf der er fuhr. Als er auflegte, bemerkte er zufrieden, dass Arabella aß und trank. Sie schaute zu ihm hinüber und zwinkerte ihm zu.

»Du fährst einen schwarzen Pontiac Firebird Trans Am. Bin ich von Knight Rider gerettet worden oder fährst du nur seinen schicken Wagen?«

Ihm gefiel schon jetzt ihr Humor und ihre lebendige Art. Man konnte zusehen, wie sie regelrecht aufblühte, seit sie frei war, und das machte ihn glücklich. Diese Art von Glück war ihm ebenfalls neu, wie so vieles, seit er Arabella begegnet war.

»Dein Fahrer ist ein Vampir.«

Sie schenkte ihm einen Seitenblick und zwinkerte ihm zu.

»Stell dir vor, deine Trinkgewohnheit hat dich längst verraten.«

Er musste schmunzeln, obwohl der Wagen gerade mal wieder ins Schlingern geraten war und er ihn nur mit seiner übermenschlichen Reaktion wieder unter Kontrolle bekam.

»Und du hast keine Angst vor mir, obwohl ich ein Vampir bin?«

Das war bei den meisten Vampiren das größte Problem, wenn sie ihre Gefährtin für sich gewinnen wollten; Elia und William könnten davon ein Lied singen.

»Raven war auch ein Vampir und hat für mich gekämpft. Und du warst so nett zu mir wie kein Mann, seit das mit meinem Gesicht passiert ist. Ich habe längst begriffen, dass es gute und abartig böse Jungs bei euch gibt. Und du gehörst definitiv zu den guten. Du bist ein Wächter, nicht wahr?«

»Woher weißt du von uns Wächtern?«

Er musste auf die Antwort warten, denn Ara bekam gerade wieder eine Wehe. Es zerriss ihn regelrecht, sie so leiden zu sehen und nichts tun zu können. Aus einem Instinkt heraus, griff er nach ihrer Hand, sie verschränkte die Finger mit seinen und drückte zu. Es schien zu helfen, warum auch immer.

Als die Wehe vorbei war und sie wieder zu Atem kam, antwortete sie: »Shirin, Ravens Mutter, die mit mir in der Zelle saß, hat mir alles über euch erzählt. Ihr seid früher Ritter gewesen, richtig? Also stimmt das mit dem Knight zumindest.«

Sie lächelte auf so gewinnende Art, dass auch er wieder schmunzeln musste.

»Ja, das stimmt. Ich bin im Mittelalter zum Wächter geworden. Wir ritten fast alle auf schwarzen Hengsten. Unsere Kleidung und Waffen entsprachen denen normaler Ritter dieser Zeit. Und weil wir nur nachts unterwegs waren, nannte das einfache Volk uns Ritter der Nacht. Die Zeiten haben sich geändert und statt eines Hengstes habe ich heutzutage 225 Pferdestärken unter einer schwarzen Haube mit Schlafaugen.«

»Auch nicht schlecht«, sagte sie lächelnd mit dem letzten Bissen im Mund. Lächelnd sah Ara noch viel schöner aus. »Und die Sandwiches waren echt spitze. Ich wusste gar nicht, wie viel Hunger ich hatte.«

»Du solltest erst mal Sarahs warme Küche probieren.«

»Ihr Mann kann sich happy schätzen.«

»Das tut er, glaub mir.«

Die Sicht betrug nur ein paar Meter, und kaum dass er ausgesprochen hatte, tauchte mitten auf der Straße eine Schneewehe auf. Er besaß übermenschliche Reflexe, doch auch sofortiges Bremsen hatte hier keinen Sinn mehr.

Kapitel 20

Im Bruchteil einer Sekunde entschied Vinz, dass ein Aufprall, gedämpft durch den Schnee, allemal besser wäre als die Alternative: sich zu überschlagen und im tiefen Graben zu landen. Ihm als Vampir hätte beides kaum geschadet, aber er hatte eine kostbare, fragile Fracht, die er wohlbehalten zum Ziel bringen wollte. Um Ara zu schützen, drückte er ihren Oberkörper mit seinem rechten Unterarm sanft in den Sitz. Als das Auto in der weißen Wand zum Stillstand kam, blickte er sofort besorgt zu Arabella.

»Mist, Mist, Mist!«, rief sie hysterisch. »Das darf doch nicht wahr sein!«

»Arabella, ist dir was passiert?«

»Ob mir was passiert ist? Ich bin entführt worden, in einer Zelle gelandet, mein Make-up ist verschmiert ...«

Ihre Atmung ging wieder viel zu flach und zu schnell. Instinktiv griff er wieder nach ihrer Hand.

»Ich bin bei dir. Alles wird gut, Ara.«

Sie verschränkte ihre Finger erneut in seine und atmete tief durch.

»Alles wird gut«, hauchte sie leise. »Wenn du meine Hand hältst, kann ich das echt glauben. Aber was machen wir jetzt nur?«

»Du gar nichts«, sagte er entschieden, löste seine Finger und rückte die Decke über ihr wieder zurecht. »Versuch warm zu bleiben und dich zu entspannen.«

»Entspannen?!«

»Na ja, so gut das eben geht.«

Zuerst stapfte er in die Schneewehe und drückte den Firebird mit den Händen an der Frontpartie wieder heraus. Dann schob er am seitlichen Fahrbahnrand, wo die Schneewehe nicht so hoch lag, mit seinem Körper und den bloßen Händen das kalte Nass zur Seite. Anschließend kurbelte er die Fensterscheibe der Fahrerseite herunter und schob – mit einer

Hand am Fensterrahmen und der anderen am Lenkrad – den Firebird mit purer Muskelkraft vorwärts.

Plötzlich hielt er inne, denn er spürte, dass mit Ara etwas nicht stimmte. Warum, konnte er nicht sagen, aber als er durchs Fenster hineinschaute, hatte sie wieder eine Wehe und krümmte sich. Sofort setzte er sich ins Auto, kurbelte die Scheibe rasch hoch, damit der eisige Wind nicht ins Innere gelangte, und griff nach ihrer Hand. Im gleichen Moment verstärkte sich seine Empfindung und er fühlte ein Echo ihres Schmerzes. Geschockt wollte er loslassen, doch Ara presste unter Schmerzen hervor: »Bitte, lass mich nicht los! Es ist nur halb so schlimm, wenn du meine Hand hältst. Keine Ahnung, weshalb.«

Er hatte inzwischen schon eine Ahnung. Denn wenn sich tatsächlich eine einseitige Symbiose zwischen ihnen gebildet hatte, dann wäre es logisch, dass er ihre Schmerzen wie ein Echo spürte, nachdem er ihr Blut getrunken hatte. Und die Legenden sagten immer: »Geteiltes Leid ist halbes Leid, geteilte Freude ist doppelte Freude.«

Aber wie war das möglich?

Sie hätten sich beide verlieben müssen, spätestens, bevor er ihr Blut getrunken hatte. Aber vielleicht war es ja geschehen, weil er ihr in der Zelle versprochen hatte, sie zu retten. Dann würde bei Ara das Gefühl allerdings auch wieder nachlassen, sobald sie heil zu Hause war, und sie würde ihr Leben wie bisher weiterführen. Für ihn war die Sache jedoch folgenschwer: Er hatte ihr Blut getrunken und durch die einseitige Symbiose war er bereits an sie gebunden. Und diese Verbindung würde erst mit Aras Tod enden. Den Legenden zufolge würde er danach in Trauer langsam dahinsiechen.

Aber vermutlich entsprang der Gedankengang nur seinem Wunschdenken nach einer dauerhaften Verbindung zu ihr. Sicher fühlten sich alle Frauen besser, wenn man in schlimmen Situationen ihre Hand hielt …

Sein Autotelefon klingelte.

»Ja?«

»Ambi kann bei dem Sturm nicht starten. Außerdem will er auch nicht riskieren, dass der Hubschrauber mit einer Schwangeren abstürzt, sobald der Himmel heller wird und er anfängt zu brennen. Therese und Elisabeth sind mit ihren Autos auf unterschiedlichen Wegen zu euch aufgebrochen, aber inzwischen sind beide im Schnee stecken geblieben. Hör mal, ich hab sowohl den Wetterbericht, den Verkehrsfunk, als auch den Polizeifunk abgehört. Es sieht für dich da draußen beschissen aus. Sie haben den Katastrophenalarm ausgerufen und die Leute aufgefordert, zu Hause zu bleiben. Man spricht tatsächlich vom schlimmsten Schneesturm des Jahrhunderts. Entweder der Schnee liegt so hoch auf den Straßen, dass kein Durchkommen ist, oder manövrierunfähige Fahrzeuge blockieren die Straßen. Tut mir leid, Mann.«

»Ohne diesen scheiß Schneesturm wäre ich schon verbrannt, aber jetzt …« Er seufzte und streifte sich seine ins Gesicht gefallenen Haarsträhnen wieder zurück. »Egal, wir können es ja nicht ändern. Dann hol mir bitte wenigstens Alva sofort ans Telefon.«

»Mach ich. Sarah hat vorhin mitgehört und wollte auch noch mit dir sprechen. Ich geb sie dir inzwischen.«

»Vinzenz? Wie geht es ihr?«, fragte Sarah mit ihrer zarten Stimme.

»Ara hält sich tapfer.« Er schenkte ihr ein anerkennendes Lächeln, und ihrer Reaktion darauf nach zu urteilen, tat ihr das Lob in dieser Situation wirklich gut. »Aber sie war ewig an einen Stuhl gefesselt, und das mit einer scharfen Granate in der Hand. Dann ist das Gebäude über uns eingestürzt, sie hat sich den Knöchel verknackst, ihre Fruchtblase ist geplatzt und sie hat die ganze Zeit schmerzhafte Wehen.«

»Wehen sind immer schmerzhaft, Vinzenz. Die ganze Geburt ist von Schmerzen begleitet, und wenn es ihr erstes Kind ist, ist es meist besonders schwer. Bitte sei nett zu ihr.«

»Das bin ich.«

»Auch wenn sie dich anschreit.«

»Warum sollte sie mich denn anschreien?«

»Rechne einfach damit und ignorier es, ja?«, bat sie ihn liebenswürdig. »Alva ist jetzt da. Ich gebe ihr den Hörer. Viel Glück euch zweien!«

»Wenn ihre Fruchtblase geplatzt ist, sollte sie nicht mehr laufen und du musst sie so schnell wie möglich ins Krankenhaus fahren!«, meldete sich die Ärztin im Befehlston.

»Was denkst du denn?! Natürlich habe ich Arabella zu meinem Auto getragen und seitdem sitzt sie neben mir. Aber ich fahre den *Pon-ti-ac* und kein Schneemobil oder Geländewagen! Denkst du, ich trödle, um die Aussicht zu genießen?«

»Da bei dir die Nerven bereits blank liegen, vermute ich, dass ihre Wehen schon stärker sind und der Abstand sich verringert hat«, erwiderte Alva kühl und gelassen.

»Ja!«

»Je kürzer der Abstand, desto näher rückt die Geburt, Vinzenz.«

Also würde er ab jetzt genau auf die Uhr sehen.

»Achte darauf, dass sie nicht vergisst, während der Wehen zu atmen.«

Was war das denn für ein blöder Rat? Alle Menschen atmeten von Geburt an, daran musste man sie doch nicht erinnern!

»Alva, sag Elia, er soll mir durchgeben, welche Straßen zur St.-Joseph-Klinik noch frei sind.«

»Das St. Joseph liegt am anderen Ende der Stadt. Fahrt in das nächste, das du erreichen kannst!«, forderte die Ärztin mit ihrer typisch vehementen Art.

»Ich werd mit Ara reden. Aber jetzt muss ich auflegen, der Wagen steckt schon wieder fest.«

Als er den Pontiac freigeschoben hatte und wieder hinterm Steuer saß, fragte er, obwohl er die Antwort eigentlich kannte: »Das ist dein erstes Kind, oder?«

»Ja!«, presste sie mit verkrampften Gesichtszügen hervor.

Schon wieder eine Wehe! Rasch legte er seine Hand auf ihre.

Er war zwar ein Mann aus dem Mittelalter, aber auch ohne Sarahs Hinweis vorhin war ihm bekannt, dass die Geburt des ersten Kindes meist schwerer verlief. Und er hatte im Laufe der Jahrhunderte mitbekommen, dass viele bei der Geburt starben. Im Mittelalter war das eine der häufigsten Todesursachen bei Frauen, die das gebärfähige Alter erreichten.

Aras Stirn war schweißbedeckt, die Anstrengung, die ihr Körper vollbrachte, deutlich sichtbar. Er fragte sich, wie lange sie diese Wehen durchhalten würde nach all dem, was sie durch die Gefangenschaft bereits hinter sich hatte.

Als die Wehe aufhörte, fragte er vorsichtig: »Ara, muss es wirklich das St. Joseph sein? Von hier aus liegt es nämlich am anderen Ende der Stadt.«

»Ja! Dieser Gynäkologe bringt die Babys aller Prominenten auf die Welt! Er hat mir eine sanfte Geburt versprochen. Es gäbe da eine Spritze, eine Gebärwanne und exklusive Betreuung.«

Eine sanfte Geburt? Für ihn war die Geburt ein Synonym für Frauen, die sich hinter verschlossenen Türen vor Schmerz die Seele aus dem Leib brüllten. Aber vielleicht hatte sich das in der modernen Zeit ja tatsächlich geändert.

Eine halbe Stunde später hatte Vinz den Stadtrand erreicht und Ara schrie wieder, dass ihm die empfindlichen Ohren dröhnten. Das tat sie inzwischen bei jeder Wehe. Und er musste sie tatsächlich ans Atmen erinnern, weil sie absurderweise schon wieder die Luft anhielt.

»Ich weiß selbst, dass ich atmen muss!«, schrie sie ihn an.

Anschreien: Hinweis von Sarah: stoisch ignorieren.

Für diesen Rat war er Elias Frau mittlerweile sehr dankbar!

»Aber diese Schmerzen sind höllisch!«

Die nächste Wehe war anscheinend noch schlimmer und Ara brach anschließend in Tränen aus.

»Ich kann nicht mehr, Vinz! Ich halte das nicht durch!«

Genau diesen Eindruck hatte er auch gewonnen, nachdem er erlebt hatte, wie sehr sich ihr Körper allein während der Fahrt mit ihm verausgabt hatte. Aber wäre John hier, würde er ihm bestimmt raten, das aus taktischen Gründen nicht zu erwähnen, also schwieg er.

»Ich bin für dieses Kinderkriegen einfach nicht geschaffen! Schick mich auf den Laufsteg, das ist das Einzige, was ich kann!«

Er reichte ihr eins seiner Taschentücher, legte einen Arm um ihre Schulter und zog sie an sich.

»Dein Taschentuch hat dich übrigens verraten. Sie haben es mir aus der Hand gerissen, weil sie dein Familienwappen erkannt haben.«

Das Autotelefon klingelte erneut.

»Wie sieht's aus, Elia? Ich bin gerade über den Bahnübergang im Süden gefahren.«

»Ziemlich übel. Die Straßen rund um das St. Josephs wurden gesperrt, sie nehmen keine Patienten mehr an und die Krankenwagen werden zu anderen Kliniken umgeleitet.«

»Okay, dann gib mir den Weg zum nächstliegenden Krankenhaus durch. Ich komme nur im Schneckentempo voran, weil ich inzwischen mehr schiebe als fahre.«

Elia tat es und versprach, sie auf dem Laufenden zu halten und sich bei ihm zu melden, wenn auf diesem Weg Straßen gesperrt würden.

Bei der nächsten Wehe schrie Ara noch lauter. Es ging ihm durch Mark und Bein, während er von draußen mal wieder seinen Pontiac anschob. Als er wieder hinterm Steuer saß, registrierte er, dass Arabellas schweißgebadeter Körper matter und ihre Glieder schlaffer waren. Eine nagende Angst fraß sich durch seine Eingeweide.

Als Elia gleich darauf anrief, weil auf seinem Weg zwei Straßen gesperrt wurden und er deswegen einen großen Umweg zu nehmen hätte, meinte Arabella apathisch: »Wir schaffen es nicht mehr ins Krankenhaus, oder?«

Er schwieg, fühlte sich unsagbar hilflos.

»Warst du schon mal bei einer Geburt dabei, Vinz?«, fragte sie mit leiser, kraftloser Stimme.

»Nein, das wäre meine erste.«

»Dann sind wir schon zwei.« Es klang erst wie ein matter Scherz, doch dann fuhr sie fort: »Aber ich glaube, ich erlebe das Ende nicht mit.«

Er zog sie in seine Arme und küsste ihre schweißnasse Stirn.

»Bitte sag so was nicht, Ara. Denk es noch nicht mal.«

Sein Autotelefon klingelte, es war Alva, die fragte, ob die Presswehen eingesetzt hätten. Das wäre angeblich der normale Verlauf. Aber das hier sah nicht nach Presswehen und einer bevorstehenden Geburt aus. Und im Laufe der Jahrhunderte hatte er mitbekommen, dass die Sache bei Gebärenden auf zwei Arten endete: Die Frau brachte das Baby – tot oder lebendig – auf die Welt oder starb bei dem Versuch. Manchmal starb die Mutter sogar noch kurz nach der Geburt.

»Lass mich Arabella mein Blut geben!«, bettelte er aus reiner Verzweiflung.

»Vinzenz, du weißt, dass kein Vampir das während der Geburt tun sollte! Es könnte diesen zutiefst natürlichen Vorgang beeinflussen, ihn womöglich sogar stoppen und damit Mutter und Kind in Gefahr bringen!«

Als er aufgelegt hatte, fragte Arabella leise: »Vinz, kommen Babys in den Himmel, wenn sie sterben?«

Als stille Zeugen ihrer Kapitulation liefen Tränen über ihr Gesicht und der Blick ihrer faszinierend schönen Augen wurde leer und stumpf.

Er hatte so viele Ultraschallbilder von Susi gesehen und sich vorgestellt, sie wenigstens ein Mal in seinen Händen zu halten. Auf wundersame

Weise hatte er dieses kleine Wesen längst in sein Herz geschlossen. Der Gedanke, dass Susi in Aras Bauch sterben würde und er sie nie zu Gesicht bekäme, trieb sogar ihm Tränen in die Augen, die er nur mit aller Gewalt wegblinzeln konnte.

»Es gibt nichts Unschuldigeres als Babys, Ara. Wenn überhaupt jemand in den Himmel kommt, dann diese kleinen Geschöpfe.«

Er hielt ihre Hand weiter, ließ nur los, wenn das Autofahren oder Schieben es unbedingt erforderte.

Während der nächsten Wehe war selbst ihr Schreien einem kraftlosen Stöhnen und Wimmern gewichen. Es brachte ihn fast um, sie so leiden zu sehen.

Als die Wehe vorüber war, wurde Ara ohnmächtig.

»Ara! Hey, Ara, bleib bei mir! Komm schon!«

Seine Angst nagte nicht mehr. Nein, es fühlte sich an, als fräße sie seine Eingeweide bei lebendigem Leib auf.

Verzweifelt tätschelte er ihre Wange, während er spürte, dass ihm eine Träne herablief.

Endlich! Ihre Augen öffneten sich wieder.

Was, wenn sich Arabellas Augen nie wieder geöffnet, sie ihn nie mehr angesehen oder angelächelt hätte? Sein Leben wäre zu einem bodenlosen Loch geworden.

Diese Erkenntnis traf ihn wie ein Hammerschlag.

Er musste gerade an einer roten Ampel halten. Vor seiner Nase fuhr ein Schneepflug vorbei.

»Ich pfeif jetzt auf alle Regeln! Ihr seid mir wichtiger.«

Er trat aufs Gas, überfuhr die rote Ampel und bog in Richtung Schneepflug ab. Besser gesagt, er wollte, denn der Wagen rutschte ihm weg. Weiter und immer weiter, auf den Graben zu.

Oh Gott, nicht das! Nicht jetzt!

Eine Handbreit vor dem Graben bekam er den Pontiac wieder unter Kontrolle und klemmte sich schließlich mit etwas Abstand hinter das Räumfahrzeug. Als Nächstes griff er nach dem Autotelefon und rief wieder im Hauptquartier an.

»Ara hält nicht mehr lange durch! Ich habe mich eben hinter einen Schneepflug gehängt, der mit etwas Glück diese Straße bis zum Hauptquartier durchfährt. Und ich komme rein!«

»Du kennst die Regeln, Vinz. Keine Menschen im Hauptquartier«, erinnerte ihn Elia bedrückt.

»Mir egal! Wenn es sein muss, fahre ich mit Vollgas durchs Tor!« Wobei das Tor aus Stahl seinem Wagen höchstwahrscheinlich standhalten würde. »Sag Alva, sie soll in der Tiefgarage auf mich warten. Ara hat keine Presswehen. Sie hat kaum noch Kraft. Eben ist sie mir ohnmächtig geworden.« Im gleichen Moment alarmierte ihn seine Nase und er fügte so leise hinzu, dass Ara es hoffentlich nicht hörte: »Und sie verliert gerade eine große Menge Blut. Alva soll Konserven bereithalten.« Er wandte seinen Blick zu Arabella »Welche Blutgruppe hast du?«

»A positiv.«

»Du hast es gehört, Elia? Dann lege ich jetzt auf.«

»Vinz«, flüsterte Ara matt. »Ich habe solche Angst.«

Sie streckte die Hand nach ihm aus, als könnte er sie damit am Leben erhalten. Er ergriff sie und wünschte sich nichts mehr, als dass das möglich wäre. Ohne Zögern hätte er seine Hand in diesem Augenblick sogar für sie abgeschnitten.

»Ich fahre dich ins Wächterhauptquartier. Alva, unsere Ärztin dort, hilft schon seit Jahrhunderten, Babys auf die Welt zu bringen. Du bist bei ihr in den besten Händen.«

Der Blutgeruch wurde intensiver.

Diese Geburt endete gerade in einer Katastrophe.

Aber was könnte er im Moment hinterm Steuer ausrichten? Nie in seinem Leben war er sich so hilflos vorgekommen!

»Vinz, ich habe keine nahen Angehörigen.« Ihr Blick war ein einziges Flehen. »Wenn ich es nicht schaffe, aber Susi kommt durch ...«

»Dann kümmere ich mich um Susi. Ich werde sie großziehen. Ihr wird es an nichts fehlen. Das schwöre ich bei meiner Ehre!«

Seine vorige Überlegung, Susi im Fall der Fälle womöglich zu adoptieren, wurde gerade zu einer festen Entscheidung. Mit ihm als Vater hätte sie die Wächter und ihre Frauen als Familie. Selbst wenn ihm etwas passieren sollte, wäre immer für Susi gesorgt, alle würden über sie wachen.

Der Druck ihrer Hand wurde schwächer.

»Ich habe Angst«, hauchte sie matt. »Ich will nicht allein sein, wenn ...«

Wenn es zu Ende ging, meinte Ara, das war ihm klar, auch wenn sie den Satz unvollendet ließ.

Kapitel 21

Vinz drückte ihre Hand etwas fester, dann ließ er sofort wieder locker, weil sie so zerbrechlich war.

»Ich bleibe an deiner Seite, Arabella, egal was kommt. Aber wir sind gleich da. Du muss nur noch ein bisschen durchhalten, hörst du?«

Doch ihr Kopf rollte in diesem Augenblick zur Seite und ihre Hand wurde schlaff.

»Ara! Ara, bleib bei mir!«

Verzweifelt tätschelte er wieder ihre Wange.

»Ara, bitte! Wir sind doch fast da!«

Er hörte ihr Herz noch schlagen, aber sehr schwach. Einem Impuls folgend, legte er sein Ohr auf ihren Bauch.

Die Herztöne von Susi hatten sich auch verändert, und nicht zum Guten.

Er sah die Tiefgarage vor sich.

Gott sei Dank, das Rolltor war oben!

Er drückte noch mal aufs Gas.

Ambi und Samuel, die gerade noch den Schnee von der steilen Abfahrt schaufelten, sprangen zur Seite. Quietschend kam er einen Meter vor Alva zum Stehen, die in weißem Kittel bereits mit einer Liege und medizinischem Equipment wartete.

In einer Geschwindigkeit, die nur Vampire erreichten, lief er um seinen Wagen und riss die Beifahrertür auf. Er hob Ara auf seine Arme und legte sie auf die fahrbare Liege.

»Ich hab sie nicht mehr wach bekommen, Alva! Sie hat eine riesige Menge Blut verloren! Und die Herztöne ihres Babys sind kritisch!«

Alva öffnete Arabellas Mantel, hob das Kleid zwischen ihren Beinen an und schnitt mit einem Skalpell das Höschen auf.

»Die Plazenta muss sich abgelöst haben. Man müsste eigentlich sofort einen Kaiserschnitt machen.«

»Eigentlich? Was heißt hier eigentlich?!«

Im Gegensatz zu ihrer sonstigen, resoluten Art wirkte die Ärztin mit einem Mal unsicher.

»Dann mach eben diesen Kaiserschnitt!«, brüllte er.

Alva schluckte. »Ich hab zwar schon dabei zugesehen, jedoch nie selbst einen vorgenommen. Aber ...«

»Was aber?!«

»Sie stirbt uns sonst«, erklärte Alva und legte Arabella eine Sauerstoffmaske aufs Gesicht.

»Dann mach die Operation um Himmels willen! Aber versuch, sie vorher wach zu kriegen, Alva. Ich will ihr mein Vampirblut zu trinken geben! Scheiß auf den natürlichen Geburtsvorgang, der nicht beeinflusst werden sollte! Das hier ist eh keine normale Geburt mehr.«

»Du hast recht«, meinte Alva ungewohnt kleinlaut. »Und vergiss die Liege. Nimm die Sauerstoffflasche und bring sie so schnell wie möglich in meinen OP. Dann schneid ihr gleich die Kleider runter und Sarah soll sofort den Bauch desinfizieren.«

Die Ärztin wusste, dass er als Vampir im Gegensatz zu ihr in Sekunden in der Krankenstation sein würde. Er verlor keine Zeit und raste mit Ara auf den Armen durch die Flure. Türen gingen auf, sorgenvolle Blicke begleiteten ihn.

An seinem Ziel angekommen, zog er Ara in Windeseile den Mantel aus. In übernatürlicher Geschwindigkeit, aber mit äußerster Vorsicht schnitt er ihr mit einem Skalpell das Kleid vom Leib. Er war gerade damit fertig, da kam Sarah ziemlich blass aus dem Nebenraum, Elia hatte einen stützenden Arm um ihre Taille gelegt. In ihrer Hand hielt sie einen großen Beutel Blut.

»Hier, für deine Arabella. Zum Glück habe ich ihre Blutgruppe.«

Obwohl sie augenscheinlich etwas wacklig auf den Beinen war, begann sie sofort, Arabellas Bauch zügig zu desinfizieren. Dann kam Alva auch schon herein.

»Vinzenz, bleibt es dabei, dass du Arabella dein Blut geben wirst?«

»Natürlich!«

»Gut, dann kann ich nämlich sofort anfangen und mir die wertvolle Zeit sparen, die ich bräuchte, um OP-Kleidung anzuziehen und mich zu desinfizieren. Los, nimm dir einen Stuhl und setz dich neben sie!«

Von da an arbeiteten die drei hoch konzentriert und Hand in Hand. Ja, sogar Elia bekam laufend Anweisungen von Alva, die dieser präzise und mit viel Geschick ausführte.

Zuerst legte die Ärztin Arabella am anderen Arm, den er nicht hielt, eine Kanüle. Daran schloss sie unverzüglich das von Sarah gespendete Blut an und spritzte Arabella ein Narkotikum. Währenddessen schob Sarah einen Schlauch in ihren Magen. Als Nächstes zapfte Alva Vinz' Vene an und leitete sein Blut in Arabellas Magen.

Er selbst hielt die ganze Zeit Aras Hand, strich immer wieder über ihre Wange und murmelte ihr ermutigende Worte zu. Die drei arbeiteten unheimlich schnell, dennoch lief es für ihn wie in Zeitlupe ab, während er zum hilflosen Zusehen verdammt war. Unendlich langsam lief sein heilendes Blut den Schlauch entlang bis zu ihr.

Hoffentlich war es noch nicht zu spät!

Denn bei Menschen, die Vampirblut bekamen, lief die Heilung beziehungsweise Zellerneuerung nicht so schnell ab wie bei den Vampiren selbst. Insbesondere das menschliche Herz musste so lange durchhalten, bis die kritischen Schäden behoben waren. Hörte nämlich das Herz auf zu schlagen, dann half auch kein Vampirblut mehr.

Manchmal war es daher einfach zu spät ...

»Elia, ich würde gleich gern deine Dienste in Anspruch nehmen.«

»Jetzt? Wie du siehst, habe ich gerade alle Hände voll zu tun«, erwiderte sein Freund.

»Deine Dienste als Schreiber des Tribunals.«

Elia runzelte die Stirn.

»Ich will Susi adoptieren, sobald sie auf der Welt ist.«

»Du willst das Kind einer fast fremden Frau adoptieren, ohne ihr Einverständnis?«

Vinz freie Hand ballte sich zu einer Faust, umso mehr, als gerade frisches Blut von Arabella an seine Nase drang.

»Sie ist keine Fremde für mich, Elia! Und sie hat mir das Versprechen abgenommen, mich um Susi zu kümmern.«

Als Elia durch Schweigen seine Haltung ausdrückte, meldete sich Sarah – die gerade einen fahrbaren Tisch voller medizinischer Gerätschaften und Verbandmaterial hereinschob – unerwartet zu Wort.

»Seht euch ihr rechtes Schulterblatt an. Ich hab es vorhin entdeckt.«

Elia runzelte die Stirn, aber Vinz hatte eine Ahnung, was Sarah meinte. Vorsichtig hob er Aras rechte Schulter an und Elia warf einen Blick darauf.

Zum Zeitpunkt, als Ramón Fotos von Arabella für den Verkauf machen ließ, war an dieser Stelle nur die unscheinbare Blüte der Ewigkeit zu sehen gewesen, die Arabella als Symbiontin kennzeichnete. Doch inzwischen hatte sich aus den zwei Blättchen, die wie feine Narbenlinien wirkten, etwas viel Schöneres und Größeres entwickelt: Aus den Blättchen war ein Veilchen »gewachsen«.

»Violet«, murmelte Vinz staunend. Violet – also Arabellas Name – bezeichnete im Französischen und Englischen nicht nur einen Vornamen, sondern auch eine Blume, nämlich das Veilchen, von dem die Farbe Violett auch ihren Namen hat.

»Die Blüte hat sich entwickelt und leuchtet grün«, stellte Elia fassungslos fest.

»Hat sie sich in dich verliebt oder kann es jemand anderes gewesen sein?«, fragte Elia verblüfft, denn die Blüte entwickelte sich als Zeichen der Symbiose nur, wenn eine Frau sich in einen Vampir verliebt hatte und er sich in sie.

Außerdem leuchtete das filigrane Veilchen fluoreszierend in Grün, weil Vinz bereits ihr Blut getrunken hatte, und sobald ihr Organismus sein Vampirblut aufnahm, würde es auch noch in Rot leuchten und die Symbiose wäre vollendet.

»Sie war seitdem nur in dieser Zelle.«

»Aber da war doch auch dieser Raven«, hakte Elia nach.

»Ich habe jede Wehe von ihr gespürt und dieser Raven hätte nicht das Blut einer Schwangeren getrunken.«

»Wow!«, stieß Elia aus. »Und das alles in dieser kurzen Zeit?«

Vinz nickte, atmete hörbar aus und strich sich die Haarsträhnen zurück, die ihm ins Gesicht gefallen waren.

»Ich habe die ganze Zeit etwas tief in mir gespürt, habe aber geglaubt, ich bilde mir das nur ein. Doch hier ist der Beweis.«

»Du hast Arabellas Blut in der Zelle getrunken, um sie wiederzufinden«, sagte Elia nun wieder sehr ernst. »Und jetzt schenkst du ihr dein Blut. Damit schließt du die Symbiose, das ist dir doch klar, oder? Nur der Tod löst eure Verbindung wieder auf.«

Vinz schluckte. Denn mochte man den Legenden glauben, ging ein Vampir, sobald die Symbiose abgeschlossen war, in der Regel elendig zu Grunde, wenn seine Gefährtin ihn verließ oder starb.

»Ja, entweder werde ich zum Glückspilz oder ich gehe jämmerlich ein, wenn sie mich nach der Geburt verlässt.«

Wäre Arabellas Gesicht makellos, würde sie vermutlich mit einem Dankeschön sofort ihrer Wege ziehen, sobald es ihr besser ging. Aber wegen der vernarbten Wange hatten ihre sogenannten Freunde ihr den Laufpass gegeben. Sie fühlte sich einsam und war nicht imstande, Geld als Model zu verdienen. – Er ließ zu, dass dieser Gedanke ganz tief in ihn hineinsickerte und insgeheim eine Weiche bei ihm stellte, für die er sich schämen sollte ...

»Ich weiß«, antwortete er seinem Freund lediglich. »Aber ich wollte alles tun, um Ara zu retten.«

»Mit dieser schwerwiegenden Entscheidung wirst du leben müssen. In diesem Fall nehme ich die Adoption gern vor.«

Beide blickten zu Alva.

Die Ärztin stand mit einem Skalpell über Arabellas Bauch und hielt plötzlich inne. Erst jetzt merkte er, dass sich sein Blick auf das scharfe Skalpell über Arabellas Haut fokussiert hatte und ein mörderisches Knurren aus einer Kehle drang. Zum Glück war Alva nicht empfindlich, Sarah allerdings schon.

»Du machst Sarah Angst!«, warnte ihn Elia.

Der sonst stets gut gelaunte Schreiber stieß ein geradezu unheimliches Knurren aus und irgendetwas unter der Haut seiner Fingerspitzen und seinen nackten Unterarmen schien sich zu bewegen. Waren die Legenden über einen Berserker also doch wahr?

»Tut mir leid, Sarah. Ich wollte dir keine Angst einjagen«, entschuldigte er sich, zwang seinen Blick fort von dem tödlichen Instrument in Alvas Hand und unterdrückte mit Gewalt sein Knurren.

»Okay«, sagte die Ärztin. »Das Baby rauszuholen, wird recht schnell gehen, aber dann habe ich hier sofort eine Menge zu tun und werde lange beschäftigt sein. Deshalb müsst ihr euch inzwischen allein um das Baby kümmern, verstanden? Sarah, Elia: Ich brauche euch beide jetzt direkt hier bei mir! Vinz: Du schaust am besten weg, denn das wird eine sehr blutige Angelegenheit.«

Dabei hatte Arabella doch bereits so viel Blut verloren! Herzschlag und Atmung waren sowieso schon kritisch!

Er sah weg, zu Aras geschlossenen Augen, und atmete tief durch.

»Halte durch! Bitte, halte durch«, murmelte er.

Kurz darauf rief Sarah: »Das Baby ist da! Es ist ein Mädchen.«

Aber da war kein Babygeschrei.

Es war still. Zu still!

Alarmiert blickte er auf.

Das kleine Wesen, das Sarah gerade in ein weiches, vorgewärmtes Handtuch wickelte, bewegte sich nicht und gab keinen Laut von sich. Und auf Arabellas Unterkörper war alles voller Blut. Ihr wertvolles, lebensspendendes Blut tropfte sogar auf die Fliesen herunter!

Panik schnürte ihm die Kehle zu.

Als Sarah ihm hastig das Neugeborene in die Arme legte, war nicht das kleinste Lächeln in ihrem Gesicht. Die Lage musste wirklich sehr ernst sein, denn Sarah lächelte sonst schon aus reiner Höflichkeit. Stattdessen holte sie hektisch ein Schläuchlein, kam zurück und saugte damit die Nasenlöcher und den Rachen des Babys frei.

Er blickte auf Susi herunter: Ihre Fingerchen waren so winzig, ihr Körper so klein, dass sie in seine beiden Hände gepasst hätte. Und in seinen Händen hatte er noch nie etwas Schöneres und Wertvolleres gehalten. Doch dieses wundervolle Baby war bläulich blass, wirkte apathisch und gab immer noch keinen einzigen Laut von sich. Aber eines tat sie dennoch, die kleine Susi: Sie schaute ihn mit ihren überwältigend violetten Augen an, und hätte er Susi nicht schon vorher in sein Herz geschlossen, dann hätte dieses kleine Geschöpf es in diesem Moment erobert.

»Hallo, Susi«, hauchte er fasziniert.

Schnell biss er sich mit einem Fangzahn tief in den Zeigefinger und hielt seine Fingerspitze an ihre süßen, zarten Lippen.

»Hier«, lockte er sie ermutigend und streichelte sanft mit seinem Daumen über ihre Wange, nahe den Lippen. »Trink, damit du lebst und Kraft bekommst.«

Ein banger, unendlich langer Moment verging, aber dann schloss Susi ihren kleinen Babymund über seine Fingerkuppe und saugte daran. Seine Sicht verschwamm und Tränen tropften auf das Handtuch, in das Susi gewickelt war. Bis heute hatte ihn nichts in den vergangenen Jahrhunderten je zu Tränen gerührt.

Nach ein paar Schlucken streckte Susi ihr Händchen aus. Er hielt ihr seinen Daumen hin und ihre winzigen Fingerchen umklammerten ihn. – Nichts und niemand wäre imstande gewesen, ihn mehr zu fesseln als diese klitzekleinen Babyfinger, die keine echte Kraft besaßen. In seinem Inneren wurde es warm und noch ein paar Tränen tropften auf das Handtuch.

Weil seine Wunde am Finger sich bereits schloss, biss er ein weiteres Mal kräftig hinein. Und während Susi erneut begierig daran saugte, registrierte er, wie ihr Gesicht endlich eine rosige Farbe annahm, ihre matten Augen glänzend wurden und ihr bislang schlaffer, kleiner Körper Spannung bekam.

Sarah hatte inzwischen den Schlauch aus seiner Vene entfernt und Elia ein großes Tuch vor Arabellas Bauch aufgespannt, sodass er nur noch ihren Kopf und ihre Arme sah.

Selbst da war Blut.

Der ganze Raum roch nach ihrem Blut.

Und ihr Gesicht war fast ebenso weiß wie das Tuch.

Die ganze Zeit über hatte er ihrem Herzschlag gelauscht, deshalb war ihm klar, dass es kritisch um sie stand. Denn wenn ihr Herz nicht durchhielt, würde sein Vampirblut auch nicht mehr helfen.

Sein Inneres verkrampfte sich. Er küsste Aras schweißnasse Stirn und strich mit einem der Babyfäustchen über ihre Wange.

Und auch wenn sie ihn nicht hören konnte, flüsterte er: »Deine kleine Susi lebt und braucht ihre Mama.« *Und ich brauche dich auch! Verlass mich nicht, nicht so, nicht jetzt!* »Also halte durch, Ara, hörst du? Bitte, halte durch!«

Kapitel 22

Der Gedanke, Arabella zu verlieren, war für Vinz unerträglich, aber auch dann würde Susi nicht als Waise dastehen. Er und alle anderen im Hauptquartier würden ihre Familie werden.

»Vinz, wenn es Arabellas Tochter besser geht, kannst du sie baden«, sagte Sarah hinter dem Tuch. »Wir sind hier noch eine Weile mit der Mutter beschäftigt. Hinter dir ist warmes Wasser im Becken und eine kleine Decke unter der Bettflasche.«

Vinz' Sicht verschwamm erneut. Er hauchte einen Kuss auf Susis kleine Stirn und murmelte ihr zu: »Ich werde gleich meine Tochter baden.« Außerstande, seinen Blick von Susi abzuwenden, hob er nur seine Stimme etwas: »Elia? Bist du bereit?«

»Ja.«

Innerhalb eines Wimpernschlages stand der Schreiber neben ihm.

»Ich, Vinzenz del Verrocchio, nehme Susi Violet als meine Tochter an. Ich verleihe ihr das Recht, meinen Namen, meinen Siegelring und mein Familienwappen zu tragen, und setze sie als meine Erbin ein.«

»Ich, Elia, Schreiber des Tribunals, bezeuge, dass Vinzenz del Verrocchio Susi Violet als seine Tochter mit allen Rechten seiner Blutlinie angenommen hat.«

Elia klopfte ihm auf die Schulter.

»Meinen Glückwunsch, Vinz. Nichts hat die Macht, dein Leben mehr zu verändern als ein Kind. Die Urkunde stelle ich dir gleich aus und gebe sie dir nachher zum Siegeln mit deinem Familienwappen.«

»Danke«, erwiderte Vinz, nahm seinen Blick aber keine Sekunde von seiner bezaubernden Tochter, die ihn völlig in ihren Bann zog.

Vor lauter Angst, das winzige Wesen mit seiner übernatürlichen Kraft als Vampir auch nur ein wenig zu fest zu halten, zitterten ihm die Hände, während er sie im warmen Wasser badete. Susi wurde nun putzmunter, bewegte Händchen und Füßchen und gab süße, kleine Laute von sich.

An ihrem rechten Schulterblatt hatte sie wie ihre Mutter die Blüte der Ewigkeit, die zwei Blättchen. Aus diesem Grund und weil sie seine Tochter war, durfte er ihr sein heilendes Vampirblut nach den Gesetzen des Tribunals schenken. Aber das war ihm vorher egal gewesen. Er hätte alles in seiner Macht Stehende getan, um dieses kleine, sterbende Baby auf seinem Arm zu retten.

Als all das Blut und andere Zeug von Susi abgewaschen war, sah sie sogar noch schöner aus. Beim sanften Abtrocknen bemerkte er den dünnen, blonden Flaum auf ihrem Kopf und strich mit seinen Fingerspitzen hauchzart darüber.

Rasch wickelte er seine Tochter in die bereitliegende, flauschige Decke, die Sarah mit der Bettflasche vorgewärmt hatte. Kaum damit fertig, wurde die Tür zur Krankenstation aufgestoßen. Außer Atem trat Therese mit ihren feuerroten Locken in den Raum und hielt eine Plastiktüte hoch.

»Mein Wagen ist zwar im Schnee stecken geblieben, aber auf dem Fußmarsch zurück war ich in einer Apotheke und habe für alle Fälle Fläschchen, Milch und Windeln besorgt.«

»Gott sei Dank!«, rief Alva hinter dem Tuch. »Bitte füttert das Baby! Arabella wird noch eine ganze Zeit auf meinem OP-Tisch liegen.« Die Ärztin wurde von einem Alarmton am Monitor unterbrochen, an den man Arabella angeschlossen hatte. Hinter dem Tuch hörte er hektische Handgriffe, das Öffnen von Schubladen ...

Erneut krampfte sich sein Inneres zusammen und er zog Susi enger an sich.

Einige Momente nachdem das Piepsen verstummt war, hörte er Alva tief durchatmen.

»Füttert das Baby«, wiederholte die Ärztin. »Ich weiß nicht, ob und wann es Arabella so gut geht, dass sie sich selbst um ihre Tochter kümmern kann.«

Ob – die Ärztin hatte *ob* gesagt ... Vinzenz schluckte mit Gewalt den Kloß in seiner zugeschnürten Kehle herunter.

Er wagte kaum zu fragen, tat es aber dennoch: »Wie geht es ihr?«

Zögernd trat er näher an das Tuch und wollte schon einen Blick dahinter werfen, aber Alva wies ihn scharf zurecht: »Bleib weg und lass mich gefälligst in Ruhe arbeiten! Meine Patientin ist noch nicht übern Berg. Ihr Kreislauf ist nicht stabil und ich brauche noch mehr Blut für sie.«

»Welche Blutgruppe brauchst du?«, rief Therese direkt.

»A positiv.«

»Dann nimm meines!«, rief die resolute Frau und drückte ihm die Tüte aus der Apotheke in die Hand. In Windeseile zog Therese ihren Mantel aus und krempelte ihre Bluse hoch und setzte sich auf den Stuhl neben Arabella, auf dem er gesessen hatte. Sarah hatte die Nadel noch nicht in ihren Arm versenkt, da musterte Therese ihn und meinte: »Vinz, du siehst aus, als wenn du einen Bombenangriff überlebt hättest.«

Sein Fokus hatte die ganze Zeit auf seiner kleinen Tochter, die er innig an seine Brust hielt, und Arabella gelegen. Erst jetzt warf er einen Blick auf sich selbst. Sie hatte recht: Er war von Kopf bis Fuß mit Betonstaub überzogen und Arabellas Blut klebte ebenfalls an ihm.

Therese legte ihm eine Hand auf den Unterarm und ihr Blick verriet, dass sie mit ihm fühlte.

»Du kannst der Mutter des Kindes im Moment nicht helfen, und wenn sie nach der OP wach wird, solltest du sauber sein. Geh dich jetzt waschen, Vinzenz. Elia und ich kümmern uns so lange um das Baby.«

»Um seine Tochter«, korrigierte Elia sanft.

Die Mutter von zwei Söhnen streckte ihre Hände aus. Im Gegensatz zu ihm hatte sie reichlich Erfahrung mit Babys, dennoch fiel es ihm sehr schwer, seine kleine Tochter aus der Hand zu geben.

Als Vinzenz sich geduscht hatte und in frischen Sachen auf dem Weg zurück zur Krankenstation war, nahmen seine sensiblen Ohren schon von Weitem das jämmerliche Schreien seiner Tochter wahr. In heller Panik rannte er in Höchstgeschwindigkeit durch die Korridore. Kaum war er dort, registrierte er aus den Augenwinkeln das leere Milchfläschchen neben der Spüle, also war Susi bereits gefüttert worden. Aber trotz der sichtbaren Bemühungen von Therese schrie sich seine Tochter mit ihrer zarten Stimme die Lunge aus dem Leib.

»Was ist passiert? Geht es ihr schlechter? Hat sie …«

»Ich weiß es nicht«, unterbrach ihn Therese. »Ich habe sie gefüttert und ihre Windel ist trocken. Es fing an, kaum dass du gegangen warst. Nur während des Trinkens hat sie eine Pause eingelegt.«

»Leg das Baby auf deine nackte Brust, Vinzenz!«, rief Alva, die hinterm Tuch immer noch mit Arabella beschäftigt war – immer noch!

Die Knöpfe seines maßgeschneiderten Hemdes flogen durch den Raum, weil er zu ungeduldig war, sie zu öffnen. Sobald er Susi innig an seine Brust hielt, hörte sie auf zu weinen und zu jammern. Mit äußerster Vorsicht und Sanftheit hielt er mit einer Hand ihren Körper an seine Brust und legte die andere an ihr Köpfchen. Er murmelte beruhigende Worte in ihr Ohr und schaute ihr dabei zu, wie sie einschlief.

Dieses faszinierende Wesen war so klitzeklein und zog ihn dennoch mühelos und vollständig in seinen Bann. Susi war einfach so an seiner Brust eingeschlafen, als ob sie wüsste, dass er sie bis zu seinem letzten Atemzug unendlich lieben und gegen jede Gefahr verteidigen würde. Er konnte sich gar nicht an seiner schlafenden Tochter sattsehen, nahm jedes noch so kleine Detail von ihr in sich auf und strich mit seinem Daumen immer wieder über ihre zarte Babywange oder ihren süßen, blonden Flaum.

Im Hintergrund fraß sich jedoch die Sorge um Arabella in seine Eingeweide. Mehrmals beobachtete er Sarah, wie sie auf Anweisung der Ärztin diverse Infusionsbeutel holte. Therese wurde sogar ein zweites Mal zur Ader gelassen. Während er um Arabellas Leben bangte, schien die Zeit nur im Schneckentempo zu verstreichen.

Auf seine dauernden Nachfragen erklärte ihm Alva einmal, dass sie zig Gewebeschichten zusammennähen musste. Als er das hörte, bestand er sofort darauf, später die letzte Hautschicht durch seinen heilenden Vampirspeichel zu schließen, damit Ara keine weitere Narbe zurückbehielt. Narben hatte ihre Welt zerstört. Und Narben waren es wohl letztendlich, die Arabella in seine Arme getrieben hatten. Schließlich hatte sie ihn bei ihrer ersten Begegnung nahezu ignoriert. Vermutlich würde sie sich mit einem makellosen Gesicht nie mit jemandem abgeben, der kein Model oder zumindest in der Schönheitsbranche war. Anders als er hatte diese Branche sie allerdings wegen der Narben fallen gelassen. Ihre Narben waren also seine einzige Chance gewesen …

Irgendwann kam das große Aufatmen. Alle waren restlos erschöpft, sogar Elia schien die Sorge um Arabella und Susi mitgenommen zu haben. Die

Operation war vorüber, und Aras Kreislauf und ihre Werte einigermaßen stabil. Den Rest würde sein Vampirblut nun früher oder später in Ordnung bringen.

Sarah war kräftemäßig am Ende und wurde von Elia in deren Quartier getragen, nachdem der die Urkunde samt Vinz' Siegelring vorbeigebracht und sie ordnungsgemäß gesiegelt war. Alva sank auf einen Stuhl und trank mit schweißglänzender Stirn eine Tasse Tee, während Therese die Frischoperierte wusch. Mit einem Nachthemd von Sarah legte er Arabella in ein überbreites Krankenbett im Nebenraum.

»Es wäre am besten, wenn du die Mutter in Tiefschlaf versetzt«, erklärte die Ärztin. »Dann brauchen wir kein Schmerzmittel, denn es wird dauern, bis dein Blut sie vollständig geheilt hat.«

»Am besten bleibe ich bei Ara und behalte ihren Herzschlag im Ohr«, schlug er vor.

Dafür gab es zwar Monitore, aber nicht in ihrer direkten Nähe zu sein, würde er nach all den Ereignissen nicht ertragen.

Am Ende stellte man das Kopfteil des Krankenbettes hoch und er saß auf der Bettdecke neben Arabella. Eine Hand hielt die schlafende Susi auf seiner Brust, die andere war um Ara gelegt.

Als er ganz allein mit den beiden war, legte er sanft seine Lippen auf Arabellas Stirn und murmelte: »Danke, dass du durchgehalten hast, Ara. Ohne dich …« Er stockte und suchte nach den richtigen Worten. Das Gefühl war so überwältigend, aber es in Worten auszudrücken unmöglich. Schließlich sagte er nur: »Du hast meinem Leben einen ganz neuen Sinn gegeben, Ara. Mir war nicht klar, dass mein Inneres zuvor ein kalter, dunkler Ort voller Hass war. Jetzt fühlt es sich dort warm an und ich beginne die Welt mit anderen Augen zu sehen.« In Gedanken strich er mit dem Daumen über ihre vernarbte Wange. »Verzeih mir. Ich will nicht, dass du mich verlässt.«

Als die Ärztin sich frisch gemacht hatte, kam sie, um nach ihren Patienten zu sehen, und war zufrieden. Der letzte Rest an Furcht um die beiden wich aus Vinz. Und mit dem Klang der Herztöne, die für ihn im Moment das Wichtigste auf der ganzen Welt waren, glitt er in einen zufriedenen Halbschlaf. Am Rande bekam er mit, dass Alva eine Staffelei hereintrug und eine Kohlezeichnung von ihnen anfertigte.

Es war ihm mehr als recht, dass sie dieses Glück festhielt. Denn es gab keine Garantie, dass Arabella ihn nicht verlassen würde, sobald sie wach war. Erneut strich er mit seinem Daumen sanft über ihre vernarbte Wange. Aber vielleicht würde Arabella ja auch bleiben, weil sie für die Welt da draußen nicht perfekt genug war. Im Hauptquartier der Wächter würde sie mit Sicherheit keine schiefen Blicke ernten und niemand würde sie deswegen anders behandeln ...

»Was sagst du da?! Wiederhol das gefälligst!«, donnerte Ramón.

»Ich – ich habe keine Frauenleiche gefunden«, stammelte sein menschlicher Lakai, den er im Tageslicht ausgesandt hatte, um ihm Bericht über seinen Triumph zu erstatten. »Da war auch kein Haufen Asche, wobei der heftige Schneefall ...«

»Red dich ja nicht raus!«, warnte Ramón. »Und was ist mit der schwarzen Karre? Los, mach's Maul auf!«

»Der – der Pontiac ist weg. Dort, wo er stehen sollte, war nichts.« Mit zitternden Händen streckte ihm der elendige Duckmäuser zwei Polaroidfotos von dem Ort der Zerstörung hin. »Hier – die Fotos – von dem eingestürzten Gebäude, wie Ihr befohlen habt.«

»Ein Kreuz!«, brüllte Ramón, ließ die Fotos fallen und wich zwei Schritte zurück, als wäre er verbrannt worden. Der menschliche Abschaum musterte ihn verwundert und ihm war schlagartig klar, dass er seine Furcht gezeigt hatte. Mit diesem Wissen würde er den Kerl nicht überleben lassen!

»Sag mir!«, befahl Ramón, während er spürte, dass Zornesröte sein Gesicht erhitzte und maßlose Wut in ihm hochkochte. »Glaubst du, sie sind entkommen?!«

Der Mann vor ihm merkte wohl, dass dieser Auftrag nicht gut für ihn enden würde, und wich zurück, bis die Wand in seinem Rücken ihn stoppte. Ramón genoss diese Reaktion und rückte Schritt um Schritt auf.

»Rede, sofort! Sonst prügle ich es aus dir heraus!«

»Ich – ich glaube, sie sind tatsächlich entkommen.«

Mehr musste er von dem Kerl nicht mehr wissen und donnerte seine

Faust von unten nach oben so heftig in dessen Nase, dass sie wie beabsichtigt bis ins Gehirn eindrang und den Mann auf der Stelle tötete.

»Gute Entscheidung, jetzt kann er nichts mehr ausplaudern«, murmelte sein glatzköpfiger Leibwächter Ragna. »Ein Blutfürst darf sich keinerlei Anzeichen von Schwäche erlauben.«

Allmählich wurde ihm sein Leibwächter zu dreist und damit auch zu gefährlich. Aber er würde Ragna ersetzen, sobald der diesen jungen Vampir exzellent ausgebildet hatte. Bis dahin müsste er jedoch auf der Hut sein und ihn bei Laune halten.

»Ragna, deine Treue wird belohnt. Du hast mein Wort. Aber vorher musst du mir diese Gefährtin bringen – lebend. Ich will dass dieser Vinzenz del Verrocchio leidet, auch wenn ich ihn selbst nicht in die Finger bekommen sollte! Tag und Nacht soll er sich fragen, welche Qualen diese Frau ertragen muss, ohne dass er ihr helfen und sie retten kann. Finde heraus, wo diese Arabella Violet wohnt und lass sie überwachen, und zwar rund um die Uhr. Hörst du?«

»Wie lange?«

»Bis ich sie in meiner Gewalt habe!«

***** Ende des ersten Teils *****

Der zweite Teil ist unter dem Titel »Geliebter Engel in Gefahr« bereits erschienen.

Quellenangabe zu den zitierten Auszügen aus Liedtexten

[1] »Send Me an Angel« von Real Life. Geschrieben von David Sterry und Richard Zatorski.

[2] »Sweet dreams« von Eurythmics. Geschrieben von David A. Stewart und Annie Lennox.

[3] »The Look« von Roxette. Geschrieben von Per Gessle.

[4] »She Drives Me Crazy« von Fine Young Cannibals. Geschrieben von Roland Gift und David Steele.

[5] »Something's gotten hold of my hand« von Marc Almond & Gene Piney. Geschrieben von Roger Greenaway und Roger Cook.

Danksagung

Mein erster Dank gilt auch dieses Mal wieder Ihnen, meinen Lesern!

Sie haben meine Bücher zum Erfolg werden lassen und ich werde stets mein Bestes geben, um Ihnen auch in Zukunft wunderschöne Lesestunden zu bescheren!

Auf dem Weg zur Veröffentlichung hatte ich wieder zahlreiche Helfer namentlich ungenannten Begleitern und Ermutigern danken, nicht zuletzt den vielen netten Lesern auf Facebook und den Mailschreibern, deren Kommentare mir Einblicke gewähren und mir ganz oft ein glückliches Lächeln auf mein Gesicht zaubern.

Eine besondere Unterstützung in der Endphase der Veröffentlichung und auf den Buchmessen ist mir wieder mein Mann gewesen: Danke Schatz, dass wir das teilen können!

Meine liebe Wegbegleiterin Monika hat mir erneut treu zur Seite gestanden, dass sie mich trotz all meiner Macken mag, ist ein großes Geschenk.

Mein herzlicher Dank für Korrektur und Lektorat geht an André Piotrowski, denn es ist kaum zu glauben, was man alles übersehen würde!

Für die Neugestaltung des Covers geht mein Dank an Tina Köpke vom Legendary Fan Design. Sie hat die Szene aus dem ersten Kapitel wunderschön umgesetzt und ich freue mich besonders über die passenden, wunderschönen Engelsflügel.

Mein Dankeschön geht auch an das Team von Lilli Bermuda, deren Parfüm - mit dem zum Story »himmlisch« passenden Namen »Paradise« - ich in diesem Roman namentlich einbringen durfte, wobei die Werbekampagne mit Arabella natürlich meiner Fantasie entsprungen ist.

Über allem und aus tiefstem Herzen bin ich jedoch Gott dankbar, der mir durch alle Höhen und Tiefen hindurchgeholfen hat, seien es Inspirationslöcher, Schmerzen, Stress, oder schreibtechnische »Knoten«. Mit ihm kann ich jubeln und mit ihm kann ich weinen. Auch ihm ist dieses

Buch gewidmet, denn die Inspiration dazu, meine Fantasie, die Leidenschaft und Freude am Schreiben, empfinde ich als wunderbares Geschenk Gottes, der in jeden von uns Schätze gelegt hat, die es zu entdecken gilt …

J. K. Bloom

Faith

Seelenlos

Mehr als 500 Jahre sind vergangen, seit die Menschheit sich in neun Gattungen teilte. Mit dieser Teilung kam auch die Seelenlosigkeit – eine Krankheit, der auch Faiths Familie zum Opfer gefallen ist. Nun gibt es für das junge Medica-Mädchen nur noch eine Möglichkeit, nicht von der Gesellschaft verstoßen zu werden. Die Hochzeit mit einem Mann ihres Standes könnte ihr ein sicheres Leben ermöglichen. Der mysteriöse Lie, dem sie in der Notaufnahme das Leben rettet, ist kein solcher Mann. Faith weiß, dass sie sich für Tristan Collins entscheiden muss, denn er ist wie sie ein Medica.

Doch dann wird Edinburgh von den Rebellen angegriffen. Und Faith erkennt zu spät, dass in der Rettung der Bürger die wirkliche Gefahr besteht ...

ISBN: 978-3-96173-064-3 (Taschenbuch)
ISBN: 978-3-96173-065-0 (E-Book)

Lena Klassen

Die Wandler

Der Kuss des Wandlers

Ein Volk aus einer anderen Welt.

Ein dunkles Wesen mit unvorstellbarer Macht.

Und eine junge Geigerin, die kein Wunderkind ist – oder vielleicht doch?

Als Kiara mit eigenen Augen sieht, dass sich ihr Geigenlehrer in eine Elster verwandeln kann, ist in ihrem Leben nichts mehr, wie es war. Denn seit vielen tausend Jahren leben die Wandler unerkannt in unserer Mitte – und Kiara ist eine von ihnen. In dem Kampf der beiden verfeindeten Wandler-Clans fällt ihr eine gefährliche Aufgabe zu: Sie soll sich in Prag unter die neuen Schüler des gegnerischen Clans mischen und den Skorpionkönig finden, bevor er sein tödliches Potenzial entfaltet. Dabei will Kiara doch nur ihre Vogelgestalt entdecken und fliegen. Und für ihre Mission ist es auch nicht gerade hilfreich, dass sie sich gleich am ersten Tag verliebt …

ISBN: 978-3-96173-056-8 (Taschenbuch)
ISBN: 978-3-96173-057-5 (E-Book)